Wilhelm Kuehs

Privileg

Kärnten-Krimi

Sowohl die im Buch vorkommenden Personen als auch die Handlungen sind frei erfunden. Namen und Ähnlichkeiten mit Personen oder tatsächlichen Handlungen sind zufällig und nicht gewollt.

Wilhelm Kuehs, geboren 1972 in Wolfsberg/Kärnten. Studium der Germanistik sowie der Allgemeinen und Vergleichenden Literaturwissenschaft in Klagenfurt. Seine langjährige Tätigkeit als Journalist für Kärntner Zeitungen macht Wilhelm Kuehs zum Insider in Wirtschaft und Politik des Landes. Er kennt die Kärntner Abgründe wie kaum ein zweiter. Er hat mehrere Romane und Sachbücher verfasst und lebt mit seiner Familie heute in Völkermarkt.

Mehr Informationen zum Autor:

Wilhelm Kuehs

Privileg

Kärnten-Krimi

federfrei
www.federfrei.at

1. Auflage
Marchtrenk, 2024
www.federfrei.at

Umschlagabbildung:
© Birtan, wijhatun, Adobe Stock
Umschlaggestaltung:
Simon Mayr
Lektorat:
E. Reisinger
Satz und Layout:
Verlag federfrei
Printed in EU
ISBN 978-3-99074-279-2

»Come down the cross, we can use the wood.«
Tom Waits/Kathleen Brennan

Prolog

Die Straße lag verlassen. Für Minuten bog nicht einmal ein Fußgänger um die Ecke, und der Verkehrslärm brandete nur leise zu Ernesto Valenti, der mit einer Kaffeetasse vor der Redaktionstür der Kärntner Tagespost stand. Heute, an diesem Karfreitag, war die Sekretärin nicht zur Arbeit erschienen. Sie fuhr mit ihrem Mann und dem Kind übers Wochenende nach Italien.

Ernesto steckte bis zum Hals in Arbeit. Die Doppelseite für morgen und jene für Sonntag waren noch lange nicht fertig. Es gab Termine für Ostermessen, Berichte über ein Jugendfußballtreffen und erste Presseaussendungen der Tourismusregion zur Sommersaison. Nichts davon hatte Ernesto bearbeitet. Stattdessen stand er da, die Kaffeetasse in der Hand, und sah sich eine Einladung an.

Auf dem in der Mitte gefalteten DIN A4-Blatt prangte ein Hakenkreuz. Ein graublaues, leicht verwaschenes Hakenkreuz auf einer Hausmauer. Darüber hatte man eine durchsichtige Plexiglasplatte geschraubt, und Ernesto konnte sich des Eindrucks nicht erwehren, man hätte die Platte angebracht, um das Hakenkreuz vor Umwelteinflüssen oder, Gott bewahre, vor Gewaltakten zu schützen.

Das »Gott bewahre« passt ganz gut, dachte Ernesto. Immerhin gehörte das Gebäude und damit auch das Hakenkreuz dem Benediktinerstift St. Paul, und Abt Maximilian Fürstberg höchstpersönlich lud zur feierlichen Einweihung der Gedenkstätte für die Opfer des Nationalsozialismus mit Festmesse um neun Uhr vormittags am Ostermontag.

Ernesto schüttelte den Kopf und rollte sich eine Zigarette. Der Abt hätte das Hakenkreuz ohne weiteres abschlagen lassen können. Niemand hätte Einwände erhoben. Aber der Abt lehnte das ab, das hatte er gerade in einem Telefoninterview bestätigt. Er wolle ein Mahnmal.

Ein seltsames Verhalten. Ernesto zog an seiner Zigarette, nahm einen Schluck von seinem Kaffee. Er würde es herausfinden, und er würde so lange bohren und graben, bis er wusste, was da in St. Paul in dieser fast tausendjährigen Abtei wirklich geschah.

1. Kapitel

1

Als Pater Jakobus an jenem Karfreitagnachmittag in den Vorraum der Klosterküche trat, roch er den frischen Fisch, der gerade auf den Arbeitsflächen ausgenommen wurde. Es war nicht mehr viel Zeit bis zum Gottesdienst, und Jakobus plagte wie immer der Hunger.

»Sie werden sich verspäten«, hörte Jakobus die Köchin hinter sich sagen.

»Frau Thonhauser.« Jakobus wandte sich um. »Ich wollte mir lediglich ein Stück Brot holen, als Wegzehrung sozusagen für den langen Abend, der uns allen bevorsteht.«

»Verderben Sie sich bloß nicht den Appetit«, sagte die Köchin. »Nicht dass Sie mir den Fisch am Teller liegen lassen. Jetzt sind Sie elf Tage hier und haben noch nichts Vernünftiges zu essen bekommen. Aber die Fastenzeit ist bald vorbei.«

»Was das anbelangt, bin ich nicht sehr anspruchsvoll«, meinte Jakobus.

»Warten Sie einen Moment.« Daliborka Thonhauser wischte sich die Hände an der Schürze ab. »Vom gestrigen Gemüsestrudel ist noch etwas übrig.« Sie stellte den Teller in die Mikrowelle, und das Gerät begann zu surren.

Mit einer schwungvollen Bewegung servierte sie den dampfenden Strudel, und Jakobus machte sich darüber her.

»Wo ich Sie schon einmal alleine hier habe«, begann die Köchin. »Muss ich Sie etwas fragen.«

»Nur zu«, sagte Jakobus zwischen zwei Bissen.

»Sie sind ja aus heiterem Himmel hier aufgetaucht. Wie gesagt, noch keine zwei Wochen her, und ich frage mich, was haben Sie angestellt, dass man Sie nach St. Paul verbannt hat?«

»Wie meinen Sie das?«, fragte Jakobus.

»Wenn Sie hier gelandet sind, mein lieber Pater Jakobus, dann haben Sie etwas ausgefressen. So wie all die anderen auch.«

Jakobus biss von seinem Gemüsestrudel ab und schwieg.

»Nun?«

»Darüber darf ich nicht reden«, sagte er endlich.

»So schlimm? Mir können Sie es verraten.«

»Nein, auf gar keinen Fall. Der Gemüsestrudel war ausgezeichnet.«

Ohne ein weiteres Wort verließ er den Vorraum und stieß draußen auf die Besucher, die schon zum Eingang der Kirche drängten. Er beschleunigte seinen Schritt und fand seinen Platz in der dritten Reihe gleich neben Pater Peter Nemec und dem Bruder Botanikus.

Das elektrische Licht in der Kirche war gelöscht. Am Altar brannte nur eine Kerze. Sie war das Zeichen, dass das Ritual begann. Eine rote Kapuze schwebte aus dem Schatten des Kreuzganges. Dahinter tauchte das verhüllte Kreuz auf. Jakobus drehte sich, um den Einzug zu beobachten. Für ihn war es der erste Karfreitagsgottesdienst in der Stiftskirche St. Paul, und seine Neugierde war groß. Denn unter dem Tuch verbarg sich der Schatz der Abtei.

Der Abt blieb in der Mitte der Kirche stehen und hob die Arme.

»Ecce lignum crucis«, intonierte er in der Dunkelheit. »Sehet das Holz des Kreuzes.«

»Venite adoramus – Lasset uns anbeten«, antwortete die Gemeinde wie ein Donnergrollen.

Erst als die Prozession den Altarraum erreichte und der Abt seine Aufforderung, das Kreuz anzubeten, wiederholte, fiel die Verhüllung. Im spärlichen Licht der Kerze funkelte das vergoldete Silberblech, und die Strahlen brachen sich in den Edelsteinen, die die Vorderseite des Adelheidkreuzes bedeckten. An den

Querbalken sowie an der Oberseite und Unterseite erweiterte sich das Kreuz zu Quadraten, die mit je einem großen Bergkristall in der Mitte und Amethysten, Karneolen und Mondsteinen geschmückt waren.

In all dem Glanz allerdings gab es eine Stelle in der Mitte, wo sich die Arme des Kreuzes trafen, die ganz ohne Schmuck und Gold auskam. Dort waren in einer Aussparung zwei Holzstücke angebracht. Dunkel steckten sie mitten zwischen den geschliffenen und glänzenden Steinen.

Es waren Stücke vom wahren Kreuz Christi, so erzählte es die Legende.

2

Die Arme vor dem Bauch verschränkt, wartete Jakobus im Seitenschiff auf den Bruder Botanikus und Pater Peter Nemec. Die beiden waren noch damit beschäftigt, Hände zu schütteln und mit Freunden zu reden. Jakobus kannte außer seinen Mitbrüdern kaum jemanden, und so blieb ihm nichts als zu warten. In dem Moment steuerte jemand auf ihn zu.

»Ist das nicht beeindruckend?«, fragte der Mann und wies auf das Adelheidkreuz, das beinahe unbeachtet auf dem Altartisch stand. »Wir kennen uns noch nicht«, er streckte Jakobus die rechte Hand entgegen. »Eberhard Kollnitz, und das ist meine Frau Katharina.« Er machte eine kurze Pause. »Dass man so etwas im Mittelalter überhaupt zustande gebracht hat. Ich staune immer wieder.«

»Das Mittelalter war eben nicht ganz so finster, wie immer behauptet«, antwortete Jakobus.

»Apropos Mittelalter. Ich habe wieder einmal ein altes Rätsel gefunden. Wollen Sie es hören?« Er klopfte Jakobus jovial auf die Schulter. »Also gut, passen Sie auf. Ich kenne ein warmes

Haus. Es hat drei Türen für rein und raus. Geht man morgens ins Haus, schauen unten die Füße raus. Abends geht man wieder raus. Sag mir doch, wie heißt dies Haus?«

Jakobus legte die Hand ans Kinn und schüttelte den Kopf. »Ich glaube, ich komm nicht drauf.«

»Das ist doch ganz einfach. Überlegen Sie noch einmal.«

»Nein, ich weiß es wirklich nicht«, sagte Jakobus.

»Na, als Mönch kann es gut sein, dass sie so etwas nicht tragen. Unter der Kutte, meine ich.«

»Bitte?«

»Eine Hose«, sagte Kollnitz, und seine Frau lachte.

»Tragen Sie wirklich keine Hose unter der Kutte?«, fragte sie.

»Aber Katharina, sei doch nicht so indiskret.«

»Machen Sie schon wieder Ihre Späße mit unseren Konventsmitgliedern?«, fragte Pater Nemec, der von hinten an die Gruppe herangetreten war.

»Nur ein kleines Rätsel. Ich liebe Rätsel. Das wissen Sie ja«, sagte Kollnitz und streckte Pater Nemec die Hand hin. »Aber ich will Sie nicht länger aufhalten. Wir sehen uns gleich beim Essen.«

Der Bruder Botanikus hatte gewartet, bis Kollnitz mit seiner Frau durch das Seitenschiff verschwunden war. Jetzt stieß auch er zu den anderen.

»Wir sitzen weit genug von ihm entfernt, Franz«, sagte Pater Nemec zum Botanikus.

»Das will ich auch hoffen.« Der Bruder Botanikus schüttelte sich demonstrativ. »Seit ich ein kleiner Junge bin, kann ich ihn nicht leiden, diesen Kollnitz. Er ist der Jugendfreund des Abtes, meinetwegen. Die beiden sind wie Arsch und Hose, meinetwegen. Aber mir wird schlecht, wenn ich ihn nur sehe.«

3

In der Kirche rund um den Altar hatten sich die Mönche versammelt. Die Kapuzen über den Kopf gezogen, umringten sie das Adelheidkreuz. Abgeschieden von der Welt, ungesehen von den hohen Gästen des Stiftes machten sie sich bereit für die heiligste Handlung der Karfreitagnacht. Jetzt ging es auf achtzehn Uhr zu. Die Zeit der Grablegung Jesu. Nur die engsten Freunde, Josef von Arimathea, Maria Magdalena und ein paar Apostel, waren zugegen gewesen, als man Jesus in ein Felsengrab bettete und den Eingang mit einem Stein verschloss. So sollte es auch hier und heute sein. Nur die Mönche und die Novizen waren zu diesem Ritus zugelassen.

»Der Jüngste«, Pater Nemec nickte einem der Novizen zu, »und der Neueste«, sein Blick fiel auf Jakobus, »werden das Kreuz aufnehmen und an den verborgenen Ort tragen, der das Grab Christi symbolisiert. Das alles muss in höchster Eile und Verschwiegenheit vonstattengehen.«

Als Jakobus nach dem Träger griff, auf dem das Kreuz montiert war, erwartete er ein hohes Gewicht. Doch das Adelheidkreuz erwies sich als gar nicht so schwer. Unter dem Mantel aus vergoldetem Silber bestand der Korpus aus Holz, das über die Jahrhunderte an Gewicht eingebüßt hatte, und das dünne Blech und die Edelsteine wogen kaum etwas.

Die eine Hälfte des Kreuzes ruhte auf Jakobus' linker Schulter und die andere auf der rechten Schulter des Novizen, der sich den Klosternamen Andreas gegeben hatte.

Die späte Sonne schien in den Innenhof, und so sah der Gang in den Keller noch düsterer aus, als er war. Nur eine alte Neonröhre erhellte den Torbogen, der zur Steintreppe hinunter ins Gewölbe führte. Eng war es, und eine feuchte Kühle stieg zu ihnen hoch. Es roch modrig, nach altem Holz, Steinen und Schimmel. Niemand sagte etwas, nur die Füße tapsten auf den

Stufen, und die Eisentür am Ende des Ganges quietschte in den Angeln, als Pater Nemec sie aufzog. Dahinter lag ein großer Raum, der nun von einigen Handytaschenlampen notdürftig ausgeleuchtet wurde. Es gab hier keinen elektrischen Strom, und so geisterte das Handylicht vor Jakobus her. Er fragte sich, was wohl aus dem Adelheidkreuz werden würde, wenn er jetzt stolperte.

Der Weg führte sie durch den Untergrund des Stiftes, eine weitere Stiege hinunter und durch eine Flucht aus Räumen und an Abzweigungen vorbei, sodass Jakobus sich nicht sicher war, ob er den Rückweg alleine finden würde. Dort, am Ende ihrer Prozession, wartete in einem weißgetünchten Raum ein schwarzer Tisch, auf dem das Futteral des Adelheidkreuzes lag. Jakobus und Andreas ließen das Kreuz in sein Behältnis aus Holz und Leder gleiten, schlossen es und ließen die Messingschnallen einschnappen.

Zum Schluss breitete Pater Nemec ein großes schwarzes Tuch über das Kreuz, und sie verließen den Raum und den unterirdischen Irrgarten. Damit war das Ritual der Despositio Crucis abgeschlossen.

4

Für heute Nacht hatte Jakobus sich vorgenommen, wie jeden Karfreitag über den Tod Jesu und über die Gnade Gottes nachzudenken und über diese Fragen zu meditieren und zu beten. Er wusste, dass ihn das an den Rand eines Abgrundes führen würde. Wie jedes Jahr. Und dabei wollte er nicht alleine sein. Deshalb stand er auf, strich seinen Habit glatt und machte sich auf den Weg in die Rabensteinkapelle.

Dort saßen die Mönche und Novizen im Halbkreis auf den Bänken, die sich an den Außenwänden entlangzogen. Manche hatten die Kapuzen übergestreift, sodass Jakobus nicht sagen konnte, wer sich darunter verbarg. Aber Pater Peter Nemec, den Botanikus und auch Pater Bernhard konnte er zweifelsfrei erkennen.

Jakobus' Gedanken verfingen sich in seinen üblichen Zweifeln, die in Nächten wie diesen mit besonderer Vehemenz hervortraten und nach einer Antwort verlangten.

Woher rührte die Schuld, die so schwer auf den Menschen lastete?

Es war die Erbsünde, die Adam auf sich geladen hatte, als er von der verbotenen Frucht des Paradieses kostete. Jakobus schüttelte den Kopf, um diesen Gedankengang zu unterbrechen, aber wie immer war es zwecklos. Gott hat den Menschen als freies Wesen geschaffen, so hatte man es ihm erklärt. Des halb kann sich der Mensch für das Böse entscheiden. Aber diese Erklärung ging nicht weit genug. Am Grund lag eine ganz andere Frage: Warum hat Gott dem Bösen in seiner Schöpfung überhaupt Raum gegeben? Um den freien Willen zu ermöglichen? Die Argumente bissen sich gegenseitig in den Schwanz.

Mit einem Ruck stemmte sich Jakobus aus seinem Sitz. Pater Nemec sah erstaunt zu ihm auf, und auch der Bruder Botanikus hob den Kopf. Ohne ihre Blicke zu erwidern, raffte Jakobus seine Kutte, verließ die Rabensteinkapelle und ging durch den schmalen Gang in die angrenzende Stiftskirche. Erst am Ende des Mittelganges, direkt unter dem Portal, kam er zum Stehen. Die Flucht aus dem Gebet hatte ihn wieder zur Besinnung gebracht. Die bohrende Frage nach der Sünde und dem Bösen war abgeklungen, und fürs Erste konzentrierte sich Jakobus auf den Wind, der gerade aufkam und in den Sträuchern am Brunnen vor der Stiftskirche spielte.

5

Der Wecker des Mobiltelefons schrillte um drei Uhr an diesem Ostersonntagmorgen. Jakobus stellte ihn, ohne sich auch nur umzudrehen, um fünf Minuten weiter. Er blieb mit geschlossenen Augen liegen und sog heftig die Luft ein. Noch bevor der Wecker ein weiteres Mal läutete, schlug Jakobus die Decke zurück und stellte die nackten Füße auf den Holzboden. Im selben Moment klopfte es, und die Tür ging auf.

»Du bist noch nicht angezogen?«, fragte Pater Nemec. »Die Elevation Crucis wartet nicht auf uns.«

»Oh doch, das tut sie«, sagte Jakobus. »Wer außer uns wird das Kreuz in die Kirche tragen?« Noch während er sprach, warf er sich die Kutte über.

»Dann aber los«, sagte Pater Nemec und verließ im Laufschritt die Wohnung.

Stumm drangen sie in das Gewirr aus Gängen und Kammern vor. Diesmal hatte Jakobus das Gefühl, sich schon besser orientieren zu können. Da war die Eisentür, die zu einer Treppe führte, und am Ende der Treppe war ein großer Raum, und von hier aus gelangten sie wieder in das weißgetünchte Zimmer mit dem schwarzen Tisch.

Die Lichter aus mehreren Mobiltelefonen warfen Lichtkegel auf den Tisch und das schwarze Tuch. Darunter befand sich das Adelheidkreuz, es war an der Zeit, das Tuch zu entfernen und das Futteral zu öffnen.

Pater Nemec sprach ein Vaterunser, und alle bekreuzigten sich. Als sie fertig waren, griff Pater Nemec nach dem Tuch und zog es weg. Jakobus und der Novize Andreas traten vor, klappten gemeinsam die Schnallen auf und hoben den Deckel des Futterals. Die Handytaschenlampen beleuchteten das Innere des Futterals. Es war leer.

2. Kapitel

1

»Niemand rührt sich von der Stelle«, sagte Pater Nemec. Er leuchtete mit seinem Mobiltelefon in die Runde, als wolle er sich genau einprägen, wer anwesend war. Jakobus folgte dem Strahl der Handylampe und sah, dass fast alle Mönche und Novizen den Weg in die Dunkelheit auf sich genommen hatten. Nur Abt Fürstberg und der Altabt Severin fehlten.

»Wer hat das Kreuz genommen?«, fragte Pater Nemec.

Gemurmel war zu hören. Pater Nemec schnaufte und leuchtete allen ins Gesicht. Als er bei Pater Bernhard angekommen war, hob dieser den Arm, um seine Augen abzuschirmen. Pater Bernhard war als Kustos der Kunstsammlung für das Adelheidkreuz verantwortlich. »Das Kreuz kann sich nicht in Luft aufgelöst haben«, sagte er und bückte sich, um unter dem Tisch nachzusehen. Doch da war nichts, und auch sonst war der Raum leer.

»Also jetzt heraus mit der Sprache«, fuhr Pater Bernhard fort. »Das ist nicht lustig. Habt ihr eine Ahnung, welchen Wert und welche Bedeutung das Adelheidkreuz hat? Das ist kein Gegenstand für einen Novizenscherz. Wirklich nicht.«

Die Novizen rührten sich nicht, sagten kein Wort.

»Was ist? Hat es euch die Sprache verschlagen?«, kam es von Pater Nemec.

»Wir …«, begann Andreas, der mit Jakobus gemeinsam das Kreuz getragen hatte.

»Ja?«, fiel ihm Pater Nemec ins Wort.

»Wir haben damit nichts zu tun.«

»Die Auferstehungsfeier fängt in nicht einmal einer Stunde an«, sagte Pater Bernhard. »Sucht das verdammte Kreuz.«

Während die anderen mit ihren Handylichtern im Anschlag

in die umliegenden Räume verschwanden, rührte sich Jakobus nicht vom Fleck.

»Was ist mit dir? Hast du Angst, dass du dich hier unten verläufst?«, fragte ihn Pater Nemec.

»Nein«, sagte Jakobus. »Ich glaube den Novizen.«

»Was meinst du?«

»Sie haben das Kreuz nicht versteckt. Deshalb hat es auch keinen Sinn, es zu suchen.«

»Das verstehe ich nicht.«

»Das Adelheidkreuz wurde gestohlen«, sagte Jakobus. »Das ist doch offensichtlich.«

2

»Lumen Christi«, intonierte Abt Maximilian Fürstberg, als er die Mitte der Kirche erreicht hatte. »Christus, du bist das Licht.«

»Deo gratias«, antwortete die Gemeinde. »Dank sei dir Gott.«

Als der Abt vorne im Altarraum angekommen war, drehte er sich um und gab das Licht der Kerze an die Umstehenden weiter. So erhellte sich die Kirche nach und nach durch die Kerzen, die die Gläubigen in ihren Händen hielten. Statt des Adelheidkreuzes hatte man kurzerhand ein fast gleich großes Barockkreuz aus dem Fundus geholt. Der Unterschied schien den Gläubigen nicht aufzufallen.

Jakobus besah sich die Flamme, die vor seiner Brust flackerte. Rund um ihn zuckte die Helligkeit, und Schatten sprangen über die Bänke und die romanischen Säulen des Mittelschiffs. Wie immer am Morgen des Ostersonntags dachte Jakobus daran, was damals in Jerusalem geschehen war.

Maria Magdalena ging noch im Dunkel der Nacht hinaus aus der Stadt. Sie wollte den Tag damit beginnen, um Jesus zu trauern. So würde sie das von nun an immer und immer tun, bis irgendwann der eigene Tod sie daran hindern würde. Im fahlen Licht erkannte sie den Weg, fand den Pfad und kam in Sichtweite des Grabes. Aber statt des grauen Felsens, der gestern noch den Eingang verdeckte, klaffte ein Loch.

Über das Mysterium des leeren Grabes sann Jakobus normalerweise während der Ostermesse nach, nur in diesen Stunden waren seine Gedanken ganz woanders. Es war unbedingt notwendig, die Polizei zu rufen, und zwar umgehend, jetzt, sofort.

Das hatte er zu Pater Nemec gesagt, der als Hofmeister für die Geschicke des Stiftes zuständig war, und er hatte es auch Pater Bernhard nahegelegt, der als Kustos ja immerhin die Verantwortung für das Kreuz trug. Sie mussten handeln. Aber beide wollten nichts davon hören. Die Entscheidung über die weitere Vorgehensweise lag allein beim Abt, hatten sie gesagt. Wenn das so war, dann sollte der Abt eben Anweisungen erteilen, hatte Jakobus gefordert. Nach der Messe, hatte Pater Nemec gesagt, nach der Messe war Zeit genug.

Es dauerte allerdings noch mehr als eine Stunde, bis sich nach dem Ende der Auferstehungsfeier alle Mönche in der Rabensteinkapelle versammelt hatten, und Jakobus wollte sich gar nicht ausmalen, über welche Berge die Diebe schon verschwunden waren.

»Wie die meisten von euch gehört haben, ist ein Anschlag auf unsere Gemeinschaft verübt worden«, begann Abt Fürstberg, nachdem sich das Murmeln in den Bänken gelegt hatte. »Das Adelheidkreuz, der größte Schatz unserer Abtei, ist verschwunden. Wir wissen noch nicht, was genau passiert ist. Aber zurzeit ist das Kreuz unauffindbar.«

»Es ist nicht unauffindbar. Es wurde gestohlen«, sagte Jakobus halblaut vor sich hin.

»Was hast du gesagt?«, sprach ihn der Abt an.

»Das Adelheidkreuz wurde gestohlen«, sagte Jakobus so, dass es alle hören konnten.

»Wir sind hier, um das herauszufinden. Es könnte auch sein, dass es jemand versteckt hat«, sagte der Abt.

»Entschuldige, wenn ich es so deutlich sage, verehrter Abt. Aber das ist Haarspalterei. Das Kreuz ist verschwunden. Jemand, der dazu nicht befugt ist, hat es genommen und an einen anderen Ort gebracht. Das nennt man Diebstahl.«

»Warst du es nicht, der das Adelheidkreuz in das Grab getragen hat?«

»Der Novize Andreas und ich«, gab Jakobus zu. »Was hat das damit zu tun?«

»Du wusstest also, wo sich das Adelheidkreuz in dieser Nacht befand?«, fragte der Abt.

»So wie alle anderen hier auch, und im Übrigen bin ich der Meinung, dass wir die Polizei verständigen sollten. Das hätten wir schon vor Stunden tun müssen.«

Abt Maximilian Fürstberg schüttelte den Kopf. Er schwieg für ein paar Sekunden, als würde er überlegen. »Nein«, sagte er. »Das kommt gar nicht infrage.«

Jakobus verschlug es für einen Moment die Sprache. »Warum nicht? Das ist das einzig Vernünftige, das wir tun können«, sagte er, als er sich wieder gefasst hatte.

»Du bist noch nicht sehr lange Mitglied dieses Konvents«, entgegnete Abt Fürstberg. »Deshalb kannst du nicht wissen, wie wir die Dinge hier handhaben. In so einer Situation gehen wir nicht an die Öffentlichkeit. Wir haben eigene Wege, Probleme zu klären. Hiermit verbiete ich es den Mitgliedern des Konvents, also allen hier Anwesenden, ausdrücklich und mit der Macht meiner Autorität, mit Außenstehenden über diese Angelegenheit zu sprechen. Nicht ein Wort, nicht eine Andeutung, nichts. Im Namen des Vaters, des Sohnes und des Heiligen Geistes, ihr seid entlassen.«

3

Von der Küche her drang das Geräusch des Industriegeschirrspülers in den Essraum. Sonst war alles ruhig, auch die Mönche, die bei Tisch saßen, sagten wenig. Vor ihnen stand eine große Platte mit aufgeschnittenem Schinken, Selchwursträdern, geviertelten Eiern und Kren. Der Bruder Botanikus lud sich seine Portion auf den Teller, nahm dazu ein Stück Reindling und begann zu essen. Jakobus hatte die Kombination von mit Rosinen gefülltem Weißbrot und Schinken probiert, konnte sich damit aber nicht so recht anfreunden.

»Was machen wir jetzt?«, fragte Jakobus und griff nach dem Dinkelbrot, das ihm die Köchin in einem Korb gereicht hatte.

Die anderen kauten, und nur der Bruder Botanikus gab zu verstehen, dass er ihn gehört hatte.

»Ich meine, ihr wollt doch nicht einfach so zur Tagesordnung übergehen«, fuhr Jakobus fort.

»Hast du gehört, was der Abt gesagt hat?«, fragte Pater Nemec.

»Klar und deutlich.«

»Ja dann …«

»Ihr könnt das doch nicht einfach so hinnehmen«, insistierte Jakobus.

»Der Abt wird schon wissen, was er tut«, sagte der Bruder Botanikus.

»Was sagst du dazu?«, wandte sich Jakobus an Pater Bernhard. »Du bist der Kustos der Sammlung, du bist der Hüter des Adelheidkreuzes.«

Pater Bernhard senkte den Blick.

»Das geht dich doch unmittelbar etwas an. Oder etwa nicht?«, setzte Jakobus nach.

»Was mischt du dich überhaupt ein? Hat der Abt nicht gesagt, wir sollen über diese Angelegenheit Schweigen bewahren? Ich für meinen Teil habe dazu nichts mehr zu sagen.« Pater Bernhard wischte sich den Mund ab, schob den Teller zur Seite, stand auf und ging.

4

Sein Weg brachte Jakobus hinaus aus dem Kloster und fort vom Dorf. Zwischen dem Wirtschaftshof und der Erhardikirche führte ein schmaler Pfad in den Wald. Der sogenannte Prälatensteig. Bis hinauf auf den Johannesberg bot er dem Spaziergänger an den Kehren Aussichtspunkte und kleine Steinbänke, auf denen man sich ausruhen konnte. Auf den Lehnen der Bänke waren die Namen der Äbte der letzten zweihundert Jahre verewigt.

Zu Füßen des Hügels lag das Dorf St. Paul. Die riesige Abtei ragte über den Häusern auf und nahm beinahe mehr Platz ein als die Ortschaft selbst.

Von hier aus konnte Jakobus auch den Weg vom Stiftstor bis zum Paulusbrunnen und den anschließenden Innenhof, der die Kirche von der Abtei trennte, überblicken. Wenn der Dieb von außen gekommen war, hatte er vermutlich diesen Weg genommen. Er war durch das Stiftstor gekommen, war den steilen gepflasterten Weg zur Stiftskirche hinaufgelaufen und keine zwanzig Meter vom Brunnen entfernt durch das Portal in den Keller eingedrungen.

Das musste in der Nacht vom Karfreitag auf den Ostersamstag geschehen sein. Oder vielleicht erst in der Nacht darauf. Jedenfalls vor der Morgendämmerung des Ostersonntags. Weiter konnte Jakobus die Tatzeit nicht eingrenzen. Zumindest ging er davon aus, dass die Täter nicht so dreist gewesen waren, das Kreuz bei helllichtem Tage und vollem Betrieb aus dem Keller des Stiftes zu entwenden.

Jakobus blieb nicht lange aus. Es zog ihn zurück ins Kloster. An diesem Nachmittag hatten die Mönche frei. Von Pater Nemec wusste Jakobus, dass er mit dem Mountainbike auf die Koralpe gefahren war, und Pater Stephanus, der Infirmar, wollte nicht gestört werden, weil er endlich dazu kam, in einem alten Manuskript zu blättern. Der Bruder Botanikus besuchte seine Eltern, und so blieben die Gänge des Klosters verwaist. Dennoch waren nicht alle verschwunden. Im oberen Stock des Arkadenganges stand eine Tür offen, und dahinter kramte Pater Bernhard auf seinem Schreibtisch.

»Pater Bernhard«, sagte Jakobus, als er eintrat. »Du bist der Einzige, der heute arbeitet.«

»Arbeitet, ich weiß nicht«, antwortete Pater Bernhard und schob einen Stapel Papier zusammen. »Es müsste einmal dringend aufgeräumt werden.« Er wies auf die Regale und auf den Tisch, aber Jakobus konnte dort keine Unordnung erkennen. Die Bücher standen in den Regalen, die Ordner reihten sich an den Wänden, und beim kleinen Altar mit dem Kreuz schauten frische Blumen aus der Vase. Lediglich auf dem Schreibtisch türmten sich drei aufgeschlagene Bücher und daneben lagen große Fotografien, die das Adelheidkreuz aus verschiedenen Blickwinkeln abbildeten.

Als Jakobus an den Tisch herantreten wollte, versuchte Pater Bernhard, sich ihm in den Weg zu stellen. Doch er kam zu spät. Jakobus hob ein Foto hoch. Es zeigte die Vorderseite des Adelheidkreuzes. Die vier großen Bergkristalle an den zu Quadraten erweiterten Armen schimmerten. Jakobus versuchte, ein Muster in den Edelsteinen zu erkennen, die über das vergoldete Blech verteilt waren.

»Es sind insgesamt einhundertsiebenundvierzig Edelsteine«, sagte Pater Bernhard. »Ursprünglich waren es hundertsiebzig, aber ein paar sind im Laufe der Jahrhunderte verschwunden.«

»Verschwunden?«, fragte Jakobus.

»Wie so etwas eben geht. Genaueres weiß man nicht darüber. Es ist ohnehin ein Wunder, dass das Kreuz die Zeit so gut überstanden hat. Viele andere wurden eingeschmolzen oder demontiert.«

»Wie alt ist es?«, fragte Jakobus. »Ich kenne mich ja nicht so aus, aber ich würde schätzen, dass es im Mittelalter angefertigt wurde.«

»Es wurde von Adelheid von Ungarn der Abtei St. Blasien im Schwarzwald anlässlich des Todes ihrer Mutter im Jahr 1079 gestiftet«, erklärte Pater Bernhard. Mehr brauchte es nicht, um ihm die Geschichte des Kreuzes zu entlocken.

Das Kloster St. Blasien im Schwarzwald war das Stammkloster Adelheids. Sie war die Gattin des ungarischen Königs Ladislaus I. Vermutlich hatte sie ihre Kindheit in dem Kloster verbracht. Ihre Familie, die von Rheinfelden, hatte ihre Burg ganz in der Nähe. Jedenfalls übergab Adelheid dem Kloster unter Abt Giselbert eine große Kreuzreliquie, also ein Stück aus dem wahren Kreuz Christi, und siebzig Goldstücke, um ein würdiges Reliquiar für die Kreuzpartikel herzustellen.

Entstanden war ein aufwändig verziertes Vortragekreuz von 82,9 Zentimetern Höhe und 65,4 Zentimetern Breite. Damit war es höher als das Reichskreuz, das dem deutschen Kaiser als Insigne bei seiner Krönung diente.

Das Kreuz wurde unter Abt Giselbert begonnen, aber er erlebte die Fertigstellung nicht mehr. Erst etwa hundert Jahre später unter Abt Gunther wurde das Kreuz vollendet und die Kreuzreliquie eingesetzt. Das verkündete eine Gravur an der Rückseite.

»Warum hat das so lange gedauert?«, fragte Jakobus. »Ich meine, es ist eine große und aufwändige Arbeit. Aber ein Jahrhundert ist dann schon …«

»Es gab Unsicherheiten, was die Echtheit der Kreuzreliquie anbelangt. Sie ist sehr groß und weist sogar den Abdruck eines

Nagels auf. Da hat man sich gefragt, was es damit auf sich hat.«

»Und? Wie hat man es bewiesen?«

»Das ist nicht ganz klar. Es gibt Aufzeichnungen in der Bibliothek. Du kannst selbst nachlesen. Aber sobald die Echtheit der Kreuzreliquie bestätigt war, bekam sie die heutige Fassung.« Pater Bernhard nahm Jakobus die Fotografie aus der Hand. »Ich glaube, ich weiß, warum das Adelheidkreuz gestohlen wurde«, sagte er unvermittelt. Er hatte den Satz noch kaum beendet, als es an der offenen Tür klopfte. In der Laibung erschien Eberhard Kollnitz.

»Das habe ich jetzt beinahe vergessen«, sagte Pater Bernhard, legte das Foto beiseite und schnappte sich seine Jacke vom Stuhl neben dem Schreibtisch. »Ich muss los«, sagte er zu Jakobus und lächelte. »Komm, ich sperr hinter uns zu.«

Als Jakobus auf den Gang hinaustrat, berührte ihn Kollnitz am Arm. »Für Sie habe ich auch noch etwas. Hören Sie zu. Ein Rätsel. Was ist das? Es hat zwei Flügel und kann nicht fliegen. Es hat einen Rücken und kann nicht liegen. Es hat ein Bein und kann nicht stehen. Es kann wohl laufen, aber nicht gehen.«

Pater Bernhard hatte sich schon ein paar Schritte entfernt, jetzt blieb er stehen und sah zu Kollnitz und Jakobus zurück. »Na, errätst du es?«

»Nein«, gab Jakobus zu. »Und du?«

»Keine Ahnung«, sagte Pater Bernhard. »Er macht mit den Neuen immer solche Scherze.«

»Es ist doch nicht so schwer«, meinte Kollnitz und grinste. »Zwei Flügel, ein Rücken und ein Bein, was kann das wohl sein?«

»Sie haben es mit den Reimen«, sagte Jakobus.

Eberhard Kollnitz beugte sich vor und fasste Jakobus ins Gesicht. »Es ist eine Nase. Verstehen Sie?« Er lachte und tippte Jakobus noch einmal auf die Nasenspitze. »Eine Nase.«

5

Hakenkreuz hinter Plexiglas

Ein Kommentar von Ernesto Valenti

Heute ist Ostersonntag. Grund genug, sich das religiöse Leben im Tal ein wenig näher anzusehen. Überall sieht man Kreuze. Das ist zu Ostern ganz normal.

Aber auf dem Konviktgebäude in St. Paul prangt ein Hakenkreuz. In den letzten achtzig Jahren hat es niemand entfernt oder übermalt. Generationen von Schülern haben es gesehen, und wenn es nach den Verantwortlichen geht, dem Benediktinerstift St. Paul, werden auch noch viele weitere Generationen von Schülern damit konfrontiert werden. Denn trotz einer aufflammenden Diskussion kann man sich nicht dazu entschließen, das Hakenkreuz zu tilgen.

Ganz im Gegenteil. Das Stift hat eine Plexiglastafel finanziert, hinter der man das Hakenkreuz nun weiterhin sehen kann. Das Hakenkreuz ist somit vor Witterungseinflüssen und möglichen Interventionen geschützt. Auf der Tafel hat man einen fast unleserlichen Text angebracht:

»In diesem Gebäude befand sich nach der Aufhebung des Stiftes und der Vertreibung der Mönche durch die Nationalsozialisten bis 1945 eine nationalpolitische Lehranstalt (Napola), in welcher die Jugendlichen im Sinne der NS-Ideologie unterrichtet und auf den Krieg vorbereitet wurden.«

Bis auf die vertriebenen Mönche kommen die Opfer des Nationalsozialismus nicht vor, keine ermordeten Juden, keine enteigneten und vertriebenen Slowenen, keine politisch Verfolgten, auch keine Roma und Sinti, und vom bewaffneten Widerstand gegen die Faschisten in Kärnten ist sowieso nicht die Rede. Man hat nicht einmal erklärt, um welches Symbol es sich bei dem immer noch gut sichtbaren Hakenkreuz handelt.

Platzmangel wird von Abt Maximilian Fürstberg als Grund angeführt. Doch der Rest der Fassade ist leer. Man hätte also Raum genug gehabt, ausführlich und tiefgreifend auf das Thema einzugehen, vielleicht sogar Namen zu nennen.
Unwissenheit? Möglich. Aber auch da hätte man Gelegenheit gehabt, sich einerseits geschichtswissenschaftliche Expertise zu holen und sich andererseits mit einem ganzen Netzwerk an Personen und Institutionen zu verbinden, die sich in Kärnten mit Gedenkkultur theoretisch und praktisch auseinandersetzen. Das wäre ganz leicht gewesen.
Bequemer war es selbstverständlich, sich der Verantwortung auf die möglichst schnellste und billigste Art zu entledigen. Eine Tafel anbringen, auf der ein Text steht, der nichts erklärt.
Dieses Hakenkreuz hätte der Ausgangspunkt für eine umfangreiche Auseinandersetzung mit der Geschichte St. Pauls und des Stiftes im 20. Jahrhundert sein können. Da gibt es eine Menge zu entdecken und aufzuarbeiten. Schade, dass das nicht passiert.
Wer sich das Hakenkreuz gerne ansehen und dazu eine Festmesse, abgehalten von Abt Fürstberg, genießen möchte, ist morgen am Ostermontag um neun Uhr recht herzlich eingeladen, sich beim Konvikt einzufinden. Angeblich, so die Einladung der Abtei, ist für das leibliche Wohl gesorgt.

3. Kapitel

1

Unten im Innenhof, direkt vor der Stiftskirche, hatten sich im Halbrund ein paar Männer versammelt.

Der Abt in seiner Kutte, Altabt Severin, von oben leicht an seiner Glatze erkennbar, und daneben die unbekannten Besucher der Abtei. Ein hagerer Mann im Anzug, an seiner Seite der Franziskaner im Habit und zwei weitere Männer in Straßenkleidung.

Als Eberhard Kollnitz und der Kustos Pater Bernhard aus dem Kreuzgang hervortraten, setzten sich alle in Bewegung. Sie stiegen in die Autos, die in der Nähe des Paulusbrunnens geparkt waren. Jakobus erkannte den Mercedes Puch G, der Eberhard Kollnitz gehörte. Kollnitz öffnete dem hageren Mann im Anzug die Tür, und der Abt stieg in den stiftseigenen Audi. Sie fuhren vom Hof. Vorsichtig drückte Jakobus die Schnalle der Bürotür, aber Pater Bernhard hatte abgeschlossen. Wenigstens hatte sich Jakobus gemerkt, welche Bücher Pater Bernhard erwähnt hatte, und die sollten sich in der Bibliothek finden.

Im Moment war etwas anderes aber wichtiger und dringender. Seit dem Morgen hatte Jakobus nichts mehr gegessen. Statt zur Bibliothek abzubiegen, setzte er seinen Weg Richtung Küche fort.

»Ah, Pater Jakobus«, begrüßte ihn Daliborka Thonhauser. »Kann ich Ihnen etwas anbieten? Haben Sie Hunger? Warten Sie einen Moment, ich bin gleich wieder bei Ihnen.«

Sie brachte eine Platte mit aufgeschnittenem Schinken und frisch geriebenem Kren. »Es wird nicht mehr lange dauern, dann kommen auch die anderen«, sagte sie und setzte sich. »Bis dahin werde ich ein bisschen mitnaschen.« Mit einer Gabel fischte sie ein Schinkenblatt vom aufgeschichteten Haufen und probierte. »Der stammt von einem Bauern im Granitztal, ganz in der Nähe. Kann ich Ihnen gerne die Adresse geben. Dort gibt es auch einen guten Most. Wie ist es? Haben Sie sich ein bisschen eingelebt?«

»Es geht so«, antwortete Jakobus.

»Das klingt aber nicht sehr begeistert. Haben Sie schon Freunde gefunden?«

»Meine ersten Tage hier waren wohl ziemlich von Arbeit und Gebet ausgefüllt.«

Daliborka reichte Jakobus einen Korb mit Dinkelbrot und süßem Weißbrot. »Probieren Sie den Reindling. Die Rosinen und der Zimt schmecken wirklich gut zum Schinken.«

Jakobus nahm sich ein Stück auf seinen Teller. »Ich glaube, ich werde mich damit nicht anfreunden können.«

»Wenn Sie keinen Reindling mögen, kommen Sie aber nicht aus Kärnten?«

»Es ist gar nicht so weit bis zu meinem Geburtsort, aber aufgewachsen bin ich in Wien.«

»Sie machen ganz schön ein Geheimnis um sich. Ich finde es früher oder später selbst heraus.«

»Das glaube ich Ihnen.« Jakobus lachte.

»Studiert haben Sie auch, nehme ich an?«

»In Wien und im Vatikan.«

»Im Vatikan.« Sie zog beide Augenbrauen nach oben. »Und am Ende landen Sie hier.«

»Ob das das Ende ist, wird sich noch weisen.«

»Ich kenne Sie noch nicht sehr gut«, sagte Daliborka. »Aber wenn ich raten müsste, würde ich sagen, Sie sind jemand Wichtigem auf die Füße getreten. Könnte das sein?«

»Das ist durchaus möglich«, gab Jakobus zu.

2

Im Arkadengang begegnete Jakobus einem Mann in Jeans und T-Shirt. Er trug eine Umhängetasche, und aus seiner Hose ragte ein Smartphone. Schon war Jakobus an dem Unbekannten vorbei, fragte sich nur flüchtig, was der hier verloren hatte, als sich der Mann zu ihm umdrehte.

»Sie sind der Neue«, sagte der Mann eher als Feststellung. »Ernesto Valenti, Kärntner Tagespost.«

Jakobus ergriff die Hand, ohne etwas zu sagen.

»Sagt Ihnen Ockhams Rasiermesser etwas?«, fragte Ernesto.

»Entia non sunt multiplicanda praeter necessitatem«, antwortete Jakobus.

»Ganz genau. Die Elemente, die zur Erklärung eines Sachverhaltes eingesetzt werden, sollen nicht über das unbedingt nötige Maß erhöht werden. Die einfache Erklärung ist die richtige. Nur haben wir hier einen Fall, in dem man die Regel des guten William von Ockham nicht anwenden kann, weil man nicht zu viele, sondern zu wenige Elemente hat, um dem Rätsel auf den Grund zu gehen.«

»Wie meinen Sie das?«

Ernesto setzte sich auf eine der Steinbänke in den Arkaden und zog seinen Tabakbeutel aus der Tasche, gefolgt von einem kleinen Reiseaschenbecher, den er aufklappte und auf die Brüstung stellte. »Es geht um das Kreuz«, und wenn Ernesto nicht so damit beschäftigt gewesen wäre, seine Zigarette zu drehen, hätte er das tiefe Erschrecken auf Jakobus' Gesicht bemerkt.

»Das Kreuz«, stieß Jakobus hervor. »Woher …?« Er zügelte sich.

»Das Kreuz«, bestätigte Ernesto. »Sie waren doch sicher dabei. Ich meine, ich habe Sie nicht gesehen, aber es waren doch alle dabei.« Ernesto steckte sich die Zigarette zwischen die Lippen und zündete sie an. »Das wird noch große Wellen schlagen.«

»Meinen Sie?«, fragte Jakobus, und er räusperte sich, um seine Furcht zu verbergen.

»Aber ja. Der Bischof, die Behörden, selbst der Vatikan wird wissen wollen, was es mit diesem verdammten Kreuz auf sich hat«, bestätigte Ernesto.

»Werden die davon erfahren?«, fragte Jakobus.

»Wenn ich darüber schreibe, werden sie davon erfahren«, sagte Ernesto. »Mag sein, dass der Artikel nur in Kärnten erscheint, aber so etwas spricht sich herum. Es ist ein Skandal, und Abt Fürstberg wird sich erklären müssen.«

»Das wird eine Katastrophe auslösen«, sagte Jakobus.

»Eine Katastrophe ist es schon«, konterte Ernesto. »Es ist einfach unerträglich, wenn man ein Hakenkreuz mit einer Plexiglasscheibe schützt und gleichzeitig behauptet, man würde den Opfern des Nationalsozialismus gedenken. Das ist eine Verhöhnung der Opfer.«

»Ein Hakenkreuz?«, fragte Jakobus ungläubig.

»Ja, natürlich. Das Hakenkreuz unten am Stiftskonvikt. Da gehen jeden Tag die Kinder vorbei. Sie waren doch dabei, bei der Festmesse? Nicht wahr?«

»Ich bin noch nicht lange hier«, sagte Jakobus schnell.

»Eigentlich bin ich auf dem Weg zum Abt«, sagte Ernesto und dämpfte seine Zigarette im Reiseaschenbecher aus.

»Er ist nicht da«, sagte Jakobus.

»Wann kommt er zurück?«

Jakobus zuckte mit den Schultern.

»Vielleicht sagen Sie mir etwas über das Kreuz«, schlug Ernesto vor. »Warten Sie. Ich kenne Ihre Antwort schon. Sie sind nicht dazu befugt, mir Auskunft zu geben.« Ernesto schloss den Reiseaschenbecher und steckte ihn ein. »Ich hoffe, wir sehen uns bald wieder«, sagte er und verschwand Richtung Parkplatz.

3

Wenig später öffnete Jakobus den Eingang zur Bibliothek und schaltete das Licht über dem Schreibtisch an. Er hatte noch gut zwei Stunden Zeit bis zu seinem Treffen mit Pater Nemec und dem Bruder Botanikus. Im Geheimen wollten sie erörtern, was sie nun weiter unternehmen sollten, und um auf diese Frage eine Antwort zu finden, wollte Jakobus die Bibliothek durchforsten.

Einer der Bände des Hauptkatalogs lag aufgeschlagen da. Erst vorgestern hatte Jakobus darin gelesen und dabei die eine oder andere Eintragung überprüft. Schon bei diesen wenigen Stichproben hatte er festgestellt, dass der Katalog so gut wie unbrauchbar war. Nur in zwei von fünfundzwanzig Fällen hatte er das Buch wirklich am angegebenen Standort gefunden. Deshalb machte er sich keine großen Hoffnungen, während er nach dem Liber constructionis monasterii S. Blasium fahndete.

Das Buch tauchte nach einiger Suche aber doch in einem Verzeichnis der Folianten auf. Es war als Codex 74/1 aufgelistet, und neben dem Titel stand zu lesen, dass es sich um vier Bände handelte, die in der Zeit von 1045 bis 1400 verfasst und kompiliert worden waren.

Der Katalog gab Jakobus die Anweisung, sich in das erste Untergeschoss der Stiftsbibliothek zu begeben und dort einen Raum mit der Bezeichnung »L« aufzusuchen. Diesen Teil der Bibliothek erreichte Jakobus über eine Wendeltreppe, die sich im hinteren Bereich der Hauptbibliothek befand. Er musste eine Klappe öffnen und tauchte in einen durch Glühbirnen erhellten Schacht ein. Am Ende der Treppe drehte er sich nach links, stemmte eine verzogene Holztür auf und wurde vom Geruch nach altem, modrigem Papier empfangen.

Im Halblicht der Neonröhren stöberte Jakobus in den Regalen. Die Ledereinbände waren in den Jahrhunderten ihres

Daseins gedunkelt, und die Goldprägungen waren verblasst. Dennoch konnte Jakobus viele Titel entziffern und sah, dass die Bücher hier thematisch geordnet waren. Das machte ihm Hoffnung. Als er das erste Buch über St. Blasien gefunden hatte, entdeckte er auch noch ein zweites, drittes und viertes. Die vier Bände des Liber constructionis monasterii S. Blasium. Direkt daneben stand das Liber Originum Monasterij Sancti Blasij In Silva Hercynia. Davon hatte Pater Bernhard nichts erzählt, aber dem Titel nach musste es sich wohl mit der Abtei St. Blasien beschäftigen.

Das vierbändige Liber constructionis monasterii S. Blasium erzählte weitschweifig von der Gründung des Klosters St. Blasien im Jahr 948. Für eine Stunde oder mehr verlor sich Jakobus in den Wirren der Geschichte dieses kleinen Ortes im fernen Schwarzwald. Dann schlug er das zweite Buch auf. Das Liber Originum Monasterij Sancti Blasij In Silva Hercynia, geschrieben von Columban Reble, war viel jüngeren Datums. Es war 1716 in Waldshut von Johann-Baptista Waldpart gedruckt worden und umfasste etwas mehr als zweihundert Seiten. Hier ging es vor allem um die Kreuzreliquie im Adelheidkreuz und weniger um die allgemeine Geschichte des Stiftes. Columban Reble zählte unter anderem die Edelsteine auf, die das Adelheidkreuz zierten, aber viel mehr interessierte er sich für das Holzstück, das vom Kreuz Christi stammte. Immer wieder betonte er, wie groß es sei: »kein Particul / so nur ein Stücklein bedeutet / sondern ein schöne Portion, dass ist ein guter Theil / oder Stuck / so in der Breite fünff Zoll / in der Höhe aber sechs Zoll ausmachet.« Die beigefügte Zeichnung zeigte ein etwa zwölf mal sechzehn Zentimeter großes Kreuz aus Holz mit mehreren Löchern. Eines davon sollte von einem Nagel stammen, mit dem Jesus an das Kreuz geschlagen worden war.

4

Jakobus klopfte an Pater Nemec' Tür, und als ihm dieser öffnete, trat er in eine Wohnung, die sich grundlegend von seiner heruntergekommenen Bleibe unterschied. Vor ihm, mitten im Raum stand ein Intarsientisch aus dem Barock, darauf ein silbernes Kreuz, daneben fünf dazu passende Sessel mit Lederbezügen. An den Wänden hingen Gemälde, die dem ersten Augenschein nach ebenfalls aus dem Barock stammten. Selbst das Sofa und der Fernsehtisch, der ursprünglich wohl als Kommode gedient hatte, zeugte von erlesenem Geschmack. Auf dem Sofa, die Kutte schlampig über den Knien gerafft, fläzte der Bruder Botanikus.

Sein Erstaunen verbergend trat Jakobus ein. Im angrenzenden Raum bediente Pater Nemec die Kaffeemaschine. »Was, glaubt ihr, ist das Adelheidkreuz wert?«, fragte Pater Nemec und servierte den Kaffee. »Ich meine, wenn die Diebe es zu Geld machen wollen, was können sie wohl erwarten?«

»Keine Ahnung«, sagte Jakobus.

»Ihr könnt zumindest raten.«

»Ein paar Millionen werden es auf jeden Fall sein«, meinte der Bruder Botanikus und nahm sich eine Tasse schwarzen Kaffee. »Das ganze Gold und die Edelsteine werden einiges einbringen, und immerhin ist es ein unersetzbarer Kunstschatz.«

»Eben«, sagte Jakobus.

»Was meinst du?«, fragte Pater Nemec.

»Ein unersetzbarer und vor allem einzigartiger Kunstschatz«, sagte Jakobus. »Selbst wenn das Adelheidkreuz nicht als gestohlen gemeldet ist, wird es für die Diebe schwierig, es am freien Markt los zu werden. Jeder Kunsthändler, der nur einen Funken Anstand hat oder sich vor dem Gefängnis fürchtet, wird in so einem Fall hellhörig werden und nicht nur ein Echtheitszertifikat, sondern auch einen Nachweis der Provenienz fordern. Ein

Vortragekreuz aus dem 11. Jahrhundert bekommt man nicht auf dem freien Markt, und wenn, dann wäre es eine weltweite Sensation.«

»Du glaubst also, dass wer auch immer es war, das Kreuz nicht gestohlen hat, um es zu verkaufen?«, fragte Pater Nemec.

5

Die Alternative lautete, dass das Adelheidkreuz von Auftragsdieben gestohlen worden war. Auch in diesem Fall musste man das Kunstwerk verloren geben, und nur ein Zufall würde es je wieder an die Öffentlichkeit bringen.

»Das klingt wie aus einem Thriller«, sagte der Botanikus, als sie diese Möglichkeit erörterten.

»Aber es ist nicht ausgeschlossen«, wandte Pater Nemec ein. Er öffnete die Türen eines Sekretärs. Aus einer Lade holte er einen Laptop und kehrte damit zum Tisch zurück. »Heutzutage lassen sich solche Fragen relativ einfach klären. Wartet einen Moment.« Er tippte etwas in die Suchmaske. »Hier haben wir es. 2016 fanden Ermittler ein Gemälde von Van Gogh in der Villa eines Mafioso. Der hatte den Raub 2002 in Auftrag gegeben. Da, noch ein Fall. 2015 wurden von einer gut organisierten Truppe siebzehn Gemälde, darunter eines von Rubens und eines von Tintoretto, aus dem Museo di Castelvecchio in Verona geraubt. Die Männer, die angeblich mit osteuropäischem Akzent sprachen, schalteten die Alarmanlage aus, fesselten die Wachen und räumten die Ausstellungsräume in nur siebzig Minuten leer.«

Im Internet gab es eine Reihe von Bildern des Adelheidkreuzes, und wenn man nach mittelalterlicher Kunst suchte, stieß man früher oder später auf dieses imposante Kreuz. Die vielen Edelsteine, das hohe Alter und der gut erhaltene Zustand könnten einen Sammler schon in Versuchung führen. Zudem war das Adelheidkreuz im Vergleich zu anderen Kunstwerken dieser Größenordnung schlecht geschützt, und mit etwas Glück würde ein Einbruch in eine abgelegene Abtei in Kärnten nicht annähernd so viel Aufsehen erregen wie, sagen wir, ein Überfall auf die Schatzkammer der Wiener Hofburg, wo das Reichskreuz des Heiligen Römischen Reiches aufbewahrt wird.

»Du kannst ja nicht in den Gelben Seiten oder im Internet nachschauen und eine Firma für Kunstdiebstähle engagieren«, sagte Jakobus und nahm dankbar die zweite Tasse Kaffee entgegen, die ihm Pater Nemec einschenkte.

»Noch nie etwas vom Darknet gehört?«, fragte Pater Nemec zurück.

»Das ist nicht dein Ernst«, entgegnete Jakobus.

»Persönlich habe ich damit keine Erfahrung. Aber wenn man dort Drogen und Waffen bekommt, warum nicht auch Auftragsdiebe?«

»Da hat er recht«, meinte der Botanikus.

»Das können wir ganz leicht überprüfen. Du sitzt schon am Computer, also los«, sagte Jakobus.

»Auf gar keinen Fall.« Pater Nemec rückte vom Tisch weg. »Das greif ich nicht an.«

Jakobus fixierte den Bruder Botanikus.

»Ich?«, sagte der Botanikus und hob beide Hände. »Ich kenne mich mit so etwas überhaupt nicht aus, und ich will damit auch nichts zu tun haben.«

»Irgendetwas müssen wir unternehmen«, sagte Jakobus und trank seinen Kaffee aus. »So wie es jetzt ist, ist das eine unmögliche Situation.«

»Wir werden den Diebstahl sicher nicht aufklären«, sagte Pater Nemec.

»Wir vielleicht nicht«, gab ihm Jakobus recht. »Die Polizei hingegen hätte eine gute Chance, wenn sie davon wüsste.«

»Der Abt hat es untersagt«, sagte der Bruder Botanikus.

»Das weiß ich.« Jakobus stand auf und trat an Pater Nemec heran. »Ich verstehe nur nicht, warum.«

»Er will einfach keinen Skandal.« Pater Nemec klappte den Laptop zu.

»Wenn das größte und bedeutendste Kunstwerk der Abtei verschwindet? Das wird einen Skandal geben, das ist unvermeidlich. Irgendwann wird es herauskommen.« Jakobus leerte den letzten Tropfen aus seiner Kaffeetasse.

»Warum sollte es?«, fragte Bruder Botanikus.

»Ein Geheimnis, das mehr als einer kennt, ist keines mehr«, sagte Jakobus. »Irgendwer verplappert sich, und ich bin mir nicht sicher, ob die Geschichte nicht ohnehin schon die Runde macht.«

»Der Abt wird seine Gründe haben, warum er den Diebstahl geheim hält«, sagte Pater Nemec.

»Diese Gründe würde ich gerne kennen«, erwiderte Jakobus. »Ich werde ihn danach fragen.«

»Das würde ich an deiner Stelle bleiben lassen.«

Jakobus sah Pater Nemec fragend an.

»Du weißt doch, ein Abt kann dir das Leben zur Hölle machen, und ich sage dir, Abt Fürstberg ist in dieser Disziplin ganz groß.«

6

Ernesto Valenti stand mit dem angeleinten Hund direkt an der Stirnseite des Konvikts und betrachtete das Hakenkreuz hinter der Plexiglasscheibe. An der Fundamenteinfassung darunter lehnte ein Blumenkranz mit einer Schleife. Auf der stand: »Im Gedenken an die von den Nationalsozialisten verfolgten Mitbrüder.«

Ja, es stimmte. Die Nazis hatten das Stift 1940 aufgehoben, und die Mönche mussten gehen, sofern sie nicht selbst Nationalsozialisten waren. Das Stiftsgymnasium wurde zu einer nationalsozialistischen Eliteschule. Der Ort hieß nicht länger St. Paul, sondern Sponheim, nach dem angeblich arischen Adelsgeschlecht, das hier zum ersten Mal eine Burg errichtet hatte.

Alles sehr furchtbar. Aber hätte der Abt nicht wenigstens Josef Flößholzer in seiner Ansprache erwähnen können? Der stammte aus St. Paul und wurde am 26.2.1941 im KZ Dachau ermordet. Oder Franz Vrsnjak, ebenfalls in St. Paul geboren. Am 27.2.1945 im KZ Dachau ermordet. Wilhelm Hess, als politisch Verfolgter in St. Paul inhaftiert, starb in NS-Haft in Maribor, und das erste Opfer des NS-Terrors in St. Paul, Josef Mühlbacher, ein Niederösterreicher, der aber lange Zeit in St. Paul lebte und bald nach der Machtergreifung verhaftet wurde. Er starb am 28.12.1939 im KZ Mauthausen.

Nun, auf der Tafel stand kein Wort von diesen Männern, und in den Ansprachen wurden sie nicht erwähnt. Der Hund zog an der Leine. Lola wollte weg von diesem schrecklichen Ort, und Ernesto folgte ihr den Weg entlang zum Café Sternweiss.

Von dem alten Kastanienbaum, den Ernesto so gemocht hatte, war nur mehr der Stumpf übrig, aber Ernesto und Lola setzten sich doch in seinen nicht mehr vorhandenen Schatten. Lola schlabberte aus dem Napf, den ihr der Chef hinstellte, und legte sich dann auf Ernestos Füße.

»Die Geschichte mit dem Hakenkreuz gefällt mir nicht«, sagte der Chef und hielt Ernesto eine offene Zigarettenschachtel hin. »Das ist nicht gut fürs Geschäft. Die Leute mögen so etwas nicht.«

»Außer die Neonazis«, sagte Ernesto.

»Die brauch ich aber nicht in meinem Café.«

»Beschwer dich beim Abt«, forderte Ernesto ihn auf.

»Ich? Bist du verrückt? Das Stift schickt mir jede Menge Gäste, ganze Busladungen voll. Wenn ich mich beschwere, …«

»Wer sind diese Leute da drüben?«, fragte Ernesto ansatzlos und zeigte mit der brennenden Zigarette auf eine Gruppe rund um Eberhard Kollnitz auf der anderen Seite des Gastgartens.

»Die? Oh, die waren schon oft hier.«

»Wie oft?«

»Was weiß ich? Seit ein paar Jahren immer mal wieder«, sagte der Chef. »Die haben etwas mit dem Stift zu tun.«

»Die waren doch auch bei der Einweihung des Hakenkreuzes«, sagte Ernesto. »Ich bin neugierig, was die dazu zu sagen haben.«

»Nicht«, sagte der Chef des Cafés, aber Ernesto hatte die Leine der Labradorhündin schon aufgenommen und befand sich auf dem Weg zu Eberhard Kollnitz und seinen Gästen. Lola schnüffelte kurz an Kollnitz' Knie, wandte sich gleich dem Mann im Anzug zu und sah ihn erwartungsvoll an. Als er nicht reagierte, stupste sie ihn mit der Schnauze an.

»Sie haben Ihren Hund nicht unter Kontrolle«, sagte Kollnitz und rückte ein Stück zur Seite, als müsse er sich vor Lola in Sicherheit bringen.

»Sie wird Sie zu Tode schlecken«, sagte Ernesto und holte Lola zu sich, sodass sie ihren Körper an seinen Unterschenkel lehnte.

»Was haben Sie hier zu suchen, Valenti?«, fragte Kollnitz und sah zu ihm auf.

»Ich gehe mit meinem Hund spazieren, trinke einen Kaffee und bewundere das Hakenkreuz.«

»Machen Sie kein Drama daraus«, sagte Kollnitz.

»Warum nicht?« Ernesto hielt die Leine straff, weil er sich nicht sicher war, ob Lola nicht doch einen Versuch starten würde, um den Mann im Anzug zu küssen.

»Es ist lange her, und niemand interessiert sich mehr dafür«, sagte Kollnitz.

»Sie waren alle bei der Festmesse. Dafür, dass sich niemand interessiert, haben sich eine ganze Menge Leute versammelt.

Apropos Leute. Lieber Herr Ingenieur Kollnitz, wollen Sie mich nicht Ihren Gästen vorstellen?«

»Nein«, sagte Kollnitz und erhob sich aus seinem Sessel.

»Sie sind wie immer ein Ausbund der Unfreundlichkeit und des schlechten Benehmens«, sagte Ernesto. »Komm, Lola«, sagte er. »Das ist kein Umgang für dich.« Er warf noch einen Blick in die Runde. Dann ging er, und Lola ließ ihren Hintern hin- und herschwingen, während sie sich entfernten.

4. Kapitel

1

In den Tagen nach Ostern bekam Jakobus Pater Bernhard nicht zu Gesicht. Im Stiftssekretariat teilte man ihm mit, dass Pater Bernhard mindestens noch bis nächste Woche, aber wahrscheinlich länger in Graz weilen würde. Dort besaß das Stift eine Wohnung. Pater Bernhard zog sich gerne dahin zurück, erklärte ihm die Sekretärin. Aber in dringenden Fällen sei er selbstverständlich telefonisch erreichbar.

Jakobus ließ sich die Handynummer geben und rief an. Es läutete lange, und Jakobus wollte schon aufgeben, als Pater Bernhard abhob.

»Entschuldige, dass ich so ohne Vorwarnung aufgebrochen bin«, sagte Pater Bernhard.

»Kurz bevor du aufgebrochen bist, hast du gesagt, … «, begann Jakobus.

»Hör zu, verehrter Pater Jakobus«, unterbrach ihn Pater Bernhard. »Wir haben uns erst ein- oder zweimal gesehen. Also, ich kenne dich eigentlich noch gar nicht, und die Sache ist doch einigermaßen heikel.«

»Wann kommst du wieder nach St. Paul zurück, oder vielleicht kann ich dich in Graz besuchen?«, fragte Jakobus und ärgerte sich, dass er so forsch war.

»Oh nein, so eilig ist die Sache doch nicht. Sagen wir, in einer Woche?«

Mehr war aus Pater Bernhard nicht herauszubringen. Jakobus blätterte anschließend wieder im Liber constructionis monasterii S. Blasium. Als er das Gefühl hatte, das ihn das nicht weiterbrachte, stieg er in den Keller hinunter und durchsuchte die Bibliothek.

Er fand eine Liste aller Reliquien, die ursprünglich im Adelheidkreuz deponiert gewesen waren. Die Auswahl reichte von der schon erwähnten Kreuzreliquie über ein paar Krümel der Erde, in die das Blut Christi geflossen war, über ein Stück vom Kleid der Muttergottes, die Tränen einer Heiligen, von der er noch nie gehört hatte, bis hin zu nicht näher bestimmten Reliquien einer beinahe unabsehbaren Reihe von minderen Heiligen und Äbten. Besonders bemerkenswert erschien ihm eine Phiole mit der Milch der heiligen Gottesmutter Maria und einem Teil der Nabelschnur Jesu. Er fragte sich, warum diese Nabelschnur hier auf Erden zu finden war, wenn doch Jesus leiblich in den Himmel aufgefahren war, was ihn zur leidlichen Frage brachte, was mit Jesu Vorhaut geschehen war. Die war ihm als Kind doch abgeschnitten worden, immerhin war er Jude. War die noch irgendwo, oder hatte Jesus sie in den Himmel mitgenommen und, Gott behüte, war sie wieder angewachsen?

2

Der Blick auf die Uhr zeigte ihm, dass Mitternacht schon vorbei war. Also verstaute er die Reste der Schokolade in einer Schreibtischschublade und schaltete das Licht aus. Im Halbdunkel der Nacht schlenderte er durch die Gänge, in Gedanken immer noch bei der schier endlosen Liste der Reliquien, die mitsamt des Adelheidkreuzes gestohlen worden waren. In den alten Gemäuern hallte auch noch der leiseste Schritt, und Jakobus hatte das Gefühl, von überall her würde das Geräusch von tapsenden Füßen zu ihm dringen. Er blieb stehen, und die Schritte verstummten. Für ein paar Sekunden verharrte er, und obwohl er sich nicht bewegte, begannen die Schritte von Neuem.

Vom Eingang zur Bibliothek konnte Jakobus den Kreuzgang gut überblicken. Dort in der Finsternis bewegte sich jemand.

Es war ein Mann. Er trug kein Mönchsgewand, sondern Hosen und einen Pullover. Von der rechten Schulter baumelte eine Umhängetasche, die ziemlich schwer sein musste, denn der Mann neigte sich deutlich auf diese Seite.

Als der Mann zwischen zwei Säulen des Kreuzganges trat, fiel das schwache Mondlicht auf seine Gestalt, und Jakobus meinte, Pater Peter Nemec, den Hofmeister, zu erkennen. Kaum hatte Pater Nemec ein paar Schritte Vorsprung gewonnen, zog Jakobus seine Schuhe aus und folgte ihm in Socken. Schon bog Pater Nemec um eine Ecke, und Jakobus musste sich beeilen, um ihn nicht aus den Augen zu verlieren. Vorne kam eine weitere Gabelung, und Pater Nemec hielt sich links. Bevor er die letzte Abzweigung Richtung Kunstsammlung nahm, drehte sich Pater Nemec wieder nach links und stand vor einer Tür. Er zog einen Schlüssel aus seiner Hosentasche und öffnete die Tür. Vorsichtig näherte sich Jakobus, glitt an der Wand entlang und wartete, bis Pater Nemec hinter der Tür verschwunden war. Er hatte sie nicht wieder ins Schloss gedrückt, und so folgte Jakobus ihm.

Entlang der Wände zogen sich Regale mit Schachteln und Kisten. Die Etiketten konnte Jakobus nicht entziffern. Im nächsten Raum reihten sich auf breiten Tischen Monstranzen und Messkelche aneinander. An einer Stellage lehnten Ölbilder, und in einer aufgezogenen Schublade entdeckte Jakobus im Vorbeigehen Fächer mit Perlenringen und Goldketten.

So gerne er sich näher umgesehen hätte, dafür war keine Zeit. Pater Nemec drang tiefer in das Kunstdepot vor, und Jakobus konnte hören, wie er einen Kasten oder eine Tür öffnete. Jakobus holte ihn ein, blieb von einem Regal gedeckt stehen und sah, wie Pater Nemec seine Tasche öffnete. Selbst im schwachen Licht der Nacht schimmerte das Gold. Es war ein Kästchen, mindestens zwanzig Zentimeter hoch und wohl recht schwer, denn Pater Nemec musste beide Hände zu Hilfe nehmen, um es auf das Regal zu hieven.

3

Wie ein Marder um den Hühnerstall, so schlich Jakobus am nächsten Morgen um das Kunstdepot. Es musste noch einen anderen Zugang geben als diese nun wieder verschlossene Tür. Zu gerne wollte er den Schrank öffnen und sehen, was genau Pater Nemec dort deponiert hatte. Beim Mittagessen beargwöhnte Jakobus Pater Nemec, der neben ihm saß und konzentriert sein Putenschnitzel klein schnitt und verzehrte.

Der Bruder Botanikus schenkte ihnen Wein in die Gläser. »Ihr kommt heute doch auch?«, fragte er in die Runde. »Im Wirtschaftshof. Ihr seid doch auch dabei. Nicht wahr?«

»Was findet denn im Wirtschaftshof statt?«, fragte Jakobus zurück.

»Na, das kannst du natürlich nicht wissen.« Der Botanikus stieß Pater Stephanus an, der neben ihm saß. »Sag einmal, Stephanus, hast du unseren Neuen gar nicht eingeladen?«

»Den Neuen?«, fragte Stephanus und als er Jakobus sah, hellte sich sein Gesicht auf. »Jakobus. Das tut mir leid. Hoffentlich hast du heute Abend nach dem Gebet noch nichts vor. Würde mich freuen, wenn du kommst. Auf ein Gläschen, oder auch zwei.«

»Um was geht es denn?«

»Wir stellen unseren Jahrgangsschnaps vor. Den Sacro Sanctus. Ein Jahr im Eichenfass gereift.« Stephanus lächelte breit. »Der ist gut für Geist und Seele. Das sage ich dir als dein Infirmar.«

»Ich dachte, der Infirmar ist für die Gesundheit der Mönche zuständig«, entgegnete Jakobus.

»Eben. Mit dem Sacro Sanctus heilen wir hier alles. Sogar den Schmerz, der sich hier verbirgt«, Stephanus legte sich eine Hand aufs Herz.

4

Als die anderen Mönche den Speisesaal verließen, blieb Jakobus noch ein wenig. Er sammelte die Teller in seiner Nähe ein, trug sie in die Küche und stellte sie neben den Geschirrspüler. Daliborka Thonhauser nahm ihm die nächste Ladung aus den Händen.

»Das müssen Sie wirklich nicht tun«, sagte sie.

»Ich mach es doch nur, um mir eine Extraportion vom Dessert zu verdienen«, sagte Jakobus.

»Die können Sie auch so haben.« Die Köchin lachte und schnitt ein großes Stück vom Kuchen ab. »Es freut mich, wenn es Ihnen schmeckt«, sagte sie und nahm sich selbst auch ein Stück.

»Ich werde nicht lang darum herumreden«, meinte Jakobus. »Ich bin nicht nur wegen des wirklich vorzüglichen Kuchens hier.«

»Sondern?«

»Eines habe ich schon mitbekommen«, fuhr Jakobus fort. »Sie wissen ganz gut darüber Bescheid, was im Stift so vor sich geht.«

»Na ja«, meinte Daliborka und leckte die Creme von ihrer Gabel.

»Nur keine falsche Bescheidenheit«, meinte Jakobus. »In diesen Gemäuern gehen seltsame Dinge vor sich.«

»Das können Sie laut sagen«, sagte Daliborka.

»Können Sie mir etwas über unseren Pater Nemec erzählen?«, fragte Jakobus unvermittelt.

»Über den Hofmeister?«

»Wie lange ist er denn schon hier?«

»Fünf Jahre werden es schon sein.«

»Er wird jetzt so Mitte dreißig sein, oder täusche ich mich?«, fragte Jakobus.

»Wird schon hinkommen. Ich glaube, achtunddreißig, aber da müssten Sie in der Verwaltung nachfragen.«

»Wissen Sie zufällig, wo er vorher war?«

»In Melk, und von dort ist er nicht ganz freiwillig nach St. Paul gewechselt. Soweit ich weiß, stammt er aus Tschechien, oder seine Eltern stammen da her. Aufgewachsen ist er in Wien, und irgendwie hat es ihn nach Melk verschlagen. Ist immerhin eines der berühmtesten Klöster, nicht wahr? Da ist St. Paul schon ein Abstieg.«

»Was hat er denn angestellt?«

»So wie er aussieht, ist das nicht schwer zu erraten.«

»Wie sieht er denn aus?«, wollte Jakobus wissen.

»Wie ein Filmstar. Viel zu schade für einen Mönch. Da ist der Frauenwelt etwas verloren gegangen. Oder eben auch nicht.«

»Eine Frauengeschichte?«

»Angeblich nicht nur eine. Ziemlich junge Dinger sollen dabei gewesen sein«, sagte Daliborka und schenkte Jakobus noch eine Tasse Kaffee ein. »Aber die Strafversetzung hat nichts genutzt. Halb St. Paul ist hinter ihm her, die weibliche Hälfte, hauptsächlich, mit Männern hat er es angeblich nicht so.«

Jakobus verspeiste sein Stück vom Kuchen und erhob sich. »Sonst wird nichts über ihn gemunkelt?«

»Reicht das nicht? Ein Mönch, ein Pfarrer, der sich mit dem halben Dorf herumtreibt. Na, vielleicht auch nur mit einer. Mit der aber dafür …« Die Köchin wiegte die Hände, als wolle sie etwas Furchtbares andeuten. »Sie werden es selbst sehen, wenn Sie heute Abend zur Schnapsverkostung kommen.«

5

Der Wirtschaftshof lag südlich direkt gegenüber dem Hauptportal des Stiftes. Die große Einfahrt war geöffnet, und Jakobus hörte Stimmen und eine Autotür, die gerade zugeschlagen wurde, als er die Torpassage durchquerte. Im rechteckigen Innenhof parkten Wagen, und über ein paar Tischen war eine Art Sonnensegel aufgespannt. Dahinter standen Frauen in Tracht, und Pater Stephanus unterhielt sich mit einem glatzköpfigen Mann und reichte ihm ein tulpenförmiges Schnapsglas. Die Ärmel des Hemdes hatte er aufgekrempelt, sodass das große tätowierte keltische Kreuz an seinem linken Unterarm gut sichtbar war.

Im Inneren des Wirtschaftshofes reihten sich Bierbänke unter einem Gewölbe. Trotz der Heizstrahler formten sich Kältewölkchen vor den Mündern der Besucher, und die meisten hatten ihre Winterjacken anbehalten. Es mochten vielleicht dreißig Leute gekommen sein. Vorne am Quertisch hatten Abt Fürstberg und Altabt Severin Platz genommen, ihnen zur Seite saßen die geheimnisvollen Gäste der Abtei. Der ältere Mann im Anzug, hager, mit tiefen Falten am Hals und im Gesicht. Der Franziskaner und zwei weitere, wesentlich jüngere Männer in Zivil.

Jakobus bediente sich am Buffet und ging wieder hinaus ins Freie, stellte sich neben Pater Stephanus und begutachtete die Kollektion von Schnapsflaschen, die auf dem Pult stand.

»Du hast die offizielle Eröffnung verpasst«, sagte Stephanus und drückte Jakobus ein Schnapsglas in die Hand. »Das ist der Sacro Sanctus. Weinbirnenschnaps.«

»Verzeih, Stephanus«, sagte Jakobus. »Ich habe über den Büchern die Zeit übersehen.« Er steckte seine Nase in das Schnapsglas. Es roch fruchtig und erdig zugleich. Die goldbraune Flüssigkeit zog Schlieren.

»Es war nicht sehr aufregend«, sagte Pater Stephanus. »Nur eine elendslange Ansprache des Abtes über die Gaben und den Segen Gottes. Wichtig ist doch, dass der Schnaps gelungen ist.« Er stieß mit Jakobus an und nippte von seinem Glas.

Drüben auf der anderen Seite des Innenhofes fuhr ein Wagen vor. Pater Nemec näherte sich dem etwas heruntergekommenen VW eilig und hielt der Frau, die gerade ausstieg, die Hand hin.

»Das ist die Bürgermeisterin. Sie himmelt ihn an«, sagte Stephanus. »Wie fast jede Frau im Ort. Sie halten ihn für George Clooney oder so etwas.«

Pater Nemec und die Bürgermeisterin gingen nebeneinander über den Hof und zwischen den Gästen hinein zu den Tischen. Dort nahmen sie gemeinsam Platz, und über den Tisch hinweg prosteten sie einander zu und lachten. Die Bürgermeisterin verzog den Mund, als sie von dem Schnaps kostete.

Wie zufällig ging Jakobus an ihnen vorbei und streifte Pater Nemec mit seiner Kutte.

»Ah, Jakobus«, sagte Pater Nemec und griff nach Jakobus' Arm. »Setz dich einen Moment zu uns. Darf ich vorstellen? Das ist unsere Bürgermeisterin Beate Ebner-Logar.«

»Beate«, sagte die Bürgermeisterin und reichte Jakobus die Hand.

»Auch einen Schnaps?«, fragte Pater Nemec.

»Ich glaube, ich habe genug«, sagte Jakobus.

»Dabei hat es noch nicht einmal richtig angefangen. Alle warten auf Kollnitz«, sagte Pater Nemec. »Sein Platz an der Seite des Abtes ist noch frei.«

»Und warum sitzen Sie, entschuldige, du, Beate, nicht am Ehrentisch? Immerhin als Bürgermeisterin«, fragte Jakobus.

»Wir sind nicht so gut aufeinander zu sprechen«, sagte die Bürgermeisterin und nahm sich ein Brötchen. »Er hält mich für eine gefährliche Kommunistin.« Sie lachte.

»Bist du das?«, wollte Jakobus wissen.

»Sie ist bei den Grünen«, erklärte Pater Nemec.

»Er glaubt, dass ich das Stift enteignen möchte.« Die Bürgermeisterin schüttelte den Kopf.

Die Angelegenheit war schnell erklärt. In ein paar Jahren sollte eine Schnellbahn mit einer Höchstgeschwindigkeit von 250 km/h direkt an St. Paul vorbeiführen. Die Strecke würde Klagenfurt mit Graz und Wien verbinden und neue wirtschaftliche Chancen eröffnen. In St. Paul war einer der wenigen Bahnhöfe geplant, und die Gemeinde musste schnell reagieren, um Profit aus dieser Situation zu schlagen.

»Aber der Abt will nicht mitziehen?«, fragte Jakobus.

»Ich glaube, er will den Preis hinauftreiben«, sagte Pater Nemec.

»Er will nicht verkaufen«, kam es von der Bürgermeisterin. »Er kann mir ja nicht einmal in die Augen sehen. Dabei fällt ihm das bei anderen Frauen nicht so schwer, oder sieht er da ganz woanders hin?«

»Beate, bitte«, sagte Pater Nemec und griff nach ihrer Hand.

»Weil es doch wahr ist. Es ist kein Wunder, dass ihm so viele Kinder im Ort ähnlich sehen.«

Jakobus sah sie begriffsstutzig an.

»Es sind seine«, setzte sie nach.

»Das kannst du nicht mit Sicherheit behaupten«, wandte Pater Nemec ein.

»Kennst du den Witz?« Die Bürgermeisterin sah Jakobus an. »Was ist der Unterschied zwischen einem evangelischen und einem katholischen Pfarrer? Na?« Sie gab ihm keine Gelegenheit darauf zu antworten. »Beim evangelischen hängen die Windeln vor einem Haus, beim katholischen im ganzen Dorf.«

Ein Schrei riss Jakobus aus dem Gespräch. Der Bruder Botanikus bahnte sich seinen Weg durch den Raum, rempelte ein paar Novizen an. Schon dachte Jakobus, der junge Mönch würde sich auf den Abt stürzen, aber im letzten Moment änderte er seine Richtung und blieb vor Pater Nemec stehen.

»Das kannst du einfach nicht machen«, sagte der Botanikus so laut, dass alle es hören konnten.

»Nicht hier.« Pater Nemec berührte ihn an der Schulter, aber der Botanikus schüttelte ihn ab.

»Du musst über so etwas vorher mit mir reden.«

»Beruhig dich.«

»Ich beruhige mich nicht.«

»Dann lass uns hinausgehen.« Pater Nemec griff wieder nach seiner Schulter, und diesmal packte er fester zu.

»Lass mich los«, schrie der Botanikus. »Ich …«

»Du sagst kein Wort mehr. Hast du mich verstanden? Und jetzt komm mit.« Pater Nemec hob den Botanikus hoch und zerrte ihn aus dem Raum.

6

Jakobus fand den Botanikus im Barockgarten in der Laube. Schon im Hof noch vor dem Eingang zum Garten umwehte Jakobus der Duft von Marihuana. Der Botanikus hockte auf der Bank und rauchte. Als Jakobus neben ihm Platz nahm und ihn ansprach, drückte er ihm schweigend den Joint in die Hand und baute für sich selbst einen neuen.

So saßen sie lange, und alles war still. Doch dann schreckte Jakobus auf. Vom Stift her schritt Pater Bernhard den Weg zu ihnen herunter.

»Stephanus hatte recht«, sagte Pater Bernhard. »Er hat mir gesagt, dass ihr euch davongeschlichen habt, und das kann nur eines bedeuten.« Er wies auf das Päckchen mit dem Tabak und dem Cannabis.

»Das ist nicht …«, begann der Botanikus.

»Schon gut«, schnitt ihm Pater Bernhard das Wort ab. »Ich bin nicht auf der Suche nach dir, sondern nach Jakobus.«

»Du wolltest doch erst kommenden Montag zurück sein«, sagte Jakobus mit leicht verwaschener Stimme.

»So lange haben wir nicht mehr Zeit«, sagte Pater Bernhard.

»Um was geht es?«, wollte der Botanikus wissen.

»Nichts, was dich interessieren müsste«, wimmelte Pater Bernhard ihn ab. »Aber wir zwei.« Er streckte Jakobus die Hand hin, um ihm aufzuhelfen. »Wir müssen jetzt sofort los.«

7

Ernesto hatte ein paar Fotos von Pater Stephanus mit einer Schnapsflasche geschossen, hatte die Bürgermeisterin lächelnd und mit einem Glas in der Hand abgelichtet und wollte schon wieder abziehen, als Pater Nemec und der Botanikus aneinander gerieten.

»Es geht Sie einen Scheißdreck an«, brüllte der Botanikus, als Ernesto ihn nach dem Grund für die Auseinandersetzung fragte. Ernesto sah ein, dass es keinen Sinn hatte, weiter nachzubohren. Also folgte er dem Botanikus, und es war nicht schwer zu erraten, wo dieser zu finden war.

Als Ernesto im Barockgarten ankam, hatte sich der Bruder Botanikus schon einen neuen Joint gebaut. Er zog die Kutte eng um seinen Oberkörper und Ernesto bot ihm seine Jacke an, aber der Botanikus lehnte ab.

»Ein Kiffer, der seinen besten Freund schlägt. Was steckt da dahinter?«

»Ah, diese Abtei ist ein einziger Sauhaufen«, sagte der Botanikus.

»Warum ist diese Abtei ein Sauhaufen?« Ernesto setzte sich auf die Bank und rollte sich eine Zigarette.

»Darf ich nicht sagen«, kam es vom Botanikus.

»Wie lange willst du noch den Mönch spielen? Du könntest eine Gärtnerei aufmachen, ein Unternehmen für medizinisches Marihuana gründen.«

»Warum sollte ich?« Der Botanikus blies Ernesto den Cannabisrauch ins Gesicht. »Mir geht es gut hier.«

»Bis auf die kleine Auseinandersetzung mit Nemec.«

»Nerv mich nicht.«

»Na gut«, sagte Ernesto und stand auf. »Rauch dich ein. Ich störe dich nicht weiter. Aber eines kannst du mir vielleicht verraten.«

Der Bruder Botanikus hob den Kopf.

»Wer sind diese Gäste? Diese Leute, die neben dem Abt gesessen haben? Der mit dem Anzug.«

Der Botanikus zuckte mit den Schultern. »Wozu willst du das wissen?«

»Professionelle Neugier.«

»Ich wüsste nicht, was es schaden könnte, wenn ich es dir erzähle.« Der Botanikus stieß eine ungeheure Rauchwolke aus. »Der im Anzug ist irgend so ein Typ, ein höheres Tier.«

»Ein höheres Tier?«, fragte Ernesto nach. »Vom Bischof?«

»Ah, der Bischof«, kam es vom Botanikus zurück. »Als ob den hier jemand ernst nehmen würde.«

»Vom Vatikan?«

»Vatikan? Ja, so ähnlich. Die haben den Vatikan unterwandert.«

»Wer?«

»Der Opus Dei«, sagte der Botanikus. »Sollte ich dir eigentlich nicht verraten. Aber was wirst du schon damit anfangen.«

5. Kapitel

1

»So, jetzt sag schon. Wer hat das Adelheidkreuz gestohlen?« Jakobus hatte Mühe, mit Pater Bernhard Schritt zu halten und zupfte ihn an der Jacke.

»Nicht hier«, sagte Pater Bernhard und schlug den Weg am Paulusbrunnen vorbei Richtung Bürotrakt ein. Mit seinem riesigen Schlüssel öffnete er die Tür und ließ Jakobus ein. »Du musst wissen, die Geschichte reicht weit zurück. Bis ins Paradies.«

Während er Jakobus Platz anbot und die Bilder des Adelheidkreuzes auf seinem Schreibtisch herumschob, erzählte er eine langwierige Geschichte, die mit der Vertreibung von Adam und Eva aus dem Paradies begann und bis zu den Tagen Jesu reichte.

»Als Adam im Sterben lag, schickte er seinen dritten Sohn Seth an die Pforten des Paradieses. Dort sollte er vom Erzengel Michael eine Frucht vom Baum des Lebens erbitten. So dachte Adam, den Tod besiegen zu können. Aber nach neunhundertdreißig Jahren auf der Erde fand ihn der Tod trotzdem.«

»Das Adelheidkreuz«, mahnte Jakobus.

»Ja, gleich«, erwiderte Pater Bernhard und erzählte davon, dass der Sohn zu spät kam, und Adam schon gestorben war. Deshalb begrub man Adam und legte ihm die Frucht vom Baum des Lebens in den Mund.

»Daraus wuchs ein Baum«, fuhr Pater Bernhard fort.

»Und wenn ein ganzer Wald daraus gewachsen wäre. Wer hat das Adelheidkreuz gestohlen?«

»Sag bloß, du kennst die Geschichte nicht. Das ist die wichtigste Geschichte überhaupt. Das ist die Geschichte vom Heiligen Kreuz.«

»Ich weiß.« Jakobus rutschte auf seinem Sitz herum. »Das Holz taucht später beim Tempelbau zu Zeiten König Salomons wieder auf. Ich hab die Legende gelesen. Das Holz passt nicht in den Tempel, und König Salomon lässt daraus eine Brücke bauen.«

»Genau, und die Königin von Saba weigert sich, über diese Brücke zu gehen, weil auf dem Holz der Erlöser der Welt sterben wird. Woraufhin Salomon das Holz in einem Teich versenken lässt.«

Pater Bernhard füllte einen Wasserkocher und schaltete ihn ein. »Magst du auch einen Tee?«

»Wenn du mir verrätst, was das alles mit dem Adelheidkreuz zu tun hat. Vorher hattest du es so eilig, und jetzt erzählst du mir diese Wundergeschichte vom Holz aus dem Paradies.«

»Jacobus de Voragine hat diese großartige Geschichte im Mittelalter zum ersten Mal aufgeschrieben.« Pater Bernhard ließ Teesäckchen in die Tassen gleiten.

»Ich weiß.« Jakobus stand auf und ging zur Tür.

»Jetzt setz dich wieder. Das ist wichtig. Das Holz, das König Salomon im Teich versenkt hatte, kam eines Tages wieder zum Vorschein. Genau an jenem Tag, an dem Jesus gekreuzigt werden sollte. So wurde der Baum aus dem Paradies das Holz, an dem Christus starb.«

»Ja, eine interessante Geschichte.« Jakobus hatte schon die Türschnalle in der Hand.

»Ein Stück von diesem Holz befindet sich im Adelheidkreuz. Es wurde nicht wegen des Goldes und der Edelsteine gestohlen. Für die Diebe ist das Kunstwerk völlig uninteressant. Es geht ihnen einzig und allein um die Kreuzreliquie, um das Holz vom Heiligen Kreuz. Um nichts anderes.«

Jakobus nahm diese Enthüllung schweigend hin.

»Und deshalb dürfen wir nicht länger zögern«, setzte Pater Bernhard fort.

»Einen Moment«, unterbrach ihn Jakobus. »Das geht mir zu schnell.«

»Was meinst du?«

»Die Kreuzreliquie befindet sich doch seit mehr als zweihundert Jahren nicht mehr im Adelheidkreuz. Sie wurde am Beginn des 19. Jahrhunderts vernichtet«, sagte Jakobus. »Was du behauptest, kann also gar nicht wahr sein.«

»Ah, du hast deine Hausaufgabe gemacht.«

Natürlich hatte Jakobus alles gelesen, was er zum Adelheidkreuz hatte finden können. Er hatte nur keine Lust, das alles hier und jetzt zu repetieren, wie bei einer Prüfung in einem Kunstgeschichteseminar an der Uni. Im Barock hatte man eine Kopie gefertigt, in diese Kopie hatte man die Kreuzreliquie verbracht, und eben diese Kopie samt dem Holz vom Heiligen Kreuz war nach Ende der napoleonischen Kriege als Reparaturleistung an die Franzosen gegangen. Das Kreuz hatte man eingeschmolzen. Das Holz … ja, wer wusste das schon. Ende der Geschichte.

»Das ist so nicht ganz richtig.« Pater Bernhard deckte das in Tücher geschlagene Kästchen auf, das er aus der Schreibtischlade gezogen hatte. »Das ist ein Ostensorium«, erklärte er. »Es wurde extra für die Aufbewahrung der Kreuzreliquie hergestellt. Ich zeige es dir.«

Der Deckel klappte auf. In einer Vertiefung ruhte ein Kreuz aus hellem Holz, in das quer zwei dunklere Späne eingesetzt waren.

»Aber das ist …«, setzte Jakobus an und verstummte. »Jetzt verstehe ich überhaupt nichts mehr.«

»Es ist ganz einfach. Man hat die Kreuzreliquie damals aus dem barocken Kreuz entfernt und was weiß ich, irgendein Holzstück hineingesteckt. Weder den Habsburgern noch Napoleon ging es um die Reliquie. Die wollten das Gold.«

»Gut, aber das hier ist doch nicht die große Kreuzreliquie«, sagte Jakobus.

»Langsam, ich erkläre es dir. Das barocke Kreuz war verloren. Das mittelalterliche, das wahre Adelheidkreuz blieb erhalten und landete im Depot. Für lange Zeit kümmerte sich niemand darum. Weder um das Kreuz noch um die Reliquie. Es war bloß ein Kunstschatz, ein wichtiger zwar, aber weiter nichts.«

In den letzten Jahren änderte sich das. Auf Anweisung des Abtes wurde das Adelheidkreuz wieder hervorgeholt und in der Liturgie eingesetzt. Als Vortragekreuz bei der Karfreitagsprozession.

»Zu diesen Anlässen, und wirklich nur zu diesen Anlässen ersetze ich höchstpersönlich die kleine Kreuzreliquie durch das Original, durch die große Kreuzreliquie, sonst ruht sie hier in diesem Ostensorium.«

»Du willst mir damit sagen, dass sich das Original, die große, echte Kreuzreliquie im Adelheidkreuz befand, als es gestohlen wurde?«

»Allerdings, und genau das war meiner Meinung nach auch der Grund für den Diebstahl. Und jetzt komm, es bleibt uns keine Zeit mehr.«

2

Jakobus rührte sich nicht von der Stelle.

»Auf was wartest du? Auf bessere Zeiten? Die kommen nicht«, sagte Pater Bernhard und riss die Tür auf. Schon halb am Gang drehte er sich zu Jakobus um. »Komm jetzt.«

»Wohin?«

»Wir müssen verhindern, dass sie das Adelheidkreuz aus dem Stift bringen.«

»Wer?«

»Der Opus Dei.«

»Wie bitte?« Jakobus lachte ungläubig.

»Die Gäste des Abtes. Die sind dir doch schon aufgefallen?«

Jakobus nickte.

»Der eine im Anzug, das ist José Maria Espinosa, Mitglied des Generalrates des Opus Dei«, erklärte Pater Bernhard.

»Und der hat die Kreuzreliquie gestohlen?«

»Samt dem Adelheidkreuz. Komm jetzt!«

Ihre Schritte klackten im Arkadengang des ersten Stockes. Eher widerwillig folgte Jakobus Pater Bernhard, der vorne bei der Treppe auf ihn wartete. Dieser plötzliche Aufbruch ohne Plan und Ziel gefiel ihm nicht.

»Stopp«, sagte Jakobus. »Was haben wir eigentlich vor?«

»Habe ich doch gesagt. Wir müssen Espinosa aufhalten«, antwortete Pater Bernhard und stürmte die Treppe hinunter.

»Sollten wir nicht Hilfe holen? Ich meine …«

»Ja, wen denn?«

»Den Botanikus.«

»Der ist doch bekifft und wahrscheinlich schläft er schon.«

»Dann wenigstens Stephanus.«

»Stephanus. Der ist betrunken und … komm jetzt.« Er winkte Jakobus und eilte voraus.

In der Finsternis des unteren Arkadenganges blieb er stehen. Verdeckt von einer Säule spähte er auf den Innenhof hinaus. Vom Nachtlicht ausgeleuchtet lag der gepflasterte Platz verlassen da.

»Die Autos stehen drüben beim Wohntrakt«, sagte Pater Bernhard. »Wenn ich mich nicht täusche, ist das Fest im Wirtschaftshof schon längst zu Ende, und Espinosa und seine Spießgesellen werden nicht lange mit dem Aufbruch zögern.«

Jakobus schüttelte den Kopf. »Das ist doch verrückt. Wir können nicht einfach hingehen und, was weiß ich, diese Leute mit Gewalt aufhalten. Wir haben nichts gegen sie in der Hand.«

»Aber wenn wir nichts unternehmen, ist das Adelheidkreuz für immer verloren.«

»Bevor wir weitergehen.« Jakobus fasste Pater Bernhard am Ärmel. »Sag mir ganz genau, was wir vorhaben.«

»Ich weiß es nicht. Das werden wir sehen, wenn wir dort sind.« Pater Bernhard entzog sich einer weiteren Diskussion, indem er in einem Durchgang verschwand, und Jakobus blieb nur die Wahl, ihn ziehen zu lassen oder ihm zu folgen. Schnell durchstreiften sie die Innenhöfe der Abtei. Niemand begegnete ihnen. Erst als sie sich dem Gästetrakt näherten, hörten sie Bewegungen. Schritte auf dem Steinboden, etwas Schweres, das über eine Schwelle polterte, wahrscheinlich ein Koffer, der auf Rollen gezogen wurde.

Wie sie bald sahen, handelte es sich um den Franziskanermönch, der sein Gepäck zum Ausgang schleppte und dort aufschichtete. Für jemanden, der ein Armutsgelübde abgelegt hatte, war das eine ganze Menge, fand Jakobus.

Espinosa tauchte aus der Tür daneben auf. Über seiner Schulter hing eine Laptoptasche. Die trug er am Franziskaner vorbei zu einem riesigen SUV, dessen Heckklappe sich wie von Geisterhand öffnete. Vom Adelheidkreuz, oder wenigstens einem Koffer oder Futteral, in dem es verborgen sein konnte, war nichts zu sehen.

»Wir müssen etwas tun«, zischte Pater Bernhard leise.

Jakobus schüttelte den Kopf.

»Sonst sind sie weg. Das können wir nicht zulassen.«

»Es ist nicht da«, flüsterte Jakobus.

»Es muss da sein«, flüsterte Pater Bernhard zurück.

»Aber … ach«, seufzte Jakobus.

»Ich gehe jetzt«, verkündete Pater Bernhard und machte einen Schritt nach vorn, kam jedoch nicht weit, weil Jakobus ihn zurückhielt.

»Nicht«, sagte Jakobus.

Pater Bernhard riss sich los. Schon hatte Jakobus den Eindruck, er würde sich fassen und zur Besinnung kommen. Doch

Pater Bernhard hatte nur seine Kräfte gesammelt und sog scharf die Luft ein, bevor er aus dem Schatten auf José Maria Espinosa losstürmte und sich ihm in den Weg stellte.

Espinosa taumelte zurück, suchte nach Halt und fand ihn nicht. Nur mit Mühe konnte er einen Sturz vermeiden.

»Geben Sie es heraus«, sagte Pater Bernhard laut, und als Espinosa nicht reagierte, setzte er fort. »Sie wissen ganz genau, wovon ich rede. Sie werden damit nicht einfach so davonkommen.«

Der Schreck hinderte Espinosa daran, sofort zu reagieren. Alles, was er zustande brachte, war, die Laptoptasche noch etwas höher zu halten, wie einen Schutzschild gegen den Angriff des wütenden Mönches.

»Ich lasse Sie nicht so gehen«, sagte Pater Bernhard etwas leiser.

»Was wollen Sie von mir?«, fragte Espinosa und rührte sich nicht.

»Machen Sie den Weg frei«, sagte der Franziskaner, der sich von der Tür her näherte.

»Sie bleiben, wo Sie sind«, sagte Pater Bernhard zum Franziskaner gewandt.

»Worum geht es hier eigentlich?« Espinosa ließ die Laptoptasche sinken.

»Das wissen Sie ganz genau«, schrie Pater Bernhard. »Geben Sie es heraus. Sofort.«

»Was soll ich herausgeben?«, fragte Espinosa.

»Das Adelheidkreuz. Was denn sonst?«

»Wovon um alles in der Welt reden Sie, Mann?« Espinosas spanischer Akzent verflüchtigte sich ein wenig.

»Das Adelheidkreuz«, wiederholte Pater Bernhard. »Sie haben es gestohlen, aber Sie werden damit nicht davonkommen. Also händigen Sie es mir aus. Ich bin der Kustos dieses Stiftes, und es liegt in meiner Verantwortung, dass die Sammlung vollständig und intakt bleibt.«

Jakobus hatte die Auseinandersetzung aus dem Verborgenen heraus beobachtet. Noch bestand keine Notwendigkeit, sein Inkognito aufzugeben, und er hoffte, dass das auch so bleiben würde.

Der Franziskaner stellte seine Tasche ab und kam mit ausgestreckten Armen auf Pater Bernhard zu.

»Nicht«, sagte Espinosa und hielt den Franziskaner mit einer Handbewegung auf. »Wir wollen zuerst einmal reden.«

Der Fahrer war ausgestiegen und stand eineinhalb Meter hinter Pater Bernhard. Auch er hätte Bernhard binnen Sekunden erreicht, und gemeinsam mit dem Franziskaner hätte es ihm wohl wenig Mühe bereitet, Pater Bernhard außer Gefecht zu setzen.

»Sie sagen, das Adelheidkreuz wurde gestohlen?«, fragte Espinosa. »Das höre ich zum ersten Mal.«

»Tun Sie nicht so scheinheilig«, antwortete Pater Bernhard.

»Sind Sie sicher, dass das stimmt?«, fragte Espinosa wieder.

»Räumen Sie Ihren Kofferraum aus«, forderte Pater Bernhard.

»Das kommt überhaupt nicht infrage.«

»Jetzt. Auf der Stelle. Ich will sehen, was Sie drinnen verstecken.«

»Verschwinden Sie. Auf der Stelle.«

»Es gibt einen Hohlraum unter dem Kofferraum. Das weiß ich ganz genau, dort, wo sich der Ersatzreifen befindet.« Pater Bernhard hob eine Tasche aus dem Kofferraum und stellte sie neben dem Wagen auf den Boden. Der Fahrer wollte ihn daran hindern, aber Pater Bernhard schlug seine Hand weg. Das ließ sich der Fahrer nicht gefallen, und schon war auch der Franziskaner zur Stelle, der Pater Bernhard den nächsten Koffer aus der Hand riss, den er mit Schwung aus dem Stauraum des Wagens entfernte.

»Aufhören!«, rief José Maria Espinosa. »Das können wir doch friedlich klären.« Als niemand darauf reagierte, schrie er: »Schluss jetzt! Alle bleiben, wo sie sind!«

Jakobus zuckte in seinem Versteck zusammen. Das Gebrüll war weit in die Nacht hinausgedrungen, und Jakobus bemerkte, wie drüben beim Portal zum Wohntrakt das Licht eingeschaltet wurde.

»Es geht Sie überhaupt nichts an, was sich in unserem Gepäck und in unserem Wagen befindet«, herrschte Espinosa Pater Bernhard an. »Wir werden unsere Sachen wieder einladen und aufbrechen. Sie werden uns nicht daran hindern.«

»Bevor ich nicht gesehen habe, was Sie unter der Kofferraumabdeckung verstecken, verlassen Sie das Stiftsgelände nicht«, entgegnete Pater Bernhard und wuchtete das Gepäck wieder ins Freie. Der Franziskaner und der Chauffeur setzten an, ihn daran zu hindern, aber so weit kamen sie nicht. Vom Wohntrakt her rauschte die Gestalt des Abtes durch die Nacht.

»Was ist hier los?« Der Abt schob sich zwischen Pater Bernhard und José Maria Espinosa.

»Ehrlich gesagt, habe ich nicht die geringste Ahnung«, sagte Espinosa. »Ich weiß nur, dass wir spät dran sind und der verehrte Pater Bernhard wie aus dem Nichts aufgetaucht ist, um unseren Wagen zu durchsuchen.«

»Bernhard, was machst du hier, um diese Zeit? Solltest du nicht in Graz sein? Rede! Um was geht es hier?«

»Dort drinnen.« Pater Bernhard zeigte auf den offenen Kofferraum. »Ich bin mir ganz sicher … es kann gar nicht … nein, ich weiß nicht«, stammelte Pater Bernhard, ließ den ausgestreckten Arm sinken und lief davon.

6. Kapitel

1

Die Redaktionskonferenz war vorbei, und Winfried Auer, der Chef vom Dienst, packte seine Unterlagen zusammen. Außer ihm befand sich nur noch Ernesto im Raum. Der spielte mit seiner Kaffeetasse und machte keine Anstalten, sich zu erheben.

»Was ist? Willst du hier übernachten?«, fragte Auer.

»Der Opus Dei nistet sich im Stift St. Paul ein«, sagte Ernesto.

»Woher hast du das?«

Ernesto zuckte mit den Schultern.

»Der Opus Dei? Diese Geheimorganisation der katholischen Kirche?«

»Besonders geheim sind die nicht«, sagte Ernesto. »Ihr Gründer, ein gewisser Josemaría Escrivá, wurde von Papst Johannes Paul II. heiliggesprochen, und am Eingang des Petersdoms steht eine sechs Meter hohe Statue von diesem Escrivá.«

»Und was ist dann die Geschichte?«

»Ein breiter Strauß von Möglichkeiten«, sagte Ernesto und grinste. »Hoher Besuch in St. Paul. Eine Ehre für alle Katholiken in der Region.«

»Fahr hin, mach diese Typen vom Opus Dei ausfindig und frag sie, was sie hier verloren haben. Aber bitte, ein Mindestmaß an Höflichkeit.«

»Ich bin immer höflich«, sagte Ernesto und setzte ein künstliches Lächeln auf.

»Und.« Auer kam noch einmal auf Ernesto zu. »Nimm Čertov mit.«

»Warum?«

»Es wird niemand mit dir reden.«

»Das könnte passieren.«

»Sie wissen, dass du von einer Zeitung kommst.«

»Was soll ich dann mit Čertov? Der kommt auch von einer Zeitung.«

»Der Kulturredaktion«, sagte Auer. »Das erscheint den Leuten nicht so bedrohlich.«

»Ich weiß nicht«, meinte Ernesto. »Aber ich mache immer gerne einen Ausflug mit dem alten Čertov.«

»Außerdem ist Čertov dort zu Schule gegangen. Der Altabt war sein Lehrer, und die verstehen sich prächtig, soweit ich das mitbekommen habe.«

2

In den nächsten Tagen bekam Jakobus Pater Bernhard nur bei den gemeinsamen Gebeten zu Gesicht. Pater Bernhard hockte auf seinem Platz in der Rabensteinkapelle, hielt den Kopf gesenkt und murmelte die Psalmen in seine Kutte. An den Mahlzeiten nahm er nicht teil, und so hatte Jakobus keine Gelegenheit, ihn zur Rede zu stellen. Auch die Tür seines Büros war versperrt, und die Sekretärin des Stiftes wusste nicht, wo sich Pater Bernhard herumtrieb.

Nach einer Woche hatte Jakobus' Geduld ein Ende, und er stellte Pater Bernhard nach dem Ende des Morgengebets.

»Ich muss mit dir reden«, sagte Jakobus. »Dringend.«

»Ich darf nicht«, bekam er zur Antwort, und schon hatte sich Pater Bernhard an ihm vorbeigedrückt.

Jakobus hielt ihn auf. »Der Abt hat dir verboten, mit mir zu sprechen?«

»Er hat mir verboten, mit irgendjemandem zu sprechen. Er hat mir ein Schweigegebot auferlegt.«

»Aber nicken und den Kopf schütteln darfst du?«

Pater Bernhard zögerte.

»Du würdest nicht sprechen«, fuhr Jakobus fort.

Pater Bernhard nickte.

»Gut, also. Du glaubst, dieser José Maria Espinosa hat das Adelheidkreuz gestohlen?«

Pater Bernhard nickte.

»Du meinst weiter, er hat es wegen der Kreuzreliquie gestohlen?«

Pater Bernhard nickte.

»Warum?«

Pater Bernhard sah Jakobus verzweifelt an.

»Das ist keine Ja- oder Nein-Frage«, gab Jakobus zu und schnaufte. »So kommen wir nicht weiter. Aber du könntest mir einen anderen Gefallen tun.« Jakobus erzählte Pater Bernhard von seinen nächtlichen Beobachtungen. Von Pater Nemec und seinem Einbruch in die Kunstsammlung.

Wieder nickte Pater Bernhard und führte Jakobus auf dem kürzesten Weg in das Kunstdepot des Stiftes. Hinter einem eisernen Tor öffnete sich der erste Saal mit Regalen, großen Kästen und Tischen, die die Mitte des Raums einnahmen. Ausgelegt auf samtbeschlagenen Tabletts lagen Brustkreuze, Ohrringe und Broschen. An ihnen waren Zettel mit Inventarnummern angebracht, und daneben war ein Laptop aufgestellt. Die Kunstsammlung befand sich in einem weit besseren Zustand als die Bibliothek, schloss Jakobus. Die Werke waren registriert, und zumindest Pater Bernhard wusste, wo genau sie deponiert waren. Wie sich bald herausstellte, war das eine sehr optimistische Einschätzung, denn je weiter sie in die Räumlichkeiten der Kunstsammlung vordrangen, desto seltener wurden die Aufkleber und Anhänger. Verstaubte Kästen, windschiefe Schränke und Regale mit schimmligen Holzartefakten säumten ihren Weg.

»Wie lange bist du schon hier?«, fragte Jakobus.

Pater Bernhard hob beide Hände mit ausgestreckten Fingern, und dann noch einmal eine Hand mit drei Fingern.

»Dreizehn Jahre reichen wohl nicht annähernd, um dieses Chaos zu ordnen.«

Pater Bernhard schüttelte den Kopf.

»Es ist nicht mehr weit«, meinte Jakobus und stieß eine Tür auf. Der Raum dahinter war jener, in dem Pater Nemec seine Tasche ausgepackt und einen nicht näher kenntlichen Gegenstand in ein Regal gestellt hatte.

»Hier ist es.« Jakobus kniete sich hin und öffnete den Schrank. Vor ihm lag ein Bündel aus Fetzen. Vorsichtig nahm er es heraus und entfernte den Stoff. Darunter erschien ein goldbeschlagenes Kästchen, dessen Deckel mit einem Bergkristall gekrönt war.

»Hast du das vermisst?«, fragte Jakobus.

Pater Bernhard schüttelte den Kopf.

»Das habe ich mir gedacht. Aber warum hat er es zurückgebracht?«

Pater Bernhard zuckte mit den Schultern.

»Der Abt hat gesagt, du darfst nicht sprechen. Wie wäre es mit schreiben?«

Pater Bernhard schüttelte heftig den Kopf.

»Na gut. Eine andere Frage. Hat dieses Kästchen irgendetwas mit dem Adelheidkreuz zu tun?«

Pater Bernhard presste die Lippen zusammen und hob die Schultern.

3

Das goldbeschlagene Kästchen ruhte gut verwahrt in einem Schrank in der Hauptbibliothek, gleich neben dem Schreibtisch. Noch wusste Jakobus nicht, was er damit anfangen sollte. Es war ein Beweisstück, so viel war sicher.

Bei näherer Betrachtung stellte sich heraus, dass das Kästchen wohl aus dem Hochmittelalter stammte, kunstgeschichtlich im

Übergang der Romanik zur Gotik zu verorten. An der Innenseite hatte es später noch Veränderungen gegeben. Der Stoffbezug am Boden und an den Wänden stammte aus jüngerer Zeit, was vermuten ließ, dass das Kästchen auch nach dem Mittelalter noch in Gebrauch gewesen war.

Auf dem gewölbten Deckel prangte ein geschliffener Bergkristall. So wie auf den Armen des Adelheidkreuzes. Dort saß auch je ein großer Bergkristall. Ob es einen Zusammenhang zwischen dem Adelheidkreuz und diesem Kästchen gab? Vielleicht diente das Kästchen einmal als Aufbewahrungsort für die Kreuzreliquie. Groß genug war es. Allerdings gab es keine kreuzförmige Aussparung für die Fragmente vom wahren Kreuz Christi.

Diese Überlegungen gingen Jakobus durch den Kopf, während er das Internet nach Hinweisen zu Pater Nemec durchsuchte. Bevor er ihn mit dem goldbeschlagenen Kästchen konfrontieren konnte, musste er mehr über den Hofmeister herausfinden.

Das Internet gab auf den ersten Blick nicht viel her. Pater Peter Nemec war achtunddreißig Jahre alt und in Wien geboren. Dort war er auch aufgewachsen, jedenfalls fand Jakobus keine gegenteiligen Informationen. Wo er studiert hatte, war auf der Homepage des Stiftes St. Paul nicht verzeichnet. Deshalb durchsuchte Jakobus die Bibliotheksdatenbank des Universitätsverbundes und fand eine Diplomarbeit von Peter Nemec aus dem Jahr 2010 über einen Abt des Benediktinerstiftes Melk. Laut Katalog umfasste der Text gerade einmal achtundsiebzig Seiten. Eine Dissertation fand Jakobus nicht. Die Priesterweihe hatte 2014 in Melk stattgefunden. Der zeitliche Abstand zum Studium mochte nicht viel bedeuten. Jakobus machte sich trotzdem eine Notiz.

Das alles war unverfänglich, wären da nicht die Gerüchte gewesen, die die Köchin gestreut hatte. Eine Frauengeschichte sollte hinter der Versetzung von Melk nach St. Paul stecken. Durchaus denkbar, und ebenso denkbar war es, dass Pater Nemec hier in St. Paul schon wieder bis zum Hals in einer Affäre steckte.

4

Als Daliborka Thonhauser Jakobus in den Vorraum der Küche treten sah, wischte sie sich die Hände an einem Tuch ab und kam mit einem Teller in der Hand auf ihn zu. Die Vorbereitungen zum Abendessen waren im Gange. Sie nahm sich trotzdem die Zeit, ihm dabei zuzusehen, wie er den ersten Polsterzipf verspeiste, und schenkte sich einen Kaffee ein.

»Heiß aus dem Fett sind sie am besten«, sagte sie und nahm sich selber ein Stück.

»Wir haben doch erst neulich von Pater Nemec gesprochen. Hervorragend sind diese Polsterzipfl.« Jakobus verschlang noch ein Stück.

»Essen Sie nicht zu viel, sonst verderben Sie sich den Appetit für das Abendessen.«

»Keine Sorge. Ich bin immer hungrig. Aber was ich fragen wollte. Kennen sich Pater Nemec und der Botanikus eigentlich schon lange?«

»Was heißt lange?«, erwiderte die Köchin. »Seit Pater Nemec hier ist. Am Anfang war mit ihm ja nicht viel anzufangen, müssen Sie wissen. Ganz niedergeschlagen war er, und damals war er auch noch nicht Hofmeister.«

»War er nicht?«

»Das hat über ein Jahr gedauert, ich glaube, sogar länger. Zu dieser Zeit hat noch Altabt Severin das Hofmeisteramt verwaltet.«

»Warum hat er das an Pater Nemec abgegeben?«

»Altersgründe. Er hat schon zwei Jahre davor das Abtamt an den Fürstberg übergeben. Es ist halt die Gesundheit. Hat einen Herzinfarkt gehabt. Aber als Lateinlehrer und Hofmeister hat er noch weitergemacht. Als Lateinlehrer sogar bis letztes Jahr. Das muss man sich einmal vorstellen.«

»So ist Pater Nemec zum Hofmeisteramt gekommen?«

»War sonst keiner da«, sagte die Köchin und bot Jakobus noch einen Polsterzipf an. »Einen können Sie schon noch vertragen.«

»Und der Botanikus?«

»Der ist schon immer hier. Also seit er aus dem Gymnasium heraußen ist. Dort hat er die Mönche kennengelernt. Vor allem den Altabt, der war sein Lateinlehrer. Abt und Lateinlehrer und Hofmeister, der Mann hat sich über Jahre, was sag ich, über Jahrzehnte so viel Arbeit aufgehalst. Kein Wunder, wenn er darunter zusammenbricht. So, wo war ich? Beim Botanikus, beim Franz. Genau. Der hat sich rührend um den Pater Nemec gekümmert. Er war der Erste, der auf ihn zugegangen ist. War das bei Ihnen nicht auch so?«

»Wenn ich darüber nachdenke, haben Sie recht«, sagte Jakobus. »Der Bruder Botanikus und Pater Nemec und natürlich Sie, meine verehrte Frau Thonhauser.«

»Sag Daliborka zu mir.«

»Wenn ich darf, also Daliborka. Wie kommt man bei uns zu so einem Namen? Wenn ich fragen darf.«

Daliborka lachte. »So ein Tschuschenname?«

»Das habe ich nicht gemeint«, sagte Jakobus schnell.

»Na, ich weiß schon.« Sie lachte. »Aber so haben sie mich früher genannt. Tschuschenbraut und Balkanbrut, und sie haben ja recht. Ich bin in irgendeinem Nest zwischen Tuzla und Sarajevo zur Welt gekommen. Der Name würde dir nichts sagen. Meine Eltern sind vor dem Krieg geflohen, und so sind wir in St. Paul gelandet und nie mehr weggegangen. Da war auch nicht mehr viel, wohin man hätte zurückgehen können. Damals haben uns die Leute aus dem Dorf sehr geholfen. Vor allem die Bürgermeisterin. Die war damals natürlich noch keine Bürgermeisterin, sondern ein junges Mädchen. Nicht viel älter als ich. Sie hat mir ihre Jacke geschenkt und ihr Stofftier. Aber über mich wolltest du eigentlich nicht reden.«

»Erzähl weiter«, forderte sie Jakobus auf.

»Ein anderes Mal.« Sie hob die Kaffeetasse und prostete Jakobus zu. »Der Franz, unser Bruder Botanikus, ist ein netter Bursche. Aber unter uns gesagt, draußen in der normalen Welt wäre aus ihm nicht viel geworden.«

»Wie meinst du das?«

»Du hast ihn kennengelernt. Den Kopf immer in den Wolken.«

»Vor allem, wenn er zu viel von seinen Kräutern geraucht hat«, sagte Jakobus.

»Ah, das hast du schon bemerkt.« Daliborka lachte. »Trotzdem, er ist ein netter Junge.«

»Gerade deswegen ist es doch seltsam, dass er bei der Feier neulich so aggressiv reagiert hat.«

»Soweit ich das verstanden habe, war nicht er aggressiv, sondern Pater Nemec.«

»Beide«, beharrte Jakobus. »Ich habe es selbst gesehen.«

»Das hat sicher nichts zu bedeuten«, sagte Daliborka. »Die streiten sich immer wieder einmal, und dann gehen sie zusammen auf ein Bier. Die beiden kleben zusammen wie Arsch und Hose.«

»Auch die reiben sich gelegentlich aneinander. Ich wüsste nur zu gerne, was der Grund ist.«

»Manchmal«, sagte Daliborka verschwörerisch. »Manchmal versucht Pater Nemec, seinen jungen Mitbruder etwas einzubremsen. Es ist doch so, bei einem Mönch schaut die Polizei sicher nicht sehr genau hin. Alles kann man sich trotzdem nicht erlauben. Für alles gibt es eine Grenze, verstehst du?«

»Hat es da schon einmal eine Anzeige gegeben?«

»Nein, wo denkst du hin? Vermutlich ist es auch der Polizei lieber, die Leute kaufen ihr Zeugs bei unserem Botanikus als bei irgendeinem windigen Dealer, der sein Gras aus Amsterdam oder weiß der Teufel woher hat.«

5

»Herr, öffne meine Lippen, damit mein Mund dein Lob verkünde«, so begann das Morgengebet, zu dem sich die Mönche um halb sieben Uhr Früh in der Rabensteinkapelle einfanden. Jakobus brauchte den Weckruf nicht. In dieser Nacht hatte er kein Auge zugetan, trotzdem war er nicht müde. Ganz im Gegenteil, ungeduldig wartete er auf das Ende der Zusammenkunft und hängte sich Pater Bernhard an die Fersen.

»Wann werden sich deine Lippen wieder öffnen?«, fragte er Pater Bernhard, als er die Bürotür hinter sich zuzog.

Pater Bernhard zuckte mit den Schultern.

»Er hat dir keine Frist gegeben?«

Pater Bernhard schüttelte den Kopf.

»Ich komme wegen des goldbeschlagenen Kästchens.«

Pater Bernhard reagierte nicht.

»Ist es sehr wertvoll?«

Pater Bernhard wackelte mit der rechten Hand.

»Also schon ein bisschen. Was würdest du schätzen? 10 000 Euro?«

Pater Bernhard hob die Hand.

»Mehr?«

Pater Bernhard nickte.

»20 000?«

Pater Bernhard hob die Hand weiter in die Höhe.

»Noch mehr? Okay. Das heißt natürlich, falls man einen Käufer findet.«

Pater Bernhard nickte.

»Aber so etwas lässt sich vermutlich leichter verscherbeln als das Adelheidkreuz.«

Pater Bernhard nickte wieder.

»Hat es schon vorher Diebstähle gegeben?«

Pater Bernhard zuckte mit den Schultern.

»Du kannst es nicht sagen, weil die Kunstsammlung ein chaotisches Durcheinander ist?«

Pater Bernhard nickte.

»Entschuldige, aber dieses Nicken und Kopfschütteln geht mir langsam auf die Nerven. Das ist ja wie bei einem Ratespiel. Du musst den Mund aufmachen. Es ist Gefahr im Verzug, da gelten die Regeln des Abtes nicht. Also rede.«

Pater Bernhard schüttelte vehement den Kopf.

»Um Himmels willen«, sagte Jakobus laut. »Es hängt zusammen. Oder etwa nicht? Das Adelheidkreuz, das Kästchen, dieser Espinosa?«

Pater Bernhard machte eine zustimmende Geste.

»Also, was weiter? Espinosa ist über alle Berge. Den Abt fragen wir lieber nicht.«

Pater Bernhard nickte wieder.

»Bleibt nur noch Pater Nemec. Der wird zu finden sein, und ich frage ihn, was er mit dem goldbeschlagenen Kästchen vorhatte.«

Pater Bernhard kam hinter dem Tisch hervor, hielt Jakobus am Arm fest und schüttelte immer wieder den Kopf.

7. Kapitel

1

»Also, was ist so eilig?«, fragte Pater Nemec, als sie gemeinsam in die Bibliothek traten.

»Nimm Platz«, forderte Jakobus ihn auf.

»Hast du da ein Geschenk für mich versteckt?« Pater Nemec zeigte auf den verhüllten Gegenstand auf dem Schreibtisch.

»Ein Geschenk würde ich das nicht nennen.«

»Sondern?«

»Eine Frage. In diesem Stift gehen seltsame Dinge vor sich.«

»Das ist keine Frage.«

»Nein, die Frage lautet, was hast du hiermit zu tun?« Jakobus zeigte auf das verhüllte Kästchen.

»Was ist das? Habe ich noch nie gesehen.«

Jakobus zog das Tuch weg. »Das bezweifle ich, dass du das noch nie gesehen hast.«

Pater Nemec lachte.

»Das ist ein wirklich schönes Stück. Aber ich weiß nicht, was ich damit zu tun haben soll.«

»Der große Bergkristall auf dem Deckel der Schatulle ist mir gleich aufgefallen«, fuhr Jakobus fort. »Der erinnert mich sehr an die Bergkristalle auf dem Adelheidkreuz.«

»Ja?«, kam es von Pater Nemec.

»Was hast du mit diesem Kästchen zu tun?«

»Ich? Was soll ich damit zu tun haben?«

»Das frage ich dich.«

Pater Nemec lachte erneut.

»Du hast dieses Kästchen quer durch das Stift getragen und in einem abgelegenen Raum der Kunstsammlung deponiert.«

»Das kannst du nicht beweisen«, sagte Pater Nemec.

»Ich habe ein Foto«, log Jakobus und deutete auf sein Mobiltelefon.

»Ich habe nichts falsch gemacht.«

»Indem du das Kästchen dorthin zurückgebracht hast, wo es hingehört? Nein, vermutlich nicht. Aber irgendwer hat das Kästchen aus der Kunstsammlung entwendet, sonst hättest du es nicht zurückbringen müssen. Also, was ist los?«

»Das geht dich überhaupt nichts an.«

»Als Mitglied des Konvents dieses Stiftes betrifft mich das genauso wie jeden anderen hier.«

»Ha«, machte Pater Nemec abschätzig.

»Erklär es mir.«

»Wozu?«

»Vielleicht kann ich dir helfen«, sagte Jakobus. »Ich weiß nicht, in welches Schlamassel du dich hineingeritten hast. Hat der Streit mit dem Bruder Botanikus etwas mit der Angelegenheit zu tun?«

»Wie lange bist du hier?«

»Eine Woche vor Ostern.«

»Woher willst du wissen, was wir hier für Probleme haben?«

Jakobus antwortete nicht.

»Was weiß ich schon über dich? Freiwillig bist du nicht hier. Keiner ist freiwillig hier. Keine Ahnung. Und was weißt du schon über mich? Na?«, fuhr Pater Nemec fort.

»So schwer war das nicht herauszufinden. Ich könnte zum Abt gehen«, sagte Jakobus.

»Was, glaubst du, wird der machen?«

»Das weiß ich nicht. Lassen wir es darauf ankommen.«

»Hör zu. Meinetwegen, ich habe das Kästchen zurückgestellt«, gab Pater Nemec zu.

»Ja, das wissen wir bereits.« Jakobus verschränkte die Arme vor der Brust.

»In dieser Abtei laufen die Dinge schon eine ganze Zeitlang

nicht mehr so, wie es eigentlich sein sollte«, sagte Pater Nemec. »Als Hofmeister habe ich eine gewisse Verantwortung, und ich muss Dinge gegeneinander abwägen. Wer hätte denn dieses Kästchen vermisst?«

»Keine Ahnung«, antworte Jakobus. »Pater Bernhard wäre es irgendwann abgegangen.«

»Niemals. Er hatte keine Ahnung, dass es überhaupt existiert. Wie so viele Dinge in den Gängen und Sälen der Abtei. Totes Kapital.«

»Also hast du dir gedacht, du hebst dieses tote Kapital.«

Pater Nemec machte ein abschätziges Gesicht. »Eines muss dir klar sein. Ich habe mich nie daran bereichert. Nie.«

»Der schicke SUV, den du fährst …«

»… gehört dem Stift.«

»Womit hat das Stift den Wagen bezahlt?«

Pater Nemec schürzte die Lippen, sagte aber nichts.

»Das war doch nicht das erste Mal«, setzte Jakobus nach.

»Ich habe das Geld verwendet, um Rechnungen zu bezahlen.«

»Geht es dem Stift so schlecht, dass du heimlich Kunstgegenstände verscherbeln musst?«

Pater Nemec zuckte mit den Schultern.

»Warum hast du das Kästchen zurückgebracht?«

»Mir ist die Sache zu heiß geworden, nachdem das Adelheidkreuz verschwunden war. Deshalb habe ich den Deal abgeblasen.«

2

Eine Woche verstrich und noch eine, und Jakobus tat wenig mehr, als die Kataloge in der Bibliothek durchzuarbeiten. Ab und zu spazierte er ins Dorf, um sich im Supermarkt Süßigkeiten zu kaufen. Die Kassiererin erkannte ihn bald wieder und grüßte. Einmal begegnete ihm die Bürgermeisterin. Sie war mit ihren Wagen unterwegs, hielt auf der Straße und ließ die Seitenscheibe hinunter.

»Ich habe dich noch gar nicht richtig in unserem Dorf willkommen geheißen«, sagte Beate Ebner-Logar und lehnte sich ein Stück aus dem Fenster. Hast du Zeit für einen Kaffee?«

Sie setzten sich ins Gasthaus Poppmeier gleich neben der Hauptstraße. Durch den breiten Gang gelangten sie in den Gastraum, und Jakobus fiel gleich das Fragment einer römischen Säule auf, das in eine Wand eingemauert war.

»Der Rest eines Tempels«, erklärte die Bürgermeisterin.

Eine Runde älterer Frauen hatte es sich an den Holztischen an den Fenstern bequem gemacht. Zu ihren Füßen stapelten sich Einkaufstaschen. Ein vielleicht fünfzigjähriger Mann hatte etwas weiter hinten einen Platz gesucht. Vor dem Eingang zum Festsaal lag ausgestreckt ein Schäferhund. Der hob den Kopf, als er die Bürgermeisterin und Jakobus bemerkte.

»Ich bin an einer guten Zusammenarbeit mit dem Stift interessiert«, begann Beate Ebner-Logar.

»Aber das funktioniert nicht immer ganz reibungslos, wenn ich das richtig verstanden habe«, entgegnete Jakobus.

»Ja, das kann man wohl sagen.« Beate Ebner-Logar lächelte. »Wir stehen vor einer Jahrhundertchance. Mehr noch. So eine Gelegenheit bietet sich vielleicht zum ersten Mal in der tausendjährigen Geschichte von St. Paul. Diese neue Eisenbahn, dieser Bahnhof wird uns mit den wichtigsten Wirtschaftszentren Österreichs und Europas verbinden. Das ist ein unglaubliches Potential, und wir müssen jetzt etwas unternehmen.«

»Das hast du damals beim Fest schon angedeutet.«

»Ohne die Hilfe des Stiftes wird es nicht gehen. Das Stift ist der größte Grundbesitzer, einer der größten Arbeitgeber hier.«

»Ich bin noch ganz neu hier«, sagte Jakobus.

»Je mehr Mitglieder des Konvents dafür sind, desto schwerer kann sich der Abt dagegenstemmen. Seit tausend Jahren gibt es dieses Stift, und seit tausend Jahren hat es sich nur um sich selbst gekümmert. Es gibt eine lange Reihe von Äbten, die nichts anderes getan haben, als das Land und die Bevölkerung auszupressen und sich selbst zu bereichern.«

»Das hat sich doch hoffentlich seitdem gebessert«, sagte Jakobus und sah Beate Ebner-Logar zu, wie sie ihren Cappuccino umrührte, wie sie sich das Haar hinters Ohr strich. Ein Hauch ihres Parfüms wehte ihm um die Nase.

»Das Stift zahlt immer noch Hungerlöhne. Frag Daliborka. Die muss neben ihrem Job als Köchin Catering machen, damit sie ihre Familie über Wasser halten kann. Gar nicht zu reden von den Forstarbeitern und den Arbeiterinnen, oder soll ich sagen Sklaven, in der Gärtnerei. Am liebsten beschäftigen sie Saisonarbeiter aus dem Osten. Die kann man in Baracken pferchen und ihnen für Essen und Logis noch etwas vom Lohn abziehen.«

»Das klingt furchtbar«, sagte Jakobus und beobachtete Beate Ebner-Logar, wie sie sich die Jacke enger um die Schultern zog.

»Deshalb brauche ich Verbündete«, fuhr Beate Ebner-Logar fort. »Dich und Pater Nemec, den Botanikus und Stephanus und Pater Bernhard. Wenn ihr alle geschlossen zum Abt geht und fordert, dass er wenigstens die paar Grundstücke an der Straße unten verkauft. Damit wäre schon viel erreicht.«

»Ich bin mir nicht sicher, wie vielversprechend so ein Vorstoß sein würde.«

»Wenn ihr euch zusammenschließt, könnt ihr sogar eine Abtwahl fordern. Ich habe mich informiert.«

»Wir sollten nichts überstürzen«, sagte Jakobus.

»Nichts überstürzen? Seit Jahren beknie ich die Abtei, seit Jahren. Es müssen Entscheidungen getroffen werden. Die Welt dreht sich weiter. Außerdem ist Abt Fürstberg schon lange untragbar. Selbst an den eher dehnbaren Moralvorstellungen gemessen, die euer Orden hier seit Jahrhunderten so pflegt.«

»Die Kinder des Abtes«, sagte Jakobus und schielte auf die Vitrine, in der Kuchen und Torten ausgestellt waren.

»Das ist doch bloß die Spitze des Eisberges. Eine seiner Töchter, die Veronika, studiert in London Wirtschaft. Schickes Appartement, wie man so hört, kleiner, aber feiner Aston Martin. Hab ich gesehen auf ihrem Instagram-Profil. Hast du eine Ahnung, was so ein Aston Martin kostet? Ganz zu schweigen von der Wohnung in London.«

»Das zahlt alles die Kirche?«

»Nein«, sagte Beate Ebner-Logar gedehnt. »Ich gebe es zu, ich war neugierig und habe nachgefragt, und man hat mir in der Diözese Auskunft erteilt, widerwillig, aber doch. Die Kirche zahlt lediglich die gesetzlich vorgeschriebenen Alimente für die fünf Bälger, die der feine Herr Abt in die Welt gesetzt hat.«

»Woher kommt also das Geld?«, fragte Jakobus und winkte der Kellnerin. »Eine Malakofftorte hätte ich noch gerne.« Und wieder zu Beate Ebner-Logar: »Aus seiner eigenen Tasche kann er es nicht bezahlen.«

»Zumindest kann man ihm nicht nachsagen, dass er ein schlechter Vater ist. In finanzieller Hinsicht, meine ich. Und auch um die Mutter kümmert er sich rührend. Die lebt auf einem renovierten Bauernhof in der Nähe von St. Georgen. Sehr schönes Anwesen, und es gehört ihr. Obwohl sie sich das niemals im Leben leisten könnte. Hat als Küchenhilfe gearbeitet, bis sie den Abt kennengelernt hat. Kennengelernt, na ja. Er hat ihr den Rock hochgeschoben, während sie die Teller abgewaschen hat. Aber gut. Der Sohn geht übrigens aufs Stiftsgymnasium.«

Jakobus verharrte mit der Gabel über dem Stück Malakofftorte. »Du nimmst mich gerade auf den Arm.«

»Nichts liegt mir ferner. Ich will dir wirklich nicht den Appetit verderben, aber das ist noch lange nicht alles. Auch wenn es sicher reicht, um Fürstberg aus dem Amt zu jagen.«

3

Als Jakobus sein Büro in der Hauptbibliothek betrat, stellte sich ihm der Abt in den Weg. Hinten bei den Regalen machten sich einige Novizen zu schaffen. Sie hoben Dokumentenstapel in die Höhe, suchten mit den Händen in den Tiefen der Regale, und einer öffnete gerade die Tür zum hinteren Raum.

»Was wird das?«, fragte Jakobus.

»Deine Wohnung haben wir schon durchsucht«, sagte der Abt.

»Durchsucht?«

»Es ist reine Routine.« Der Abt blickte über die Schulter. »Habt ihr schon etwas?«, fragte er die Novizen.

»Hier gibt es nichts zu finden«, sagte Jakobus, und in diesem Moment fiel ihm ein, dass das nicht stimmte. Hinten im zweiten Raum … Er kam nicht mehr dazu, den Gedanken zu vollenden.

»Das müssen Sie sich ansehen.« Der Novize Andreas hielt das goldbeschlagene Kästchen mit dem großen Bergkristall auf dem Deckel vor seiner Brust.

»Das kann ich erklären«, sagte Jakobus.

»Du bist überführt«, sagte der Abt und winkte den Novizen, damit sie den Raum verließen.

Als sie alleine waren, bedeutete er Jakobus, er möge sich setzen.

»Ich stehe lieber«, sagte Jakobus, der es vermeiden wollte, zum Abt aufsehen zu müssen.

»Was wolltest du mit dem Kästchen?«

»Es dorthin zurückstellen, wo es hingehört.«

»Wer ist dein Abnehmer?«

»Nicht ich habe das Kästchen entwendet.«

»Sondern?«

»Es ist nicht meine Art, andere Mönche anzuschwärzen.«

»Rede. Das befehle ich dir als dein Abt.«

»Na gut.« Jakobus drehte sich halb vom Abt weg und nahm

einen Schokoriegel aus seiner Tasche. »Ich habe beobachtet, wie Pater Nemec dieses Kästchen in das Kunstdepot zurückbrachte.« Jakobus riss die Folie des Schokoriegels auf. »Ich habe ihn damit konfrontiert, und er hat zugegeben, das Kästchen entwendet zu haben. Wenn du also jemanden verhören willst, solltest du dich an ihn halten.«

»Er hat gesagt, dass du das sagen würdest.«

»Ah, er steckt hinter dieser Aktion.« Jakobus machte mit dem halbgegessenen Schokoriegel eine ausladende Armbewegung. »Er dreht den Spieß um. Der Dieb beschuldigt den Detektiv. Das hat was.«

»Bei deiner Vorgeschichte ist die Anschuldigung nicht von der Hand zu weisen«, sagte der Abt und wich Jakobus' Arm aus.

»Meiner Vorgeschichte?«

»Auch wenn die anderen nichts davon wissen. Ich bin natürlich darüber informiert, warum man dich hierher versetzt hat. Direkt aus dem Vatikan. Das ist ein tiefer Fall, mein Lieber. Das kannst du nicht leugnen.«

»Das mag sein, aber ich habe nichts gestohlen.«

»Nein?«

»Nein. Da bist du falsch informiert.«

»Aber du hast einen Kardinal geohrfeigt. Du hast einen direkten Vorgesetzten geschlagen.«

»Auch das ist nicht ganz richtig. Ich habe ihm die Ohrfeige angedroht, falls er sein Amt nicht niederlegt und sich bei den Familien in Polen entschuldigt, denen er in seiner Zeit als Bischof nicht beigestanden ist. Er hat zugesehen, wie seine Priester sich an den Kindern vergangen haben.«

»Aber es ging doch auch um Geld«, beharrte der Abt.

Jakobus biss vom Schokoriegel ab, kaute und verschlang gleich den Rest. Er knüllte die Verpackungsfolie in der Faust zusammen. »Das Geld«, sagte er nach einer langen Weile. »Um Geld ging es auch. Aber das hat mich nicht gekümmert.«

»Es heißt, ein Teil des Geldes sei verschwunden, und du hättest etwas damit zu tun«, sagte der Abt. »Das sieht nicht gut für dich aus. Besser du gestehst und sagst mir gleich, wo du das Adelheidkreuz versteckt hast.«

»Diese Frage solltest du Pater Nemec stellen.«

»Das werde ich. Aber jetzt stelle ich sie dir.«

Jakobus suchte in seiner Umhängetasche und fand eine Dose mit Keksen und riss die Verpackung auf. »Ich bin hier, weil ich den Gehorsam verweigert habe. Das gebe ich zu. Aber was dieser Kardinal getan hat, was seine Priester getan haben, war ein Verrat an der Lehre Jesu Christi. Schlimmer noch. Sie haben seine Lehre in den Dreck gezogen und sich dem Bösen verschrieben.«

»Das war nicht die Frage, die ich dir gestellt habe«, beharrte der Abt. »Was hast du mit dem Verschwinden des Adelheidkreuzes zu tun?«

»Gar nichts.«

»Und was ist damit?« Er zeigte auf das goldbeschlagene Kästchen.

»Das habe ich schon erklärt.«

»Du lässt mir keine andere Wahl.« Der Abt nahm das Kästchen an sich. »Du stehst vorerst unter Hausarrest. Bis auf Weiteres darfst du das Gelände des Klosters nicht verlassen. Dein Taschengeld wird einbehalten. Solltest du dich widersetzen, bin ich gezwungen, schärfere Maßnahmen zu ergreifen.« Er schnappte sich das Kästchen, schlang ein Tuch über den Deckel.

»Was soll ich unter schärferen Maßnahmen verstehen?«, fragte Jakobus. »Willst du mich an höherer Stelle melden?«

»Wir klären die Angelegenheit unter uns. Ich untersage dir sogar, dich beim Bischof oder sonst jemandem zu beschweren, schon gar nicht im Vatikan. Ich warne dich. Wenn du dich hinter meinem Rücken an einen deiner alten Freunde wendest, bekomme ich das mit. Du kannst sicher sein, dass dir das leidtun wird.«

»Inwiefern?« Jakobus hatte die geöffnete Keksdose an die Stelle des goldbeschlagenen Kästchens gestellt.

»Es ist ganz einfach«, antwortete der Abt. »Du bleibst im Stift und rührst dich nicht. Ich möchte nichts von dir hören oder sehen, außer zu den Gebets- und Essenszeiten. Das bleibt bis auf Weiteres so. Oder bist du wild darauf, in die Mission zu gehen? Ein Anruf von mir, und du landest in Uganda.«

4

In seiner Wohnung roch es nach altem Staub und verlorener Zeit. Die Schiffsbodendielen knarzten unter Jakobus' Tritten, und auf den verbogenen Metallbeinen der Küchenstühle schimmerte das Nachmittagslicht.

Er hielt es nicht mehr aus und begann, die Stühle ins Freie zu tragen. Jakobus stapelte die Möbel im Innenhof zu einer Pyramide, und als die eine Pyramide nicht mehr ausreichte, fing er eine zweite an. Die Räume waren vollgestopft mit Truhen und Kästen, mit Sesseln und Beistelltischen aus verschiedenen Jahrzehnten.

Im Wohnzimmer gab es zwei große Kästen. Jakobus wollte nur einen behalten und trat mit seinen schweren Wanderschuhen gegen die Seitenwand des anderen, sodass der in sich zusammenstürzte und Holzsplitter durch die Luft segelten.

Es war am Morgen des vierten Tages, gerade als er den Teppich im Wohnzimmer zusammenrollte, als Pater Stephanus auftauchte und Jakobus zur Rede stellte.

»Du kannst mit anpacken. Du bist doch Infirmar und für das Wohlergehen der Mönche verantwortlich, und mir würde es wesentlich besser gehen, wenn dieses Gerümpel nicht mehr in meiner Wohnung herumsteht«, sagte Jakobus. »Die Sachen müssen alle raus.«

»Warum kommst du nicht zu den Gebeten? Beim Essen hast du auch gefehlt«, sagte Stephanus.

»Das weißt du doch sicher schon.«

»Hör zu, das musst du wirklich nicht alleine machen. Ich werde mit Pater Nemec reden, dass er uns einen Wagen zur Verfügung stellt.«

»Den willst du fragen? Der ist bestimmt nicht besonders gut auf mich zu sprechen, und ich nicht auf ihn.«

»Das ist sicher nur ein Missverständnis. Aber wenn es dir lieber ist, frage ich den Bruder Botanikus. Der hat auch einen Pritschenwagen. Den laden wir voll und bringen den Müll weg.«

»Ich darf das Kloster nicht verlassen.«

»Ich schon und die Novizen auch, und bei der Gelegenheit kaufen wir ein bisschen Farbe, und dann helfen wir dir.«

Schon am Nachmittag füllte sich der Innenhof mit Betriebsamkeit. Die Novizen in Arbeitshosen und T-Shirts lachten und ächzten, während sie die alten Möbel aufluden und das zerbrochene Geschirr in Säcke füllten. Hoch türmte sich das Gerümpel auf dem Pritschenwagen, und bevor sie losfuhren, rief der Bruder Botanikus eine Pause aus. Sie tranken Kaffee im Stehen, und der eine oder andere rauchte eine Zigarette. Das war eigentlich verboten, aber der Abt würde sie wohl kaum kontrollieren. Jakobus steckte dem Bruder Botanikus Geld zu und bat ihn, auf dem Rückweg für alle etwas zu trinken zu besorgen und die Leinentasche mit Süßigkeiten aufzufüllen.

Der Müll im Innenhof vor seiner Wohnung verschwand schon am nächsten Tag. Sorgfältig kehrten die Novizen die letzten Scherben und Splitter zusammen und verfrachteten sie in eine Scheibtruhe. Jakobus spendierte ihnen Müsliriegel und plauderte ein wenig mit ihnen. Zuerst blieben sie vorsichtig, als wüssten sie nicht so recht, ob sie Jakobus trauen konnten, ob er vielleicht gefährlich war. Erst als der Bruder Botanikus auftauchte und die Arbeit für heute für beendet erklärte, tauten sie auf.

»Ich muss dir gratulieren«, sagte der Bruder Botanikus und klopfte Jakobus auf die Schulter.

»Wozu? Dass ich nur ein paar Wochen gebraucht habe, um in Ungnade zu fallen?«

»Dass du dem Kardinal eine reingesemmelt hast.«

»Ich habe ihm nur gedroht, und es hat wenig gebracht. Er ist immer noch Kardinal.«

»Aber die Priester wurden bestraft.«

»Einige wurden suspendiert, die anderen versetzt. In andere Gemeinden.«

»Gab es eine öffentliche Anklage?«

»Sei nicht naiv. Doch nicht in Polen. Die gibt es auch sonst kaum wo.«

»Sie haben also weitergemacht?«, fragte der Bruder Botanikus.

Jakobus antworte ihm nicht, sondern bot ihm ein Stück Schokolade an. »Danke fürs Einkaufen.«

»Jetzt wissen wir, was du angestellt hast. Aber warum dich der Abt verdonnert hat, das hat er nicht verraten.«

»Schmeckt dir die Schokolade?«

»So schlimm wird es wohl nicht sein.«

»Frag doch Pater Nemec, der weiß bestens Bescheid«, sagte Jakobus und genehmigte sich selbst auch noch ein Stück.

»Lieber nicht«, meinte der Botanikus knapp. »Weißt du was? Du kannst dich revanchieren. Morgen kommt eine große Lieferung Spargel von den Feldern. Für das Festessen zu Pfingsten. Du kannst beim Entladen helfen, vielleicht erzähle ich dir dann etwas über Pater Nemec, das du noch nicht weißt.«

8. Kapitel

1

Die Wege durch das Stift waren lang, und besonders mühsam fühlten sich die Treppen des Nordturms an, die Jakobus nun jeden zweiten Tag erklimmen musste, um zur Wohnung des Altabtes zu gelangen. Den Lift durfte er nicht nehmen, das war auch ein Teil seiner Buße. So könne er sich besser auf die Beichte vorbereiten. Mit jedem Schritt solle er sich eine Sünde eingestehen, die er Altabt Severin vortragen konnte.

Zum vierten Mal seit dem Beginn seines Hausarrests saß Jakobus Altabt Severin gegenüber und sagte kein Wort. Dafür betrachtete er Severins Wohnung ausführlich und registrierte die italienischen Terrakottafliesen, den antiken Perserteppich und die ledernen Sitzmöbel.

»Im Namen des Vaters und des Sohnes und des Heiligen Geistes. Amen«, begann Jakobus.

»Gott, der unser Herz erleuchtet, schenke dir wahre Erkenntnis deiner Sünden und seiner Barmherzigkeit«, antwortete der Altabt.

Wie gewöhnlich breitete sich daraufhin Schweigen aus.

»Du führst dich auf wie ein trotziges Kind«, sagte der Altabt nach ungefähr einer Viertelstunde. »Wir alle sind der Vergebung bedürftig.«

»Das mag sein«, erwiderte Jakobus.

Sie schwiegen wieder eine Weile.

»Wenn alle bei dir beichten«, sagte Jakobus unvermittelt, »bist du der Einzige, der über alles Bescheid weiß.«

»Worüber soll ich Bescheid wissen?«

»Über alles Mögliche. Über den Verbleib des Adelheidkreuzes zum Beispiel.«

»Muss ich dir wirklich das Beichtgeheimnis erklären?«

Jakobus sah ihn an, sagte aber lange nichts. »Es dreht sich alles um das Adelheidkreuz«, meinte er beinahe wie zu sich selbst. »Ich habe ein bisschen telefoniert.«

»Du hast was?«

»Bevor Pater Nemec nach Melk kam, war er in einem Kloster in Wien. Ich kenne den Kustos der Sammlung dort. Der hat mir verraten, dass unser Pater Nemec ein paar, sagen wir, eher unbedeutende Kleinigkeiten illegal verkauft hat. So etwas wie das Adelheidkreuz war aber nicht darunter«, schränkte Jakobus ein.

»Wenn du dir so sicher bist, wieso gehst du nicht zu Abt Fürstberg?«

»Will der das hören?«, fragte Jakobus zurück. »Das Adelheidkreuz verschwindet, und Abt Fürstberg vergattert das ganze Konvent zum Schweigen.«

»Er versucht nur, die Ordnung im Stift aufrecht zu erhalten.«

»Warum macht er das? Steckt er selbst hinter dem Diebstahl?«

»Du hast die Entscheidungen des Abtes nicht zu hinterfragen.«

»Ach was.« Jakobus verwarf die Hand. »Das Adelheidkreuz wurde gestohlen, weil es genau um das Adelheidkreuz und um nichts anderes geht. Jemand wollte dieses Kreuz, dieses eine bestimmte Kreuz mit dieser einen bestimmen Kreuzreliquie.«

»Deine Zeit ist um«, sagte Altabt Severin. »Du willst deine Sünden nicht bekennen. Aber wenigstens hast du sie benannt.«

»Aber …«, begann Jakobus.

»Ich bin noch nicht fertig«, verwies ihn der Altabt scharf. »Du erträgst es nicht, wenn andere mehr können als du, wenn sie eine höhere Stellung einnehmen. Und außerdem, hast du dich der Todsünde des Zorns schuldig gemacht. Du bist voller Hass gegen jene, die dir überlegen sind, und du verfolgst sie im Geheimen, was dein Verhalten niederträchtig macht. Siehst du deine Verfehlungen ein und bist du bereit, Buße zu tun?«

Jakobus presste die Lippen aufeinander und schickte sich an, sich aus dem Sessel zu erheben. »Ich werde mich nun zum Gebet zurückziehen, Hochwürdigster Herr Altabt. Mit Eurer Erlaubnis.«

»Denke daran. Morgen feiern wir das Pfingstfest. Möge der Heilige Geist dich erleuchten und führen. Im Namen des Vaters, des Sohnes und des Heiligen Geistes. Amen.«

Der Altabt hatte das Kreuzzeichen noch kaum geschlagen, als er sich seiner Kutte entledigte und eine schlabbrige Jeans anzog. Dazu eine Strickjacke und das Barett, das er immer trug, wenn er privat unterwegs war. Der Novize Andreas wartete schon unten mit dem Audi.

2

Ernesto half Čertov aus dem Wagen. Der alte Mann ächzte und hielt mit einer Hand seine brennende Pfeife fest, krallte sich mit der anderen in Ernestos Unterarm und ließ sich aus dem Beifahrersitz ziehen.

»Wir sind zu früh«, sagte Čertov, als sie auf das Gasthaus Rabenstein direkt unter der Ruine zugingen.

»Ich bin nie zu früh«, gab Ernesto zurück. »Wir suchen uns einen strategisch gut gelegenen Sitzplatz. Etwas, wo man mit dem Rücken zur Wand sitzt.«

»Du bist paranoid.«

»Traust du diesen Leuten etwa?«

»Es ist nur Severin«, sagte Čertov. »Wir sind Freunde. Zumindest waren wir das einmal.«

Der schwarze Audi des Stiftes rauschte über den Parkplatz, wirbelte Dreck auf und kam direkt neben Čertov zum Stehen. Die Begrüßung sah aus wie der Tanz zweier Störche, die sich den Rücken verrenkt hatten, und Ernesto hielt sich zurück, bis sie an einem der Tische schräg gegenüber der Theke saßen, jeder ein Glas Most vor sich. Nur der Novize Andreas musste draußen warten. Er lehnte an der Einfassung der Terrasse und sah hinunter ins Dorf.

Ernesto hörte zu, wie Čertov und der Altabt Anekdoten austauschten. Lehrer, denen Čertov Klebstoff auf den Sessel geschmiert hatte, Schwindelzettel, die er im Klo versteckt hatte, und mehr dergleichen Schülerunfug.

»Apropos Schule«, mischte sich Ernesto ein. »Ihr beide habt das Stiftsgymnasium St. Paul besucht. Acht Jahre lang. Sie, verehrter Altabt, haben dort Jahrzehnte unterrichtet. Ist euch dieses Hakenkreuz am Konvikt nie aufgefallen?«

Altabt Severin blicke von seinem Most auf. »Was für ein Hakenkreuz?«, fragte er.

»Sie waren selbst bei der Einweihungsfeier, und ich auch. Haben Sie das Hakenkreuz als Schüler oder später als Lehrer jemals gesehen?«

Čertov und der Altabt überlegten. »Das ist kein Beweis dafür, dass das Hakenkreuz nicht dort war«, sagte Čertov. »Oder kannst du dich daran erinnern?«

»Ich hatte was Besseres zu tun, als die Wände nach Hakenkreuzen abzusuchen«, sagte Altabt Severin.

»Der Englischlehrerin in den Ausschnitt starren zum Beispiel«, sagte Čertov.

Der Altabt wieherte vor Lachen und merkte gar nicht, dass Čertov nicht mitlachte. »Ich war gegen diese Plexiglasscheibe«, sagte der Altabt, als er sich gefangen hatte. »Meinetwegen hätte man gar nichts machen sollen. Irgendwann wäre das blöde Hakenkreuz schon von allein verschwunden.«

»Oder jemand hätte einen Kreis und ein fettes großes A darüber gemalt«, sagte Ernesto. »Aber was nicht ist, kann noch werden.«

»Wir haben keine Anarchisten bei uns an der Schule«, sagte der Altabt. »Und wenn doch, dann bleiben sie nicht lange.«

»Ganz im Gegensatz zu Ihren treuen Gästen«, sagte Ernesto und bemühte sich, weiter ganz ruhig an seiner Zigarette zu bauen. Er schleckte das Papier ab, faltete es übereinander und legte die selbstgedrehte Zigarette neben die Kaffeetasse.

»Wen meinen Sie?« Altabt Severins Stimme bekam einen strengen Unterton.

»Ich weiß, dass sich ein Vertreter des Opus Dei immer wieder im Stift aufhält.« Ernesto legte die zweite selbstgedrehte Zigarette neben die Kaffeetasse.

»Wollen Sie die auch rauchen?«, fragte der Altabt.

»Wenn Sie mit mir nach draußen gehen.«

Der Altabt bat Čertov, im Gastraum sitzen zu bleiben, und auf der Terrasse verscheuchte er den Novizen. Ernesto bot dem Altabt eine Zigarette an, und so standen sie am Geländer, blickten über das Lavanttal bis hinauf nach Frantschach, wo eine weiße Rauchsäule aus dem Schornstein der Papierfabrik quoll.

»Sie werden keine Ruhe geben«, sagte der Altabt.

»Da haben Sie ganz recht«, erwiderte Ernesto.

»Das ist doch überhaupt keine Geschichte für Sie.«

»Ein Mitglied des Opus Dei besucht das Stift St. Paul. Das ist immer noch spannender als … als so ziemlich alles, was sich sonst in diesem Tal tut.«

»Mit dieser Hakenkreuzsache haben Sie sich nicht beliebt gemacht.«

»Ich? Ich habe es nicht an die Wand geschmiert, und ich habe auch keine Plexiglasplatte angebracht.«

Der Altabt rauchte schweigend. Weiter unten streichelte der Novize eine Kuh am Kopf, kraulte sie zwischen den Ohren.

»Was macht so ein Opus Dei-Mann in St. Paul?«, fragte Ernesto.

»Urlaub. Sie haben es ja schon gesagt«, antwortete der Altabt.

»Und weil das Lavanttal das Paradies Kärntens ist, kommt er immer wieder.«

»Genau«, sagte der Altabt.

»Das Lavanttal – das Paradies Kärntens. Wer, glauben Sie, hat den Spruch erfunden?«, fragte Ernesto.

»Die Tourismuswerbung?«

»Die Nazis. Sie wollten alle Einwohner des Lavanttals irgendwo in den Osten deportieren und hier ein Freizeitressort für die SS errichten. Eine charmante Idee. Nicht wahr?«

3

Die Wände seiner Wohnung rochen immer noch nach frischer Farbe, sodass Jakobus die Fenster offen ließ, als er sich hinlegte. Im Dämmerlicht sah er zum Kreuz an der Wand und hörte von draußen die Nachtgeräusche. Zuerst war es nur ein Wagen, der auf den Kiesplatz fuhr. Schlagende Autotüren, Stimmen. Nach einer Zeit der Stille drang das Klirren von Gläsern an Jakobus' Ohr. Die Stimmen wurden lauter. Musik wehte herüber. Der Frühling aus Vivaldis Vier Jahreszeiten.

Die Kutte über dem T-Shirt und der Unterhose, pirschte sich Jakobus den Arkadengang entlang und kam an die kiesbestreute Fläche. Ab hier würde man seine Schritte hören, wenn man aufmerksam wäre. Doch die Leute dort hinter der niedrigen Mauer waren mit sich selbst beschäftigt.

Auf einem Bambusstab flackerte das Licht einer Fackel. Am Vordach des Pavillons in der Mitte des Gartens reihten sich kleine Solarleuchten. Darunter hatten auf Klappstühlen die nächtlichen Gäste des Abtes Platz genommen. Reihum schenkte der Abt ein, drehte die Proseccoflasche mit einer gekonnten Armbewegung.

Von seiner Position aus konnte Jakobus nur Fragmente der Unterhaltung verstehen. Espinosa hatte sich zu Kollnitz vorgebeugt und nickte immer wieder, während Kollnitz auf ihn einredete. Kollnitz' Frau saß daneben, rauchte und lachte, als der Franziskaner neben ihr etwas sagte. Jakobus überlegte, ob er um den Garten herumschleichen sollte. Aber da schnippte der Abt mit dem Fingernagel gegen sein Glas.

»Meine verehrten Gäste«, sagte er hinein in die abebbende Unterhaltung. »Das Pfingstfest ist der richtige Zeitpunkt, um unsere Mission zu besiegeln. Von hier aus werden wir mit der Kraft des Heiligen Geistes der Re-Evangelisierung Europas neuen Schwung geben. Von diesem kleinen Kloster wird eine weltverändernde Kraft ausgehen. Denn sobald Europa wieder auf dem Pfade des wahren und gottgegebenen Christentums wandelt, wird uns die Welt folgen, und wir werden fortan die Geschicke der Menschheit lenken.«

Die Anwesenden prosteten dem Abt zu.

José Maria Espinosa erhob sich und streckte dem Abt das Glas mit dem perlenden Prosecco entgegen. »Dir, lieber Maximilian«, begann er mit hörbarem spanischem Akzent. »Dir ist es zu verdanken, dass dem Christentum eine glänzende Zukunft bevorsteht. Durch deine Weitsicht und Geduld war es möglich, Kräfte aus vielen Ländern zu sammeln und zu einer neuen Bewegung zu vereinen.«

In seinem Rücken spürte Jakobus einen Blick. Als er sich umdrehte, konnte er niemanden erkennen, doch er vermeinte, eine Bewegung unter den Arkaden wahrgenommen zu haben. Jemand beobachtete ihn, den Beobachter, beim Beobachten.

Konnte das schon wieder dieser Journalist sein? Der trieb sich die ganze Zeit hier herum. Als ob er etwas ahnen würde. Jakobus stülpte sich die Kapuze über und folgte dem Geräusch. Zwischen den Arkaden klackten Sohlen auf dem Steinboden. Das Echo brach sich im Innenhof, und Jakobus versteckte sich hinter einer Säule, lugte dahinter hervor und sah Altabt Severin durch einen der Gänge kommen. Aber Jakobus verstand nicht, woher das auffällige Klacken kam. Der Altabt tanzte, ein paar

Schritte vor, einen zur Seite und einen zurück. Er wiegte sich in den Hüften, und kurz bevor Altabt Severin Jakobus hinter der Säule entdecken konnte, drehte er ab und hielt auf einen steinernen Durchgang zu. Dabei lüpfte sich die Kutte leicht und darunter kam ein knallroter Stöckelschuh zum Vorschein.

4

Der Pfingstgottesdienst begann. Die Orgel füllte das Kirchenschiff, und die Sänger auf der Empore neben dem Altar donnerten ihr Halleluja. In den Reihen blieb kaum ein Platz leer, nur wo Pater Bernhard sitzen sollte, klaffte eine Lücke.

Vorne am Altar leitete der Abt die Liturgie. Vom Aufbruch in neue Zeiten war die Rede. Vom Heiligen Geist, der über die Erde kommen sollte. Nur klang es hier noch etwas salbungsvoller als mit einem Proseccoglas in der Hand.

Jakobus wartete den Schlussakkord der Orgel nicht ab, schob sich am Bruder Botanikus vorbei aus der Sitzreihe und strebte dem Ausgang zu. In der letzten Viertelstunde, als sich die Messe dem Ende zuneigte, hatte ihn ein Gefühl der Unruhe übermannt. Pater Bernhard war nicht zum Morgengebet erschienen, nicht zum Frühstück, nicht zur Messe. Vielleicht lag er krank in seiner Wohnung und brauchte Hilfe.

Jakobus verschnaufte, als er den Wohnungstrakt erreicht hatte. Er klopfte an Pater Bernhards Tür. Niemand antwortete, also klopfte Jakobus noch einmal. Wieder rührte sich nichts.

Kurz entschlossen drückte Jakobus die Klinke hinunter. Die Tür war nicht versperrt. Im Flur reihten sich Pater Bernhards Schuhe aneinander, sein dunkler Mantel hing am Haken und in einem rostigen Kübel lehnten ein paar Regenschirme.

»Bernhard?«, rief Jakobus. »Bist du hier?«

Es kam keine Antwort.

In der Küche blinkte das Licht an der Kaffeemaschine. Eine Tasse stand unter dem Auslaufhahn. Am Esstisch lag eine angebrochene Packung mit Keksen. Die Brösel verteilten sich über die Tischplatte.

»Bernhard? Hörst du mich?«, rief Jakobus erneut.

Das Bad war leer. In der Abstellkammer hatte sich Pater Bernhard vermutlich nicht versteckt, Jakobus sah trotzdem nach. Die nächste Tür führte zum Schlafzimmer. Sie war nur angelehnt. Mit dem Fuß schob Jakobus sie auf, und er begriff nicht gleich, was er sah.

Pater Bernhard lag ausgestreckt auf dem Bett. Er war nackt und seine Rippen traten unter der Haut hervor. Der Kopf war blau angelaufen, und die Zunge hing aus dem geöffneten Mund. Seine Hände krampften sich um den Hals. Um eine Schnur, ein Seil, das mit dem anderen Ende ans Kopfstück des Bettes geknotet war.

Es bestand kein Zweifel, Pater Bernhard war tot. Die Haut schimmerte wächsern, und bläuliche Flecken hatten sich auf Armen und Beinen gebildet. Das Seil schnitt eine tiefe Falte in den Hals, hatte die Kehle eingedrückt und die Haut bis aufs Blut aufgescheuert.

9. Kapitel

1

Die Tür zur Wohnung stand offen. Im Inneren bewegten sich Männer in dunklen Anzügen. Sie hatten einen Metallsarg auf dem Boden abgestellt und waren gerade dabei, die Leiche vom Bett zu hieven. Der Kopf Pater Bernhards war immer noch blaurot angelaufen. Doch die Hände krampften sich nicht mehr um den Hals, sondern baumelten lose neben dem Körper. Der Strick war verschwunden. Die Strangmarken um den Kehlkopf hatten sich mittlerweile schwarz verfärbt, und am Kopfpolster wurden bräunliche Flecken sichtbar, als die Leiche bewegt wurde.

Neben dem Bett schrieb ein Mann in Hemd und Jeans auf einem Block. Er sah kurz auf, als Jakobus eintrat. »Brunner«, sagte er und reichte Jakobus die Hand. »Doktor Markus Brunner. Wenn Sie hier sind, erspare ich mir den Weg zum Abt. Könnten Sie ihm bitte den Totenschein bringen? Den wird er für die Abwicklung der Beerdigung brauchen.«

»Todesursache: Herzversagen«, las Jakobus und sah den Arzt fragend an.

»Was soll ich sagen? Der Abt hat es so angeordnet. Es soll ein würdiges Begräbnis geben.«

»Aber …«

»Es war Selbstmord, keine Frage. Eine Selbststrangulation. Ein autoerotischer Unfall, wenn Sie mich fragen. Das muss man nicht in der Öffentlichkeit breittreten.«

Damit verstaute Brunner das Klemmbrett in seiner Arzttasche und ging.

2

Später wusste Jakobus nicht mehr zu sagen, warum er es getan hatte. Aber als er die Wohnung von Pater Bernhard verließ, nahm er den Laptop an sich. Er trug ihn in die Bibliothek, verschloss ihn in einer Schublade, und erst danach überbrachte er dem Abt den Totenschein.

Das Passwort des Laptops war leicht zu knacken. Zuerst versuchte Jakobus es mit »12345«, aber das funktionierte nicht. Beim zweiten Versuch hatte er Erfolg. Das Passwort lautete »Passwort«.

Auf dem Desktop fand Jakobus eine Reihe von Ordnern und Dokumenten. Alles ziemlich ungeordnet und auf den ersten Blick ohne Konzept. Einer der Ordner trug die Bezeichnung »Die Geschichte des Heiligen Kreuzes«. Neben den Textdokumenten gab es viele Fotos, die zum Teil Szenen aus der Kreuzeslegende zeigten, zum anderen Teil handelte es sich um Abbildungen von Kreuzreliquien. Dem Adelheidkreuz und dem Holz des Heiligen Kreuzes aus St. Blasien waren ganz besonders viele Fotos gewidmet.

Den Inhalt des ersten Textes kannte Jakobus schon. Er erzählte die Geschichte vom Tod Adams bis zur Kreuzigung. Der zweite Teil war mit »Die Auffindung des Heiligen Kreuzes« überschrieben.

Darin fand Jakobus eine ausführliche Beschreibung der Kreuzeslegende. Kopien von Dokumenten, Literaturhinweise, Auszüge aus mittelalterlichen Handschriften und Fotografien von Fresken aus der Renaissance. Pater Bernhard musste Jahre damit zugebracht haben, den Spuren des Kreuzes nachzugehen. Eine würdige Aufgabe für einen Benediktinermönch, fand Jakobus.

Nachdem Jesus begraben und wieder auferstanden war, verscharrte man das Kreuz, das Zeichen der Schande und des Sieges, irgendwo am Hügel Golgatha. Es geriet in Vergessenheit und erst Helena, die Mutter des ersten christlichen Kaisers Konstantin, machte sich auf die Suche nach dem Kreuz.

Der Legende nach fand sie es im Jahr 326 und brachte einen Teil nach Byzanz, einen Teil nach Rom und ein dritter Teil verblieb in Jerusalem, wo er am Ort der Kreuzigung angebetet werden konnte.

Pater Bernhard hatte aber nicht nur die heilige Legende aufgezeichnet, er sparte auch nicht mit skurrilen Anekdoten. Es war üblich, dass sich die Pilger über das Kreuz beugten und es küssten. Einer hatte offensichtlich den Wunsch, einen Teil des Kreuzes mit sich zu nehmen und schlug seine Zähne in das Holzstück und war nur mit Gewalt davon abzubringen, das abgebissene Stück zu verschlucken.

Das Holz vom Heiligen Kreuz blieb Jahrhunderte lang unbehelligt in den drei großen Städten der Christenheit, in Rom, in Byzanz und in Jerusalem. Nur manchmal zwackte ein Herrscher ein Stück davon ab und verschenkte es an einen seiner Getreuen. Diese Stücke wurden dann wieder geteilt und noch einmal und so verbreiteten sich die Kreuzreliquien.

Die drei großen Stücke des Heiligen Kreuzes gingen verloren. Das aus Jerusalem wurde 614 von den Sassaniden entführt und später zurückerobert. Während der Kreuzzüge wurde es oft mit in den Kampf geführt. Bei der Schlacht von Hattin 1187 fiel es den Muslimen in die Hände und ward seitdem nicht mehr gesehen

Jakobus blätterte weiter und weiter. Es war ihm längst klar, wonach Pater Bernhard gesucht hatte. Die anderen Teile des Heiligen Kreuzes teilten das Schicksal der Jerusalemer Kreuzreliquie. Der Teil des wahren Kreuzes, den Helena nach Byzanz geschickt hatte, war bei der Plünderung der Stadt durch die Kreuzfahrer 1204 verschwunden, und Rom war schon 455 den Vandalen zum Opfer gefallen. Der schlechte Ruf der Vandalen rührt von eben diesem Raubzug her, und es ist unwahrscheinlich, dass sie auch nur eine Monstranz oder ein Reliquiar unangetastet ließen. Vermutlich warfen sie das Stück vom Heiligen Holz einfach in ihr Lagerfeuer.

Jakobus las den letzten Abschnitt dieser Zusammenfassung: »Wenn alle Teile des Heiligen Kreuzes entweder verschollen sind oder ihre Herkunft ungewiss ist, wie kann es dann sein, dass wir glauben, gerade jene Stücke, die sich seit dem Jahr 1079 im Besitz des Ordens der Benediktiner befinden, seien die letzten authentischen Überreste des Kreuzes Christi? Nichts berechtigt zu diesem Schluss, scheint es doch, als sei die Kreuzreliquie wie aus dem Nichts aufgetaucht. Dem ist aber nicht so. Man muss nur der Spur des Kreuzes folgen, und man gelangt zu einer erstaunlichen Geschichte.«

Woher also hatte Adelheid das enorm große und wertvolle Stück vom Heiligen Holz? Die Legende erzählt, ihr Schwager Géza hätte es ihr geschenkt, oder sie hätte es aus seinem Nachlass erhalten. Géza war von 1044 bis 1077 König von Ungarn. Allerdings war seine Stellung umstritten. Sein Vorgänger wollte nicht abdanken und rückte die Krönungsjuwelen nicht heraus. Ohne die Krönungsjuwelen wollte der Papst Géza seinen Segen nicht erteilen, und so suchte Géza nach einem anderen Verbündeten. Den fand er im oströmischen Kaiser, dem Beherrscher von Byzanz, Michael VII. Der schickte Géza nicht nur eine seiner Schwestern als Ehefrau, sondern auch ein Diadem und eben ein großes Stück vom Heiligen Holz.

»Dies ist die wahre Geschichte des Heiligen Kreuzes vom Anbeginn der Zeit bis in unsere Tage. Aus den Quellen zusammengetragen und durch lange Jahre Arbeit ergänzt und überprüft von Pater Bernhard zu St. Paul im Jahr 2014 unseres Herrn. Im Namen des Vaters, des Sohnes und des Heiligen Geistes. Amen«, beendete Pater Bernhard seine Aufzeichnungen.

3

»Requiem aeternam dona eis. Domine et lux perpetua luceat eis«, tönte es durch das Kirchenschiff. Herr gib ihnen die ewige Ruhe und das ewige Licht leuchte ihnen. So begann die Totenmesse für Pater Bernhard. Die Bänke blieben weitgehend leer. Nicht einmal alle Mönche waren gekommen. Die Universität Graz und das Diözesanmuseum Klagenfurt hatten Vertreter geschickt, wie der Bruder Botanikus Jakobus flüsternd mitteilte. Sonst gab es nur die Hausangestellten und das Küchenpersonal, das sich im Seitenschiff zusammendrängte.

Am Ende des Requiems stellte sich Abt Maximilian Fürstberg neben den Sarg und besprengte ihn mit Weihwasser. Er räusperte sich. Pater Bernhard sei viele Jahre ein treues und verlässliches Mitglied des Konvents gewesen, habe sich hervorgetan als Kustos der Kunstsammlung des Stiftes und als Universitätslehrer für Kunstgeschichte. Sein ruhiges und überlegtes Wesen, seine Spiritualität werden fehlen. Mehr sagte der Abt nicht, schlug ein Kreuz über dem Sarg und bedeutete den Novizen, ihn auf die Schultern zu nehmen und aus der Kirche zu tragen.

Sein Hausarrest hinderte Jakobus daran, dem Sarg bis hinunter zur Erhardikirche und auf den Friedhof zu folgen. So ging er zurück zur Bibliothek und kam am Eingang zur Kunstsammlung vorbei, versuchte, die Tür aufzustoßen, aber die war versperrt.

Jakobus erinnerte sich, in Pater Bernhards Wohnung einen Schlüsselbund gesehen zu haben. Er lag oben auf der Kommode rechts vom Eingang. Gerade in dieser Stunde war außer Jakobus niemand im Stift. Also ging Jakobus schneller. Die Tür zu Pater Bernhards Wohnung stand einen Spalt offen.

Die Schlüssel befanden sich noch immer dort, wo sie Jakobus vermutet hatte. Er griff danach und steckte sie ein. Im selben Moment rührte sich etwas im Schlafzimmer.

Ein Schluchzen. Jakobus überlegte. Sollte er flüchten? Noch hatte ihn niemand gesehen.

Jakobus öffnete die Schlafzimmertür. Daliborka Thonhauser saß auf dem Bett des Toten, hielt den Kopfpolster umschlungen, wiegte sich nach vorne und nach hinten und weinte.

Die Tür stieß an den Schrank.

Daliborka drehte den Kopf in Jakobus' Richtung und verstummte. Sie hielt in ihrer Bewegung inne. Die Tränen rollten ihr weiter über die Wangen, sammelten sich am Kinn und tropften aufs Bett.

»Er hat sich nicht selbst umgebracht«, sagte sie leise und weinte dann weiter.

4

Noch auf seinem Sterbebett sitzend, erzählte Daliborka Thonhauser, was sie über Pater Bernhard wusste und was sie mit ihm verband. Vor dreizehn Jahren war Pater Bernhard zum ersten Mal in St. Paul aufgetaucht. Damals hatte er sein Studium der Kunstgeschichte und Theologie in Graz und Rom schon längst abgeschlossen, hatte an der Universität unterrichtet und für ein Museum gearbeitet.

»Dann steht er hier, ich kann mich noch genau erinnern. Unten beim Eingang zur Kirche, und verlangt nach dem Abt«, erzählte Daliborka. »Er hatte eine Karriere, eine Zukunft, und trotzdem kniet er sich vor den Abt hin, also den jetzigen Altabt, und bittet um Aufnahme.«

»Warum hat er das gemacht?«

Daliborka zuckte mit den Schultern. »So ganz hat er mir das nie verraten. Eine Krise, hat er gesagt. Eine Lebenskrise, aus der ihm nur der Glaube heraushelfen konnte. Das Gebet hat ihn gerettet.«

Tatsächlich zog er sich beinahe zwei Jahre ganz zurück. Schwieg und betete, hielt den Kopf gesenkt und wechselte mit niemandem außer seinem Beichtvater ein Wort. Dann fasste er sich, schwieg immer noch, aber nahm seine Arbeit in der Kunstsammlung auf, erschien regelmäßig zum Essen und zum Gebet.

»Ich war damals Beiköchin, halbtags«, sagte Daliborka. »Die Kinder waren schon in der Schule, und ich musste etwas dazuverdienen.«

»Und da ist dir der junge Pater aufgefallen?«

»Pater war er noch gar nicht. Es hat ein bisschen gedauert, bis er die Priesterweihe empfangen hat.«

»Nur wart ihr da schon längst ein Paar«, sagte Jakobus.

»Nein, wo denkst du hin? Das hat ewig gedauert. Ich habe mich gar nicht für ihn interessiert, und er sich nicht für mich. Glaube ich. Jedenfalls änderte sich das irgendwann. So wie es ihm besser ging, ging es mir schlechter«, erzählte Daliborka. »Mein Mann verlor den Job. Er trank, und deshalb wollte man ihn auf der Baustelle nicht mehr haben. Es hat einen Unfall gegeben, an dem mein Mann schuld war. Er trank weiter, und er trinkt immer noch. Das ganze Geld hat er versoffen. Wie soll ich das bezahlen? Allein, was die Schule für zwei Kinder kostet«, sagte Daliborka. »Der Bub, ach, ich weiß nicht. Der kommt ganz nach seinem Vater.«

»Pater Bernhard hat das gemerkt«, meinte Jakobus und setzte sich zu Daliborka aufs Bett.

»Er hat sich für mich eingesetzt, damit ich die Nachfolgerin der alten Köchin werde. Das ist ja auch kein besonders gut bezahlter Job. Aber das hat unserer Familie das Leben gerettet.«

»So seid ihr zusammengekommen?«, fragte Jakobus und ging in die Küche, um Kaffee aufzusetzen. Es schien ihm im Moment nicht besonders bizarr oder makaber, in den Schränken des Toten nach einer Kaffeedose und Tassen zu suchen, während die Geliebte auf dem Bett saß.

»Irgendwie«, sagte Daliborka und hob die Stimme, weil sich Jakobus in der Küche befand. »Er hat mich getröstet, und er brauchte auch ein bisschen Trost, glaube ich.«

Der Geruch des Kaffees mischte sich mit dem Gestank des Todes, der über dem Schlafzimmer hing. Jakobus reichte Daliborka eine Tasse, und sie umschloss sie mit beiden Händen. »Das war so anders als mit meinem Mann. Wenn der mich überhaupt angefasst hat, dann, weil er mir eine Ohrfeige verpasst hat.«

»Hast du ihn verlassen?«

Daliborka zuckte mit den Schultern.

»Die Kinder müssen schon aus dem Haus sein, oder etwa nicht?«, fragte Jakobus. »Pater Bernhard hätte an der Uni wieder eine Anstellung bekommen. Es wäre einem Neuanfang nicht viel im Weg gestanden.«

»Ich kann meinen Mann nicht verlassen. Er braucht mich doch«, sagte Daliborka.

10. Kapitel

1

Auf der Dachterrasse der Kärntner Tagespost standen seit ein paar Wochen zwei Liegestühle. Den neuen hatte Ernesto gebraucht gekauft und neben den alten gestellt, der mittlerweile ein Loch in der Sitzfläche hatte, sodass man fürchten musste, jeden Moment mit dem Hintern am Boden zu landen.

Beide Stühle waren besetzt. Im neuen lag Winfried Auer, Chef vom Dienst und seit Kurzem Mitglied der Chefredaktion. Im alten hockte Ernesto.

»Ein toter Mönch und der Opus Dei in St. Paul. Sollen wir eine Fahndung nach einem verzweifelten Thrillerautor hinausgeben?«, fragte Auer.

Ernesto lachte und ließ die aufgerauchte Zigarette in den Kaffeebecher fallen, den er am hinteren Ende des Liegestuhls aufgestellt hatte. »Wir haben in jedem Fall einen Fuß in der Tür. Der Ausflug mit Čertov, ich sag dir, da ist mein Ansehen beim Altabt gleich gestiegen. Einen Polyhistor hat mich Čertov genannt. Den letzten umfassend gebildeten Menschen – nach den beiden, selbstverständlich.«

»Das hat dir geschmeichelt. Gib es zu.«

»Ich hatte die ganze Zeit Angst, der Altabt könnte mich wiedererkennen. Von dieser unsäglichen Nacht im Venustempel.«

»Im was?«

»Venustempel. Das Bordell in Velden.«

»Will ich diese Geschichte kennen?«, fragte Auer und hielt sich die Hand vor die Augen.

»Es gab nichts besonders Interessantes zu sehen«, erzählte Ernesto. »Außer vielleicht einen Abt, der nackt auf dem Tisch tanzte und sich dabei von drei Prostituierten mit Sekt anschütten ließ. Also ich glaube zumindest, dass es Prostituierte waren – und Sekt.«

»Aber beim Abt bist du dir sicher?«

»Ganz sicher«, sagte Ernesto. »Der Bürgermeister von St. Paul war auch mit von der Partie und ich wusste doch, wie der Abt aussieht. Also angezogen. Aber ich habe ihn auch nackt wiedererkannt. Ich hatte quasi sein Gemächt in meinem Gesicht. Und jetzt wird er mir ein Interview mit dem Generalvikar des Opus Dei verschaffen.« Ernesto hob die Kaffeetasse und prostete seinem Chef vom Dienst damit zu.

2

Dem Begräbnis war Ernesto fern geblieben. Ein freier Mitarbeiter hatte mit seinem Mobiltelefon ein paar Fotos in der Stiftskirche und bei der Beerdigung geschossen. Im Archiv fand Ernesto etliche Porträtfotos von Pater Bernhard, und er schrieb einen kurzen Nachruf. Nichts Aufregendes, nichts, woran man Anstoß hätte nehmen können.

Ernesto schloss den Artikel ab und machte sich auf nach St. Paul. Das Interview mit dem Opus Dei-Mann konnte erst über die Bühne gehen, wenn sich Ernesto bei Abt Fürstberg vorgestellt hatte. Ein Prozedere, das man auf keinen Fall abkürzen konnte, wie ihm Altabt Severin am Telefon noch einmal versichert hatte.

Der Abt ließ von einem Novizen öffnen. Der musste schon gewartet haben, denn als Ernesto auf dem Kiesplatz vor der Residenz des Abtes anhielt, schwang die Tür auf, und der junge Mann stand in seiner dunkelbraunen Kutte da. Mit steinerner Miene.

Das Wohnzimmer des Abtes duftete nach Weihrauch, und Ernesto betrachtete die Kunstwerke an den Wänden, während er Abt Fürstberg die Hand schüttelte. Die Möbel waren Replika, aber gut gemacht. Das Gemälde über dem Kaminsims war echt und teuer.

»Sie wollen also eine Skandalgeschichte schreiben«, fing Abt Fürstberg an.

»Über Sie? Nein, ich wüsste nicht, warum«, sagte Ernesto und begutachtete weiter die Einrichtung und den jungen Mönch.

»Das ist unser Novize Andreas. Vielleicht wollen Sie ihn auch interviewen«, sagte Abt Fürstberg, der Ernestos Blick gefolgt war.

»Unbedingt«, entgegnete Ernesto. »Eine spannende Geschichte, warum ein junger Mann ins Kloster geht. Aber zuerst will ich den Generalvikar sprechen.«

»Wir wollen den Geist des Christentums wieder unter den Menschen erwecken«, sagte Abt Fürstberg. »Das ist die Aufgabe der Kirche. Die Aufgabe, die uns Jesus Christus gestellt hat.«

»Und der Generalvikar Espinosa ist hier, um Kärnten neu zu bekehren?«

»Woher kennen Sie seinen Namen?« Abt Fürstberg fuhr von seinem Sofa hoch.

»Der steht im Internet«, sagte Ernesto. »José Maria Espinosa. Er hat sogar eine eigene Wikipedia-Seite. Was für ein Mitglied des Opus Dei eher ungewöhnlich ist, habe ich festgestellt.«

»Sie sind ein Skandaljournalist, Valenti, und auch wenn Sie den Altabt um den Finger wickeln. Mit mir machen Sie das nicht.«

»Ein Interview ist auch in Ihrem Interesse«, sagte Ernesto. »Soweit ich das nachgelesen habe, nützt dem Opus Dei sogar die schlechteste Nachrede. Dieser ganze Wirbel um Dan Brown und sein Buch hat dem Opus Dei viele neue Mitglieder und Freunde eingebracht.«

Abt Fürstberg lehnte sich zurück. Eine ganze Weile sagte er nichts. »Keine Skandale, Valenti«, meinte er.

»Lieber Abt Fürstberg. Das mit den Skandalen ist so eine Sache. Hier wird gerne der Überbringer der schlechten Nachricht gegeißelt.«

»Es gibt keinen Skandal im Stift St. Paul«, sagte Fürstberg.

Ernesto antwortete nicht.

»Es gibt auch keinen Skandal des Opus Dei in St. Paul«, setzte er nach.

»Wenn Sie es so formulieren, …« Ernesto ließ den Rest des Satzes unausgesprochen.

»Keine unangenehmen Fragen.«

»Kann ich Ihnen nicht versprechen.«

»Wir lesen das Interview, bevor es in Druck geht.«

»Lesen können Sie es.«

»Nur wenn wir es freigeben, wird es auch gedruckt.«

»Sie können Ihr Glück bei der Chefredaktion versuchen«, sagte Ernesto. »Die entscheidet letztlich, was gedruckt wird.«

»Dann soll es so sein«, sagte Abt Fürstberg und erhob sich. »Sie bekommen Bescheid.«

Ernesto verneigte sich leicht und verließ die Wohnräume des Abtes. Aber statt in seinen Wagen zu steigen, schlug er den Weg Richtung Küche ein. Vielleicht gab es ja dort einen Kaffee und ein Stück Kuchen, beides hatte ihm der Abt nicht angeboten.

3

Es vergingen Tage und noch mehr Tage. Es verging eine Woche und eine zweite. Die ganze Zeit über wälzte Jakobus Gedanken um Gedanken, aber er sprach mit niemandem darüber. Erzählte weder dem Abt von Daliborkas Verdacht, noch sprach er das Thema bei seiner Beichte bei Altabt Severin an. Dort sagte er so gut wie nichts. So tief steckte er in seinen Überlegungen, dass er an diesem Nachmittag zunächst gar nicht merkte, dass noch jemand im Vorraum zur Küche saß. Er hob den Blick.

»Wie sind Sie hier hereingekommen?«, fragte Jakobus noch im Stehen.

»Durch die Tür«, antwortete Ernesto und klimperte mit dem Löffel im Kaffee.

»Ich habe ihn hierher gebeten«, sagte Daliborka.

»Warum?«, wollte Jakobus wissen, und Panik stieg in ihm hoch.

»Weil das so nicht mehr weitergeht«, erklärte Daliborka. »Irgendwer muss der Sache auf den Grund gehen.«

»Aber doch nicht ein Journalist«, rief Jakobus aus. »Am Ende steht noch alles in der Zeitung.«

»Das ist der Zweck der Übung«, meinte Ernesto und stach mit der Kuchengabel ein Stück der Biskuitroulade ab.

Jakobus setzte sich, schob die Kaffeetasse zur Seite und begann, ebenfalls von der Biskuitroulade zu essen.

»Ich habe seine Leiche gesehen«, sagte Daliborka. Die Tasse zitterte in ihrer Hand. »Das war ein fürchterlicher Anblick. Das hat er sich nicht selbst angetan.«

Jakobus schwieg.

»Er hatte keinen Grund dazu«, fuhr sie fort. »Sein Gesicht war ganz blau angelaufen. In den letzten Wochen hatte er Angst. Es wird etwas Schlimmes geschehen, hat er gesagt.«

»Wenn er Angst hatte, warum hat er sich nicht an den Abt gewandt?«, fragte Ernesto.

»Der Abt? Der will doch alles vertuschen«, antwortete Daliborka.

»Oder an die Polizei?«, setzte Ernesto nach.

»Ach, die Polizei«, sagte Daliborka abwehrend. »Die kommen doch erst, wenn schon etwas passiert ist, und in diesem Fall nicht einmal dann.«

»Die Leiche ist begraben. Der Totenschein ist ausgestellt«, sagte Ernesto. »Da wird man nicht mehr viel machen können.«

»Aber es gibt doch einen Grund, warum Bernhard tot ist, und diesen Grund sollst du herausfinden. Es ist etwas faul in diesem Stift«, wiederholte Daliborka. »Was sagst du dazu, Jakobus?«

»Ich?«

»Du hast ihn gefunden. Was hast du dort überhaupt gesucht?«, fragte Daliborka.

»Ich wollte ihn abholen. Er hatte ja dieses Schweigegebot.«

»Ein Schweigegebot?«, fragte Ernesto. »Warum denn das?«

Jakobus zögerte. Wenn er auf diese Frage wahrheitsgemäß antwortete, öffnete er eine Tür, und hinter dieser Tür steckte das Geheimnis.

4

Jakobus verschanzte sich in seiner Bibliothek und versuchte, Schriften aus dem 17. Jahrhundert in sein Bibliotheksprogramm zu übertragen. Titel, Autor, Verlag und Verlagsort, Inhalt, Zustand des Buches, Standort in der Bibliothek. Er nahm ein Buch zur Hand und schlug es auf. Es war an den Rändern bestoßen. Auf der Innenseite des Einbandes blühten Stockflecken, und die Bindung war so locker, dass Jakobus die Fäden zwischen den Bögen sehen konnte.

Das alles notierte er in den dafür vorgesehenen Textfeldern, und als er bei der Hälfte der Tabelle angekommen war, hatte er den Titel des Buches vergessen. Seine Konzentration wanderte zurück zur Unterhaltung im Vorraum der Küche.

Im Internet fand Jakobus eine Flut von Artikeln von Ernesto Valenti. Jemand, der mit solcher Akribie vorging, konnte gefährlich werden. Wenn sich Valenti für das Stift zu interessieren begann, würde er nicht lange brauchen, um herauszufinden, dass hier etwas im Argen lag.

Bis zu diesem Moment war Jakobus der Überzeugung gewesen, er hätte jede Menge Zeit, um den Verwicklungen in diesem Stift nachzuspüren. Nun, vielleicht nicht alle Zeit der Welt, aber doch noch Wochen und Monate. Jetzt beschlich Jakobus das

Gefühl, dass die Zeit drängte. Er stand auf. War schon auf dem Weg zur Tür und überlegte, ob er noch einmal Daliborka befragen oder sich gleich den Abt vornehmen sollte. Nun, vornehmen war vielleicht ein zu heftiger Begriff.

Mit diesem Gedanken wandte er sich nach rechts, strebte durch den Mittelgang zum Innenhof auf der Ostseite, dorthin, wo sich der Wohntrakt des Abtes befand. Der Kies raschelte unter seinen Tritten, und im Geist legte er sich zurecht, wie er das Gespräch beginnen wollte.

»Es ist niemand hier«, hörte er jemanden mit spanischem Akzent sagen, als er schon beinahe die Klinke des Tores in der Hand hatte.

»Sie«, sagte Jakobus und konnte sich gerade noch beherrschen, um nicht mit dem Finger auf José Maria Espinosa zu zeigen. »Sie haben Pater Bernhard gekannt.«

»Natürlich«, antwortete Espinosa. »Ein großer Verlust für uns alle. Seine tiefe Spiritualität hat mich immer berührt. Es ist sehr selten, selbst unter Mönchen, eine solche Hingabe an die Meditation über das Kreuz.«

»Genau darüber müssen wir reden«, entgegnete Jakobus.

»Dieses Kloster …«, begann Espinosa, unterbrach sich selbst und öffnete das Gartentor. »Aber kommen Sie doch herein. Darf ich Ihnen etwas anbieten?«

Jakobus setzte sich auf den Rand eines Korbsessels. Seine Hände zitterten ein wenig, als er das Glas nahm und nippte. Nun saß er dem Generalvikar des Opus Dei gegenüber.

»Sie wollten mit mir über Pater Bernhard sprechen?«, fragte Espinosa. »Ich habe bemerkt, dass Sie beide sich ganz gut verstanden. Vielleicht hat er Ihnen schon ein wenig von unserem gemeinsamen Projekt erzählt.«

»Er hat Sie öffentlich beschuldigt, das Adelheidkreuz gestohlen zu haben«, sagte Jakobus.

Espinosa lachte.

»Warum hätte ich das tun sollen? Es erfüllt mich mit großer Sorge, ja was sage ich, mit Verzweiflung, dass das Adelheidkreuz gestohlen wurde. Die Existenz des Klosters, die Existenz unserer Bewegung, ja ich will nicht pathetisch sein, aber wenn das Kreuz nicht wieder auftaucht, fürchte ich um den Fortbestand der Christenheit.«

Jakobus war von dieser Eröffnung so überrascht, dass er nicht einmal eine Frage stellen konnte.

»Um das zu erklären, muss ich wohl etwas weiter ausholen«, sagte Espinosa. »Es ist eine gute Gelegenheit, lieber Pater Jakobus, um Sie einzuweihen.« Espinosa legte ihm die Hand väterlich auf den Unterarm. »Selbstverständlich habe ich mich über Sie informiert, mein verehrter Jakobus. Sie sind ein Rebell, und Sie haben offensichtlich keinen Respekt vor Autoritäten, sonst hätten Sie den Kardinal nicht geohrfeigt.«

»Ein Moment der Unbeherrschtheit«, sagte Jakobus und verzichtete darauf, hinzuweisen, dass er dem Kardinal die Ohrfeige lediglich angedroht hatte.

»Sie sind ein wacher Geist. Was Sie brauchen, ist etwas Führung von einem erfahrenen Mentor. Ich biete Ihnen an, unter meiner Leitung an Pater Bernhards Stelle zu treten und tatkräftig an der Erneuerung des Glaubens mitzuarbeiten. St. Paul wird das Zentrum dieser Bewegung werden, ja ist es im Grunde genommen schon.«

Jakobus sagte nichts. Er schielte auf den Teller mit Blätterteiggebäck, der auf dem Gartentisch stand.

»Greifen Sie zu«, sagte Espinosa. »Ich erkläre Ihnen in der Zwischenzeit, um was es geht.«

José Maria Espinosa verfolgte seit vielen Jahren die weit ausgreifende Mission des Opus Dei. Das Abendland, wie er es zu nennen pflegte, musste aus den Klauen eines wild gewordenen, neoliberalen Kapitalismus befreit und wieder zurückgeführt werden zu einer christlichen Gesellschaft, in der Frömmigkeit und Dienst am Nächsten höher bewertet werden als Konzerngewinne und Managerboni. Europa musste re-evangelisiert werden.

»Die Menschen müssen wieder beten«, sagte Espinosa. Dabei würden sie Demut lernen und eine neue Beziehung zu Christus erfahren. Sie würden sich der einzig wahren katholischen Kirche unterordnen, und die vom Heiligen Geist beseelten Priester und Mönche würden den Kontinent in ein neues Zeitalter führen. Das Tausendjährige Reich, in dem der Messias herrschen wird.

»Was auch immer man in der Öffentlichkeit behauptet, das war immer das Ziel der Kirche. Wir sind da ganz im Einklang mit dem Heiligen Vater, auch wenn böse Gerüchte etwas anderes verbreiten«, sagte Espinosa. »Aber wie soll man das erreichen in einer Welt, die vom Profit regiert wird? Wie soll man das Seelenheil all dieser Männer und Frauen retten?«

Jakobus nahm sich noch ein Stück Gebäck und sagte immer noch nichts. Espinosa würde seine rhetorische Frage gleich selbst beantworten.

»Durch ein Wunder«, rief Espinosa aus. »Wir leben in der Endzeit. Das sehen Sie doch sicher auch so. Kriege, Pandemien, die Klimakatastrophe, Hungersnöte und weltweite Migrationsströme. Es sind vielleicht nicht die Vorzeichen der Apokalypse, wie sie Johannes in der Offenbarung beschrieben hat, aber wir müssen die Bibel eben auch aus heutiger Perspektive auslegen. Die Welt geht ihrem Ende entgegen.«

Jakobus kaute an dem Gebäck und sah Espinosa fragend an.

»Wir brauchen also ein Wunder, und so ein Wunder entsteht nicht aus dem Nichts. Man muss etwas dafür tun«, fuhr Espinosa fort. »Wir alle gemeinsam müssen etwas tun. Das hatte Pater Bernhard begriffen.«

»Was hatte er begriffen?«, fragte Jakobus.

»Dass das Adelheidkreuz der Schlüssel zu allem ist.«

»Das Adelheidkreuz?«, fragte Jakobus erneut.

»Besser gesagt, die wahre und echte Kreuzreliquie im Adelheidkreuz. Sie ist die Garantie für die Wiederkunft unseres Herrn Jesus Christus, für seine königliche Herrschaft über die Welt und unser aller Erlösung am Ende der Tage.«

José Maria Espinosa erklärte Jakobus, wie er sich die Zukunft des Stiftes, die Zukunft Europas und der Welt vorstellte. Wie sich aus diesem einen Stück des wahren und echten und einzigen Holzes vom Kreuz Christi der Glaube an Jesus erneuern sollte. Die Menschen würden nach St. Paul strömen und würden das Heil erfahren.

»Aber es gibt doch noch, ich weiß nicht, wie viele, andere Stücke vom Heiligen Kreuz«, wandte Jakobus ein. »Allein im 19. Jahrhundert wurden über eintausend Partikel registriert.«

»Ja, registriert«, erwiderte Espinosa.

»In der Basilica Santa Croce in Gerusalemme in Rom wurde ein großes Stück aufbewahrt, das sich mittlerweile im Petersdom befindet«, fuhr Jakobus fort. »Das Kopfstück mit der Inschrift INRI soll sich immer noch in der Basilika befinden.«

»Sie haben Ihre Hausaufgaben gemacht«, sagte Espinosa. »Das ist alles richtig. Jahrzehnte habe ich damit zugebracht, jedes einzelne dieser Holzstücke zu untersuchen.« Er schüttelte den Kopf. »Bei den meisten war es von vornherein sinnlos. Keiner weiß, woher sie kommen. Meistens sind sie winzig und … Ach, es ist nicht der Rede wert. Wir haben ein Vermögen verschwendet, um sie alle zu prüfen. Die großen, die berühmten, die fast vergessenen, bis wir auf dieses hier gestoßen sind. Auf die Kreuzreliquie im Adelheidkreuz.« Espinosa erzähle Jakobus die Geschichte des Holzes vom Paradies bis zu dem Zeitpunkt, als es mit dem Adelheidkreuz in St. Paul ankam, und Jakobus unterbrach ihn nicht.

»So wie das Holz den Beginn der Welt bezeugt, so wie es das Leiden, den Tod und die Auferstehung des Herrn begleitet hat, so muss es auch bei der Wiederkunft Christi eine zentrale Rolle spielen. Mit ihm schließt sich der Kreis der Schöpfung. Vom Alpha zum Omega, vom Anfang bis zum Ende«, sagte Espinosa.

»Sie wollen andeuten, dass nun sozusagen der dritte Teil der Geschichte des Heiligen Kreuzes beginnt?«, fragte Jakobus. »Der Weg führt direkt in den Untergang und durch ihn hindurch in das Reich des Messias?«

»Nicht nur sozusagen«, bekräftigte Espinosa. »Die Posaunen der Apokalypse erklingen bereits. Das ist die große Chance des Antichristen. Er ergreift die Macht. Seine Schergen haben längst die Gesellschaft erobert, sitzen in Politik, Wirtschaft und Medien und etablieren das System des Satans.«

Jakobus schenkte sich Apfelsaft nach und nahm das letzte Stück vom Gebäck.

»Auf der ganzen Welt hat sich dieses System in die Köpfe und Herzen der Menschen hineingefressen. Sie jagen den weltlichen Gütern hinterher, und nichts ist ihnen mehr heilig. Weder den Herrschenden noch den Untertanen. Dabei verschwenden sie nicht nur ihr Leben. Sie haben sich von Gott abgewandt und huldigen dem Antichristen. Dadurch verlieren sie ihr Seelenheil, und die ewige Verdammnis wird ihre Strafe sein.«

»Sie wollen andeuten, dass wir hier in St. Paul, in dieser kleinen Abtei, etwas dagegen tun können?« Jakobus putzte sich die Brösel des Blätterteigs von der Kutte.

»Nur wir. Niemand sonst«, wurde Espinosa heftig. »Der Antichrist hat es auf uns abgesehen. Auf Sie und mich.« Er zeigte auf Jakobus und klopfte sich dann an die Brust. »Der Antichrist hat das Adelheidkreuz gestohlen, und er hat Pater Bernhard ermordet, weil er der Wahrheit auf die Spur gekommen ist.«

»Warum sollte er das tun?«, fragte Jakobus.

»Ja, haben Sie es immer noch nicht begriffen? Der Antichrist will das letzte Stück vom wahren Heiligen Kreuz vernichten, damit seine Herrschaft bis in alle Ewigkeit dauern kann.« Espinosa holte Luft und beugte sich verschwörerisch zu Jakobus vor.

»Wir müssen das Heilige Holz zurückholen. Koste es, was es wolle. Wir müssen es retten, und zum richtigen Zeitpunkt wird aus dem toten Holz ein grüner Spross hervorbrechen.« Espinosas Hände deuteten ein Wachsen und Blühen an. »Das wird das Zeichen sein. So lange müssen wir das Heilige Holz bewahren. Wenn es so weit ist, werden wir es an seinen ursprünglichen Ort zurückbringen, auf den Hügel von Golgatha, dort, wo es einst aus dem Grab Adams gewachsen ist. Damit schließt sich der Kreis, und der Baum, der aus dem Heiligen Holz wächst, wird der Mittelpunkt des neuen irdischen Paradieses sein. Sie werden sehen, mein verehrter Pater Jakobus, wir werden das noch erleben.«

Ein paar Augenblicke schwieg Jakobus. Er brauchte Zeit, um zu rekapitulieren, welche Geschichte ihm José Maria Espinosa, Generalvikar des Opus Dei, gerade aufgetischt hatte, und wie er sich dazu verhalten sollte. Er spürte, wie dringend Espinosa auf eine Erwiderung wartete und wappnete sich schon, als das Gartentor mit einem Krachen gegen den Zaun schlug und Abt Maximilian Fürstberg atemlos vor ihnen auftauchte.

»Es gibt eine Lösegeldforderung«, stieß er hervor. »Diese Verbrecher wollen vier Millionen für das Adelheidkreuz.«

11. Kapitel

1

Schon eine ganze Weile lehnte Jakobus an dem Marmorpfeiler, der die rechte Seite des Stiftsportals stützte, und beobachtete die Straße, auf der sich nichts tat. Kein Auto, kein Fußgänger, kein Radfahrer. Laut Anordnung des Abtes durfte Jakobus bis hierher und keinen Schritt weiter. Hätte er seine Fußspitze auch nur zwei Zentimeter nach vorne geschoben, hätte er das Gelände des Stiftes verlassen und somit das Verbot übertreten.

Mitten in seine Überlegungen hinein drang ein Ächzen, und als er sich umdrehte, zerrte Ernesto Valenti einen reglosen Mönch aus dem Eingang der Schnapsbrennerei.

»Helfen Sie mir«, sagte Ernesto, der den Mönch unter den Armen gefasst hielt. »Kommen Sie schon.« Ernesto winkte Jakobus zu. »Er ist zu schwer.«

»Was ist passiert?« Jakobus beugte sich über den Mönch und blickte in das bleiche Gesicht von Pater Stephanus.

»Nehmen Sie die eine Seite, ich nehme die andere«, forderte ihn Ernesto auf. »Hier, packen Sie ihn unter dem Arm. Der Weg zu Doktor Brunner ist nicht weit.«

»Wäre es nicht besser, die Rettung zu rufen?«

»Bis zu Doktor Brunner sind es vielleicht hundert Meter. Bis die Rettung hier ist, vergeht sicher eine Stunde. Die Rot-Kreuz-Stelle in St. Paul ist am Wochenende nicht besetzt.« Ernesto schob seinen Kopf unter die linke Achsel des Infirmars. Jakobus packte Stephanus' rechte Seite, und schon setzten sie sich in Bewegung.

»Was …?«, begann Jakobus.

»Beeilen wir uns«, schnitt ihm Ernesto das Wort ab. »Es geht um Leben oder Tod.«

Kaum fünf Minuten später stieß Ernesto die Tür zum Hofrichterhaus mit einem Fußtritt auf.

»Doktor Brunner«, schrie Ernesto. »Ein Notfall.« Ohne auf Antwort zu warten, drangen er und Jakobus weiter bis zum Innenhof vor. Unter den Arkaden im ersten Stock erschien eine Frau. Als sie die Männer sah, rief sie: »Um Gottes willen«, und schlug die Hände vor dem Gesicht zusammen.

2

»Er wird es überstehen.« Doktor Brunner setzte sich auf die Küchenbank. »Dass sie ihn gefunden haben, ist ein Glück. Sein Kreislauf war schon zusammengebrochen, und zu einem Atemstillstand hat nicht mehr viel gefehlt. Eine klassische Alkoholvergiftung, aber eine anständige, das kann ich Ihnen sagen, meine Herren.«

»Sollen wir ihn nicht doch besser in ein Krankenhaus bringen?«, schlug Jakobus vor.

»Bei mir ist er gut aufgehoben. Das war absolut die richtige Entscheidung. Wir werden daraus doch keine Staatsaffäre machen. Nicht wahr, Herr Valenti? So ein kleines Besäufnis muss nicht in der Zeitung stehen, oder?«

»Wenn ich jedes Mal etwas schreiben würde, wenn sich in diesem Tal jemand ansäuft …« Ernesto winkte ab. »Kommen Sie, Pater Jakobus. Wir haben unsere Pflicht getan. Ich lade Sie zur Belohnung auf eine Schaumrolle ein.«

»Aber …«, protestierte Jakobus.

»Kein Wenn und Aber.« Ernesto Valenti war schon bei der Tür, und Jakobus blieb nichts übrig, als ihm zu folgen. »Etwas noch.« Ernesto drehte sich zu Doktor Brunner um. »Gehe ich recht in der Annahme, dass Sie den Totenschein für Pater Bernhard ausgestellt haben?«

»Allerdings«, kam die Antwort.

»Das dachte ich mir schon.« Mit diesen Worten war er im Flur, und wenige Augenblicke später standen sie wieder auf der Straße.

»So, jetzt erklären Sie sich«, forderte Jakobus, während er Ernesto folgte.

»Gleich. Wir sind schon da. Setzen wir uns unter den Kastanienbaum, da sind wir ungestört.«

Ernesto zündete sich eine Zigarette an und schwieg, bis die Kellnerin kam und der Kaffee vor ihm auf dem Tisch stand. Mittlerweile war er bei der zweiten Zigarette.

»Was haben Sie eigentlich bei Pater Stephanus verloren gehabt, und wie sind Sie dorthin gekommen? Ich habe die ganze Zeit über beim Tor gestanden und Sie nicht bemerkt.«

Ernesto streifte die Asche der Zigarette ab. »Dieses Kloster ist nach allen Seiten hin offen. Ein Scheunentor nach dem anderen«, sagte er.

»Was wollten Sie bei Pater Stephanus?«

»Immerhin war er der beste Freund von Pater Bernhard. Aber Sie wären meine nächste Adresse gewesen.«

»Warum denn das?«

»Sie haben den Toten gefunden. Daliborka hat mir erzählt, dass Sie und Pater Bernhard in letzter Zeit ziemlich oft miteinander zu tun gehabt haben.«

Jakobus nippte von seiner heißen Schokolade, ihm wurde bewusst, dass ihn jeder sehen konnte. Den Ausflug zu Doktor Brunner mochte er dem Abt gegenüber noch mit einem Notfall rechtfertigen. Das Plauderstündchen mit einem Journalisten wohl eher nicht.

»Daliborka hat mir nicht alles verraten«, sagte Ernesto und sah Jakobus in die Augen. »Etwas Wesentliches verschweigt sie mir, und das betrifft den Tod von Pater Bernhard.«

»Sie wollen darüber doch nicht etwa schreiben?«, unterbrach ihn Jakobus.

»Wie könnte ich? Probieren Sie von den Schaumrollen. Offiziell war es Herzversagen. Doktor Brunner wird einen Eid darauf schwören. Die Aussage einer Klosterköchin ist dagegen gar nichts wert. Außerdem will ich Daliborka nicht in Schwierigkeiten bringen. Sie würde ganz sicher ihren Job verlieren.«

»Also sind Sie zu Pater Stephanus gegangen, um die Wahrheit zu erfahren?«

»Er ist immerhin der Infirmar und für die Gesundheit der Klosterbrüder verantwortlich. Nun, ich bin nicht dazu gekommen, ihm auch nur eine einzige Frage zu stellen. Sie werden mehrere leere Flaschen Schnaps finden, wenn Sie die Destillerie durchsuchen.«

3

Zum ersten Mal, seit er ins Kloster St. Paul gekommen war, durfte Jakobus die Privaträume des Abtes betreten. Sie lagen im ältesten Teil des Wohntraktes und dehnten sich auf gut dreihundert Quadratmetern aus.

Im Empfangssalon bewunderte Jakobus ein Art-Deco-Sideboard, und als er auf dem Sofa Platz genommen hatte, konnte er durch einen Bogen in das benachbarte Büro blicken. Ihm direkt gegenüber erhob sich die Replik eines mächtigen Barocksekretärs und davor ein üppiger Stuhl, geschmückt mit Brokat und Blattgoldbelägen.

»Wenn es nach mir ginge, wärst du nicht hier«, sagte Abt Fürstberg. »Ich beuge mich nur dem Wunsch unseres verehrten Generalvikars Espinosa.«

Jakobus antwortete nicht. José Maria Espinosa räusperte sich. Pater Nemec vermied es, in Jakobus' Richtung zu sehen, und Eduard Kollnitz beschäftigte sich damit, am Sideboard einen Drink zu mixen.

»Wir haben eine Lösegeldforderung zu besprechen«, fuhr der Abt fort. »Es ist ein Brief bei mir eingegangen.« Er hielt einen Zettel in die Höhe. »Darin fordern die Entführer vier Millionen Euro in bar. Der Betrag soll übermorgen um Mitternacht im Burgfried der Ruine Rabenstein deponiert werden. Wenn das Geld bei den Entführern ist, bekommen wir einen Hinweis, wo das Adelheidkreuz versteckt ist.«

»Das ist völlig inakzeptabel«, sagte Espinosa. »Die nehmen das Geld und verschwinden, und wir erfahren nie, was mit dem Kreuz passiert ist.«

»So sind die Bedingungen«, meinte der Abt und reichte Espinosa den Zettel.

»Wir müssen uns irgendwie absichern«, sagte Espinosa. »Können wir nicht Kontakt zu den Entführern aufnehmen?«

»Ich wüsste nicht, wie«, sagte der Abt. »Die haben keine Telefonnummer hinterlassen.«

»Das ist doch eine Falle«, mischte sich Eberhard Kollnitz ein. Er stolzierte mit seinem Whiskyglas zwischen Sofa und Tisch auf und ab. »Wahrscheinlich haben die das Kreuz nicht einmal.«

»Woher sollten sie dann wissen, dass es gestohlen wurde?«, fragte Pater Nemec.

»Weil diese Leute, so wie Sie, Pater Nemec, aus dem engsten Kreis stammen«, meinte Kollnitz.

»Sie wollen mir unterstellen, ich hätte etwas damit zu tun?« Pater Nemec stemmte sich aus dem Sofa.

»Bleib sitzen«, befahl ihm der Abt. »Niemand hat so etwas behauptet. Dennoch müssen wir irgendwie reagieren.«

»Ist es überhaupt möglich, das Lösegeld in so kurzer Zeit aufzubringen?«, fragte Jakobus.

»Das ist das geringste Problem«, antwortete Kollnitz.

»Hat das Stift so viel Geld, um es bis übermorgen in eine Tasche zu packen?«, hakte Jakobus nach.

»Das Stift nicht. Nicht vier Millionen«, gab der Abt zu.

»Woher soll es dann kommen? Für einen Bankkredit braucht man wohl eine bessere Begründung als einen Brief mit einer Lösegeldforderung.«

»Ich habe mir erlaubt, dem Abt meine Unterstützung anzubieten«, sagte Eberhard Kollnitz. »Das Geld wird übermorgen bereit sein.«

»Es wäre auch eine Option, das Schreiben zu nehmen und damit zur Polizei zu gehen«, schlug Jakobus vor.

»Das kommt nicht infrage. Wir klären die Angelegenheit ohne äußere Einmischung.« Abt Fürstberg stand auf und trat an das Sideboard, entkorkte eine Flasche und schenkte sich einen Whisky ein.

»Ehrlich gesagt, bin ich über die Lösegeldforderung ein wenig erleichtert.« José Maria Espinosa breitete die Arme aus. »Meine Befürchtungen gingen ja eher in die Richtung, dass der Diebstahl eine religiöse Komponente haben könnte. Fanatiker, die das Adelheidkreuz nicht wegen seines Wertes am Kunstmarkt entwendet haben. Pater Jakobus«, sprach Espinosa weiter. »Sie werden mir doch zustimmen. Wir müssen alles tun, um das Adelheidkreuz wiederzubeschaffen.«

Jakobus nickte.

»Also werden Sie und Pater Nemec die Aufgabe übernehmen, das Lösegeld zu überbringen und das Adelheidkreuz zu retten«, fuhr Espinosa fort. »Ich hätte es gerne, wenn Sie dabei wären. Ein so kluger und überlegter Kopf wie Sie wird auf jeden Fall die Nerven behalten und das Kreuz zurückbringen. Sehen Sie das nicht auch so, verehrter Abt Fürstberg?«

»Solange die Aktion absolut geheim bleibt. Ich habe von deinem Kaffeehausbesuch mit dem Journalisten gehört«, sagte Abt Fürstberg an Jakobus gewandt. »In diesem Dorf wird viel geredet. Also gut. Du gehst gemeinsam mit Pater Nemec. Ihr beiden seid mir für das Geld und für das Kreuz verantwortlich.«

4

»Oh, Herr Jesus, steh mir bei und gib mir Kraft für die kommende Nacht. Liebreizende Muttergottes Maria, breite deinen schützenden Mantel über deinen Diener, der sich nun aufmacht, das geheiligte Kreuz wiederzuerlangen. Heiliger Antonius von Padua, deine Hilfe erflehe ich, bist du doch der Patron der Suchenden nach den verlorenen Dingen.« Jakobus hielt inne und überlegte, ob er auch noch den heiligen Bischof Nikolaus von Myra um seinen Beistand bitten sollte, ließ es aber sein, weil man Nikolaus nachsagte, nicht nur beim Auffinden von gestohlenen Gegenständen hilfreich zu sein, sondern auch die Diebe zu schützen. Eine seltsame Kombination der Patronate, wie Jakobus fand, und deshalb beendete er an dieser Stelle sein Gebet mit einem Kreuzzeichen und stand auf. Am Weg aus der Wohnung hielt er in der Küche und schnappte sich einen Schokoriegel aus dem Kästchen neben dem Herd.

Als Jakobus sich dem Wohntrakt des Abtes näherte, standen der Geländewagen von Eberhard Kollnitz und ein dunkler Minivan des Klosters schon vor der Tür. Im Garten brannte Licht, und das Gartentor war nur angelehnt. Kollnitz fläzte in einem Korbstuhl, eine braune Ledertasche zwischen den Beinen.

»Vier Millionen Euro sind gar nicht besonders schwer«, sagte Kollnitz und reichte Jakobus die Tasche. »Bringen Sie das Kreuz zurück. Und Sie«, er zeigte mit dem Finger auf Pater Nemec. »Sie passen auf, dass unser verehrter Pater Jakobus sich nicht mit dem Geld davonmacht.«

»Es wird schon alles gutgehen«, sagte José Maria Espinosa und klopfte Jakobus auf die Schulter. »Das ist Ihre Chance, sich zu bewähren. Wie ich gesagt habe, brauchen wir Männer wie Sie. Sie können es noch sehr weit bringen. Schreiten Sie mutig zur Tat. Zeigen Sie, dass Sie entschlossen sind und handeln, wenn es darauf ankommt.«

»Lasst euch auf nichts ein«, wiegelte der Abt ab.

Jakobus hielt die Tasche mit dem Geld auf dem Schoß, während Pater Nemetz den Wagen startete. Sie fuhren schweigend die Straße zum Stiftstor hinunter und querten die Hauptstraße, um gleich auf den Weg Richtung Rabenstein einzubiegen. Die Wiese wich dem Wald, der sich von beiden Seiten an den Straßenrand drängte. Für Minuten fuhren sie schweigend durch die Dunkelheit.

Ihr Wagen hielt unter einer großen Linde in der Nähe des Gasthauses Rabenstein. Von hier aus mussten sie zu Fuß gehen. Nur ein fußbreiter Steig führte hinter dem Gasthaus vorbei auf eine Wiese und weiter zu einer riesigen Schwarzföhre. So weit hatte Jakobus den Weg auf einer Karte ausgemacht.

»Du weißt, wo wir hin müssen?«, fragte Jakobus.

»In der Finsternis werden wir noch abstürzen«, gab Pater Nemec zurück. »So eine bescheuerte Idee. Hier heroben mitten in der Nacht.«

Vom Tal her hörten sie leise den Autoverkehr. Im Dickicht meldete sich ein Käuzchen, als sie etwa den halben Weg zur Schwarzföhre zurückgelegt hatten. Sonst war alles leise. Dennoch hatte Jakobus den Eindruck, dass sie nicht alleine hier auf dem Hügel waren. Dort unten zwischen den Bäumen, wo die Straße entlangführte, blitzte etwas auf, Scheinwerfer möglicherweise. Kurz darauf erloschen sie, und aus dieser Entfernung war auch kein Motorengeräusch zu vernehmen. Ein Elektrofahrzeug, dachte Jakobus und fühlte die bedrohliche Schwere der Burgmauern, die zu seiner linken Seite aufragten.

Die ungleichen Stufen führten bergauf. Rechter Hand war die Mauer abgebrochen, und ein Schritt zur Seite hätte genügt, um in einen metertiefen Abgrund zu stürzen. Der Viertelmond verbarg sich hinter einem Wolkenfetzen, und die Nachtluft schickte ein Frösteln über Jakobus' Unterarme. Er fasste die Tasche mit dem Geld fester.

Seine Schuhspitze verfing sich an einer Steinkante und er stolperte. Unwillkürlich breitete er die Arme aus, um den Sturz abzufangen. Dabei kam er an den abschüssigen Rand. Der Ellbogen schlug auf dem harten Untergrund auf. Die andere Hand, in der er die Tasche hielt, knallte auf ein Grasbüschel. Jakobus spürte, wie sich seine Finger öffneten. Schon fürchtete er, die Tasche würde ihm entgleiten und im dunklen Abgrund verschwinden. Doch Pater Nemec hatte sich blitzschnell umgedreht und die Tasche gerettet.

»Keinen Laut«, zischte Pater Nemec. »Wir wissen nicht, ob sie schon da sind.«

Sich die Hände vor Schmerz reibend, überwand Jakobus die letzten Meter bis zum Burgfried. Auch hier war es dunkel, das spärliche Nachtlicht konnte wenig dagegen ausrichten. Überall in den Schatten, den nicht sichtbaren Nischen, wusste der Teufel, wo, konnte sich jemand verbergen und auf sie lauern. Ganz sicher war da jemand, der jeden Moment aus der Nacht hervorbrechen und sich auf die Tasche mit dem Geld stürzen würde.

Sie warteten eine Minute, zwei, drei. Nichts geschah. Jakobus spürte, wie seine Handflächen zu schmerzen begannen. Die kleinen Steine hatten die Haut aufgerissen. »Es ist niemand hier«, sagte er und scharrte mit den Füßen in den Bruchsteinen am Boden.

»Wir lassen die Tasche stehen und verschwinden. So wie es in dem Schreiben steht«, antwortete Pater Nemec.

»Bist du verrückt? Wir sollen auf das Geld aufpassen. Welche Garantie haben wir, wenn wir es hier zurücklassen? Wir wissen nicht, wo das Adelheidkreuz ist. Wir haben keinen einzigen Hinweis.«

»Unser Auftrag lautet, den Anweisungen zu folgen.«

»Unser Auftrag lautet, das Adelheidkreuz wieder zurückzubringen«, konterte Jakobus. »Außerdem traue ich dir nicht über den Weg.«

»Was habe ich getan?«

»Was ist mit dem goldbeschlagenen Kästchen?«, fragte Jakobus.

»Mit dem was …?«

»Du hast mich schon verstanden. Das Kästchen, das du aus dem Kunstdepot gestohlen hast.«

»Ich habe es zurückgebracht.«

»Nachdem du es gestohlen hattest. Wer sagt mir, dass du nicht auch das Adelheidkreuz gestohlen hast? Dass du hinter all dem steckst. Du hast dich freiwillig gemeldet, schlägst mich jetzt nieder und machst dich mit dem Geld aus dem Staub. Dann hast du das Kreuz und das Lösegeld.«

Pater Nemec lachte auf. Er stellte die Tasche auf den Boden. »Das ist ein furchtbares Missverständnis«, sagte er und kam einen Schritt auf Jakobus zu. Jakobus wich zurück.

»Um Gottes willen. Das ist wirklich nicht so, wie du denkst«, fuhr Pater Nemec fort. »Ich habe das Goldkästchen genommen, ja. Das gebe ich zu.«

»Es hat auch keinen Sinn, das zu leugnen«, erwiderte Jakobus und machte noch einen Schritt nach hinten.

»Ich habe das nur zum Wohle des Stifts getan. Ich habe es dir doch schon erklärt.« Pater Nemec machte wieder einen Schritt auf Jakobus zu.

»Ha«, lachte Jakobus höhnisch auf.

»Es ging nicht anders. Ich schwöre es. Als Hofmeister bin ich dafür verantwortlich, dass Rechnungen bezahlt werden, dass unsere Angestellten ihr Gehalt bekommen.«

»Das weiß ich«, sagte Jakobus und fühlte hinter sich die Wand der Burgruine.

»Aber ich konnte irgendwann keine Rechnungen mehr bezahlen. Verstehst du? Das Stift hat einfach kein Geld.«

»Das kann doch nicht sein«, widersprach Jakobus. »Der Forstbetrieb, die verpachteten Grundstücke, der Sägebetrieb. Wir bekommen Förderungen.«

»Ja, sicher, und so wie das Geld hereinkommt, nimmt es unser Abt und schmeißt es beim Fenster hinaus.«

»Wofür?«

»Für seine Frauen, seine Kinder. Seine ganze Bagage. Das ist eine lange Geschichte. Was hätte ich denn machen sollen?«

»Ihn bei der Ordensleitung anzeigen.«

»Das habe ich getan und einen Verweis erhalten, einen strengen.«

»Also hast du das Stift bestohlen.«

»Ich habe es am Leben erhalten.«

»Am Ende hast du dir nicht mehr zu helfen gewusst, und hast den ganz großen Coup durchgezogen.«

»Aber nein, wenn ich es dir doch sage.«

In dem Moment schoss eine Gestalt aus der Dunkelheit hervor. Mit ausgestreckten Armen rannte sie auf die Tasche zu, griff sie sich und raste mit dem Geld davon. Jakobus stieß sich von der Wand ab und hetzte dem Flüchtenden hinterher. Durch einen Mauerspalt folgte Jakobus der Gestalt auf ein schmales Gerüst an der Außenseite der Burgruine. Von hier ging es zehn Meter fast senkrecht bergab.

Noch bevor Jakobus sich orientieren konnte, hatte der Flüchtende eine Strickleiter erreicht und kletterte nach unten. Die Leiter schwankte und drehte sich, doch Jakobus ließ sich davon nicht beeindrucken. Er stieg auf die erste Sprosse, verlor beinahe den Halt und krallte sich an den Seilen fest.

Unten beim Ausstieg aus der Kletterwand wartete eine zweite Person. Sie griff nach der Gestalt, holte sie heran und sicherte sie.

Als sie losließ, pendelte die Strickleiter zurück, und Jakobus wäre beinahe abgestürzt. Mit Mühe hielt er sich und überwand die restlichen Sprossen. Das Bein weit ausgestreckt, erreichte er den Ausstieg, zog sich am Felsen entlang und hatte endlich festen Boden unter den Füßen.

Die beiden Personen flüchteten über einen Jägersteig. Trotz der Dunkelheit konnte Jakobus ihre Umrisse im Gebüsch gut ausmachen. Er rannte hinterher. Die Luft in den Lungen brannte. Vor ihnen öffnete sich eine Lichtung, und Jakobus holte auf. Noch ein Stück, und er konnte nach der Tasche greifen. Doch die Flüchtenden merkten, dass Jakobus näher kam und liefen schneller. Sie bogen nach links ab. Dort auf dem Feldweg stand ein Wagen. Einer der Flüchtenden riss die Tür auf und warf die Tasche auf die Rückbank. Dabei rutschte ihm die Kapuze vom Kopf, und ein Haarschopf wallte über die Schultern. Sofort war sich Jakobus sicher, diese Locken schon einmal gesehen zu haben. Ein zweiter Blick blieb ihm verwehrt, schon sprang der Motor an, und der Wagen verschwand im Wald.

12. Kapitel

1

Im Garten vor der Wohnung des Abtes war ein Frühstückstisch gedeckt. Daliborka Thonhauser rückte die Gabeln und Messer zurecht, und überprüfte mit den Handrücken, ob die Kaffeekannen heiß genug waren. Sie sah aus, als hätte sie schlecht geschlafen. Das Haar zum Zopf gebunden, die Augen ein wenig verquollen, lächelte sie Jakobus an und reichte ihm einen Teller mit Petit Fours.

»Als Morgengruß«, sagte sie.

Keine zwei Augenblicke später war sie verschwunden, und José Maria Espinosa trat aus dem Pavillon, gefolgt von Eberhard Kollnitz und dem Abt.

»Sie haben vier Millionen Euro verloren«, sagte Kollnitz ansatzlos, und Jakobus fiel auf, dass er ihm zum ersten Mal, seit sie sich kannten, kein Rätsel aufgab.

»Das hat sich so ergeben«, sagte Jakobus und gähnte.

»Überaus unglückliche Umstände«, pflichtete Pater Nemec bei.

»Wie gedenken Sie das wieder gutzumachen?«, fragte Kollnitz. »Vier Millionen. Ich meine. Selbst ich zahle das nicht aus der Portokasse.«

»Beruhigen wir uns.« Espinosa zog sich einen Sessel heran und forderte alle mit einer Handbewegung auf, Platz zu nehmen. »Essen und trinken wir, und vorher sprechen wir gemeinsam ein Gebet. Nehmt euch an den Händen und betet, wie der Herr es uns gelehrt hat.«

Sie sprachen das Vaterunser. In das folgende Schweigen hinein schenkte Espinosa Kaffee ein und reichte den Korb mit den Croissants herum. »So«, sagte er und nahm einen kleinen Schluck

Kaffee. »Das hat also gestern Nacht nicht so funktioniert, wie wir uns das gewünscht haben. Nun ja, das ist bedauerlich.«

»Bedauerlich?«, echote Kollnitz laut.

»Allerdings. Noch ist aber nicht aller Tage Abend.«

»Die Entführer haben das Geld, und sie haben das Kreuz. Es ist eine Katastrophe.« Kollnitz schnaubte.

»Die Entführer werden sich wieder melden«, sagte Espinosa.

»Um noch mehr Geld zu fordern.«

»Das kann gut sein«, gab Espinosa zu.

Abt Maximilian Fürstberg hatte noch kein Wort gesagt. Er sah weder links noch rechts, und wenn sich Jakobus nicht ganz täuschte, bekam er nicht allzu viel von der Unterhaltung mit.

»Haben sich die Entführer schon gemeldet?«, fragte Jakobus in Richtung des Abtes.

Verdattert sah er Jakobus an, verstand mit Verzögerung, dass ihm eine Frage gestellt worden war. »Die Entführer? Nein. Noch nicht.«

»Haben Sie irgendjemanden erkannt, als die Entführer geflohen sind?«, fragte Espinosa.

Pater Nemec schüttelte den Kopf. »Zu finster. Wir haben alles abgesucht. Keine Hinweise.«

Jakobus antwortete nicht. Er musste an den Haarschopf denken. Es gab einen Novizen mit langen Haaren. Roten wallenden Haaren. Zwei Novizen, die sich vier Millionen Euro unter den Nagel rissen. Zwei Novizen, die das Adelheidkreuz aus seinem Karfreitagsgrab entführt hatten. Möglich war es, wenn Jakobus auch nicht glaubte, dass sie den Coup alleine ausgeheckt hatten. Nein, so schlau waren die nicht. Die hingen die meiste Zeit mit dem Bruder Botanikus herum.

Einerseits war das denkbar. Selbstverständlich. Der Botanikus und ein paar Novizen machten sich einen Spaß. Andererseits unterstanden die Novizen dem Abt, und sie waren ihm zu Gehorsam verpflichtet. Würden sie nicht ohne weiteres ausführen, was auch immer der Abt ihnen befahl? Das Geld konnte Fürstberg brauchen, dringend sogar, wenn es stimmte, was Pater Nemec über die Verschwendungssucht des Abtes erzählte. Nur, warum gab er das Adelheidkreuz nicht zurück, da er nun die vier Millionen hatte?

»Ein Vorschlag«, meldete sich Jakobus. »Wir durchsuchen das Kloster. Von oben bis unten, von hinten nach vorne.«

»Was wollen Sie damit bezwecken?«, fragte Kollnitz.

»Oh, unser kluger Freund Jakobus hat nachgedacht.« Espinosa lächelte. »Sie glauben, es ist ein Insiderjob.«

»Die Diebe haben das Adelheidkreuz irgendwo versteckt«, sagte Jakobus. »Ich glaube, dass es noch ganz in der Nähe ist.«

»Aber dann müssen wir nicht nur das Kloster durchsuchen, sondern auch den Wirtschaftshof, die Kirchen und das Gut draußen am Kollnitz-Greuth«, ergänzte der Abt. »Die Suche nach der Stecknadel im Heuhaufen.«

»Nein, viel schlimmer«, entgegnete Jakobus. »Um eine Stecknadel in einem Heuhaufen zu finden, braucht man nur einen sehr starken Magneten. Wir suchen den Zahnstocher im Wald.«

Das Ausmaß der Durchsuchung wurde Jakobus erst klar, als sie darüber diskutierten, welche Gebäude als Erstes an der Reihe waren. Die Abtei war riesig, der Haupttrakt, der sich im Norden dreistöckig über die ganze Hügelflanke zog, die Seitenflügel im Osten und Westen, der Gebäudekomplex um das Stiftstor mit den Lagerräumen und der Destillerie, der Wohntrakt, die Kellergewölbe und die Stiftskirche. Selbst ein Heer aus Mönchen und Novizen hätte Wochen gebraucht, um jeden alten Schrank zu öffnen, jede Schublade eines längst vergessenen Kastens aufzuziehen und nachzusehen.

Es war Espinosas Vorschlag, mit dem Naheliegenden zu beginnen. Alle Mönche, alle Novizen und alle Bediensteten der Abtei sollten sich in der Stiftskirche versammeln. Als offiziellen Anlass für die Zusammenkunft nannte man ein Rosenkranzgebet im Gedenken an den verstorbenen Pater Bernhard. Während sie beteten, konnte man ihre Wohnungen und Arbeitsräume durchstöbern.

2

Das erste Ave Maria hallte im Kirchenschiff wider und übertönte das Geraschel, das Räuspern und gelegentliche Husten der Menschen, die sich auf den Bänken und im Chorgestühl niedergelassen hatten. Von der Orgelempore aus blickten Jakobus und Pater Nemec auf die Versammlung und kontrollierten, ob alle anwesend waren.

»Die Bediensteten sind vollzählig«, sagte Pater Nemec leise, und dennoch trug seine Stimme weit durch das Kirchenschiff.

»Von den Novizen fehlt auch keiner«, murmelte Jakobus. »Aber ich sehe Stephanus nirgends.«

»Nein, der ist nicht da«, sagte Pater Nemec nach kurzem Zögern. »Suchen wir ihn.«

Sie fanden Pater Stephanus in der Destillerie. Er war gerade dabei, den Männern, die an der Bar standen, Wein einzuschenken. Einer von ihnen rauchte eine Zigarette. Ein anderer naschte von den Erdnüssen, die in Schälchen auf der Anrichte standen.

»Meine Herren, trinkt«, sagte Pater Stephanus und drehte Jakobus und Pater Nemec den Rücken zu.

»Warum bist du nicht beim Gebet?«, fragte Pater Nemec.

Pater Stephanus stellte die Weinflasche ab. »Ihr seid doch auch nicht dort.«

»Ich habe dich etwas gefragt«, sagte Pater Nemec. »Was wird das hier?«

»Du hast mich gar nichts zu fragen, und ich muss dir auch keine Antwort geben«, sagte Pater Stephanus mit leicht belegter Stimme.

»Ist das hier wirklich eine gute Idee? Du hattest gerade eine Alkoholvergiftung«, sagte Jakobus.

»Verschwindet von hier, und lasst mich in Frieden.«

»Kommt gar nicht infrage«, erwiderte Jakobus. »Ich bitte Sie alle zu gehen«, wandte er sich an die drei Männer an der Bar. »Wir haben hier interne Dinge zu besprechen.«

»Sollen wir die beiden rausschmeißen?«, fragte einer der Männer und stand auf. Aber er konnte sich nicht mehr besonders sicher auf den Beinen halten.

»Nicht, Anton«, ging Stephanus dazwischen.

»Das ist der Mann unserer Köchin«, erklärte Pater Nemec und beugte sich zu Jakobus.

»Der Alkoholiker?«

»Genau der.«

»Sie gehen zuerst«, herrschte Jakobus Anton Thonhauser an. »Und Sie«, er zeigte auf die anderen Betrunkenen. »Sie schauen auch, dass Sie Meter gewinnen, und zwar plötzlich.«

Die drei trollten sich unter Gemurre, aber ohne Gegenwehr. Die Tür schwang hinter ihnen zu, und Pater Nemec fasste Pater Stephanus am Ärmel seiner Kutte. »So, erkläre dich«, sagte er.

Stephanus schüttelte ihn ab. »Das ist das Ende. Das sage ich euch. Ich hatte die große Erleuchtung.« Er nahm einen kräftigen Schluck aus der Rotweinflasche. »Mein Blut, das für euch hingegeben wird.«

»Kein Grund, blasphemisch zu werden«, sagte Pater Nemec und wand ihm die Flasche aus der Hand.

»Wenn es doch wahr ist.« Stephanus holte sich eine neue Flasche und entkorkte sie. »Meinen eigenen Wein werde ich noch trinken dürfen.«

»Warum bist du nicht zum Gebet erschienen?«, fragte Jakobus.

»Weil ich nichts mehr mit eurer heuchlerischen und verlogenen Sippschaft zu tun haben will.« Stephanus hatte es geschafft, den Korken aus dem Flaschenhals zu ziehen und trank weiter.

»Es ist ganz einfach. Ich gehe. Ich mache nicht mehr mit. Noch heute bekommt ihr es schriftlich.«

»Um was geht es überhaupt?« Pater Nemec nahm ihm auch diese Weinflasche weg.

»Ihr habt Bernhard umgebracht«, schrie Stephanus. »Ihr alle habt ihn auf dem Gewissen mit eurer bescheuerten …« Er zögerte. »Idee«, sagte er endlich. »Das Heilige Kreuz Christi. Um Gottes willen. Was für ein Scheißdreck.«

»Ich bitte dich«, fuhr Pater Nemec dazwischen.

»Deshalb ist Bernhard tot. Wegen dieser Geschichte mit dem Adelheidkreuz. Er hat alles herausgefunden. Alles.« Stephanus hob den Kopf und versuchte, sie durchdringend anzusehen. Im Rausch entglitt ihm aber der Blick. »Wir haben lange darüber geredet. Seit dieser Espinosa hier aufgetaucht ist und mit seinem Hokuspokus angefangen hat. Bernhard hat ihm sofort geglaubt. Das Holz vom wahren Kreuz, gerettet in einem Reliquiar.« Er brachte das Wort fast nicht zustande und probierte es erneut. »Einem Reliquiar, das durch wundersame Weise über tausend Jahre versteckt in einem Scheißkaff alle Kriege, alle Plünderungen überstanden hat.« Er lachte und schüttete sich den Wein in den Mund. »Damit es hier in St. Paul, einem anderen Scheißkaff, auftaucht und von diesem genialen, über alle Maßen heiligen José Maria Espinosa entdeckt wird. Das Christentum wird neu erblühen.« Er machte eine große Geste und verschüttete einen Gutteil des Weins. »In diesem kleinen Dorf, man stelle sich das einmal vor, beginnt die Weltrevolution, die das Tausendjährige Reich des Christentums begründet.« Er nahm einen weiteren Schluck und begann zu lachen. Der Wein sprühte von seinen Lippen, und ein dunkler Fleck breitete sich auf seiner Kutte aus.

»Du kennst die Geschichte also«, sagte Jakobus.

»Jeder hier kennt sie. Nur bei dir waren sie vorsichtig, weil sie nicht gewusst haben, was für einer du bist«, antwortete Stephanus und wischte sich mit dem Ärmel über den Mund. »Aber du bist gleich wie alle anderen. Der gleiche Heuchler und verblendet und dumm.«

»Nichts hindert dich daran, uns zu erleuchten«, sagte Jakobus und schob Stephanus einen Stuhl hin, den dieser aber ignorierte. »Du weißt, wer das Adelheidkreuz gestohlen hat? Gut, spuck es aus.«

»Dieser spanische Faschist war es«, stieß Stephanus hervor.

»Espinosa?«

»Kennst du sonst noch einen Spanier hier im Stift? Ich habe ihn gesehen. Direkt in der Nacht, in der Bernhard starb, haben sie sich getroffen. Espinosa ist aus Bernhards Wohnung gekommen. Das schwöre ich.« Er ließ sich so heftig in den Sessel fallen, dass das Holz knackte.

»Du hast ihn ganz sicher erkannt?«, fragte Jakobus.

»Wenn ich es dir sage.«

»Der ist doch die ganze Zeit so besoffen, der würde nicht einmal seine eigene Mutter im hellen Tageslicht erkennen«, sagte Pater Nemec.

»Du musst dich gerade aufregen. Du steckst mit denen doch unter einer Decke. Mit dir rede ich gar nicht.« Stephanus setzte die Flasche an die Lippen, aber sie war leer. »Scheiße, verdammte.« Er rappelte sich hoch und griff nach der nächsten. Jakobus zog sie ihm unter der Hand weg. »Nein, du bekommst erst wieder etwas zu trinken, wenn du geredet hast.«

»Meinetwegen«, brummte Stephanus.

»Welchen Grund hätte Espinosa gehabt, Pater Bernhard zu töten?«

»Liegt das nicht auf der Hand? Das Adelheidkreuz. Oder soll ich besser sagen, diese verschissene Reliquie, die angeblich vom wahren Kreuz Christi stammt?«

»Espinosa hatte gar keinen Grund, die Reliquie zu stehlen. Er hatte sie doch längst zu seiner Verfügung«, widersprach Jakobus.

»So einfach ist das nicht.«

»Und wenn er schon so scharf auf diese Reliquie ist, warum stiehlt er nicht nur die beiden Holzstücke, sondern auch das Adelheidkreuz mit seinem Gold und seinen Edelsteinen?«

»Weil beides zusammengehört«, lallte Stephanus und setzte zu einer Erzählung an, die er mit langen Pausen und großen Wortkaskaden aus sich herauswürgte. »Als Adam spürte, wie das Leben aus ihm wich, schickte er seinen dritten Sohn Seth an die Pforten des Paradieses«, erklärte Stephanus.

»Ja, wir kennen die Geschichte«, unterbrach ihn Pater Nemec.

»Du kennst die offizielle Version. Diesen Unsinn. Der Erzengel Michael hätte ihm die Frucht vom Baum des ewigen Lebens gegeben. Was für ein Mist. Nichts davon ist wahr.«

»Es ist eine mythologische Geschichte. Eine Geschichte, die man richtig verstehen und auslegen muss«, sagte Jakobus und lehnte sich an die Bar.

»Nein, das meine ich nicht. Natürlich ist es passiert«, fiel ihm Stephanus ins Wort. »Das sind keine Märchen, keine Erfindung. Adam hat gelebt, und als er starb, ging Seth wirklich zurück zum Paradies. Aber wer ihm dort begegnete, das war nicht der Erzengel Michael. Es war die Schlange. Es war Satanael in all seiner Pracht und seinem Glanz. Er täuschte Seth und gab ihm eine Frucht vom Baum des Bösen. Damit vergiftete er das Schicksal der Menschen und zerstörte alle Hoffnung auf Erlösung.«

Stephanus wiederholte die Geschichte, die Jakobus schon von Pater Bernhard gehört hatte. Die Frucht keimte auf dem Grab Adams, und zur Zeit Salomons wurde der Baum umgeschnitten. Man trachtete, das Holz für den Tempelbau zu verwenden, aber es wollte sich nicht fügen. Es passte nicht in die heiligen Hallen des heiligen Gottes.

»Weil es böse ist«, sagte Stephanus. »Die Königin von Saba erkannte das auch. Aber es half nichts, das Holz im Wasser zu versenken. Der Teufel holte es an die Oberfläche, um Jesus Christus damit zu kreuzigen.«

»Aber durch seinen Tod hat er die Welt erlöst, den Fluch des Satans gebrochen und die Erbsünde getilgt«, sagte Pater Nemec.

Stephanus lachte. Zuerst war es nur ein Kichern, aber bald wurde es lauter. Er riss den Mund weit auf, und schon war nicht mehr zu sagen, ob er sich vor Heiterkeit oder Schmerzen krümmte. »Ich weiß, du meinst es gut«, japste Stephanus zwischendurch. »Mein lieber Peter.« Er fasste sich und stand auf, um sich noch eine Flasche Wein zu holen. Diesmal hinderte Jakobus ihn nicht daran. »Mein lieber Peter. Mein lieber Jakobus. Schaut euch doch einmal um. Wovon soll uns Jesus erlöst haben? Vom Krieg? Wohl nicht. Von der Not, dem Hunger, dem Elend? Wirklich?« Er zog den Korken aus der Flasche und schenkte drei Gläser voll. »Trinkt. Wenn es euch nicht schon vergangen ist«, sagte er und stürzte sein Glas hinunter.

Jakobus atmete einmal ein und wieder aus, nahm das Glas mit dem Wein. Pater Nemec neben ihm bewegte sich nach hinten. Als Nächstes hörte Jakobus, wie er sich schwer auf eine der Bierbänke setzte. Die Bierbank wackelte, kippte, und Pater Nemec landete am Boden.

»Mir ist nichts passiert«, sagte er, als Jakobus ihm die Hand hinstreckte und ihm hoch half. »Aber mit dem stimmt etwas nicht.« Er deutete mit ausgestrecktem Arm auf Pater Stephanus.

»Ich hatte eine Erleuchtung«, sagte Stephanus.

»Wenn das so ist«, begann Jakobus leise und langsam. »Warum will Espinosa das Holz unbedingt in seine Gewalt bringen?«

»Weil er ein Agent des Satans ist«, schrie Stephanus.

»Das habe ich mir fast schon gedacht«, entgegnete Jakobus.

»Er will es, um die Weltherrschaft zu erringen. Er braucht das Holz vom Kreuz Christi, das wahre und wirkliche Holz. Wenn er es in die Finger bekommt, wird er das Tausendjährige Reich des Antichristen errichten.«

13. Kapitel

1

Die Mönche und die Bewohner des Ortes sammelten sich auf der Straße zwischen dem Stiftstor und dem Wirtschaftshof. Vorne trugen ein paar Männer Holzkreuze. Der Duft von Weihrauch waberte über den Männern und Frauen, die dastanden und ihre Rucksäcke überprüften. Es ging los. Die Dreibergewanderung startete in der Kühle des Morgens, und an der Spitze des Zuges stimmte Abt Maximilian Fürstberg das erste Gebet an.

»Hast du etwas von Stephanus gehört?« Pater Nemec ging neben Jakobus her.

»Er hat seinen Rucksack genommen, seinen Wanderstab, und weg ist er. Hat der Abt ihm nicht jemanden hinterher geschickt?«, sagte Jakobus leise.

»Ich wüsste nichts davon. Aber die Novizen hat sich der Abt vorgeknöpft. Wegen des Springmessers, und wegen der Seife. Kein Mensch versteht, warum Andreas fast zwei Kilo Seife unter seinem Bett gehortet hat.«

»Er sagt, seine Tante hätte sie ihm geschenkt.« Jakobus zuckte mit den Schultern.

»Wer hat wem etwas geschenkt?«, fragte Bruder Botanikus laut und drängte sich zwischen die beiden. Er roch unverkennbar nach Marihuana.

»Sag einmal, mein lieber Botanikus, ist es dafür nicht noch ein bisschen zu früh?«, fragte Pater Nemec und tat so, als würde er einen tiefen Zug aus einem Joint nehmen.

»Gras ist die Heilung aller Leiden. Alkohol ist unser Untergang. Hat schon der große Prophet Bob Marley gesagt.« Der Botanikus klopfte sich auf die Umhängetasche. »Es ist genug für alle da.«

»Ich wundere mich ja, dass man bei dir nichts gefunden hat«, sagte Jakobus.

»Glaubst du, ich habe mir das Hirn rausgekifft? Natürlich habt ihr nichts gefunden«, sagte der Bruder Botanikus.

Ihre Unterhaltung wurde von einer Gruppe Jugendlicher unterbrochen, die sich zwischen sie drängte. Schon packte einer der Burschen den Botanikus spielerisch am Hals und nahm ihn in den Schwitzkasten. So stolperten sie ein paar Schritte voran. Eines der Mädchen hatte sich ein Diadem aus Gänseblümchen auf das Haar gesetzt und lachte Jakobus an, als sie an ihm vorbeistrebte.

»Seine Bande«, sagte Pater Nemec.

»Was meint der Abt dazu?«, fragte Jakobus und merkte, dass er etwas aus der Übung war und der steile Anstieg an seinem Atem zehrte.

»Nichts, gar nichts sagt er dazu.«

»Ich hab euch gehört.« Der Bruder Botanikus drehte sich im Gehen um. Einer seiner jungen Freunde hatte ihm den Arm um die Schultern gelegt. »Lasset die Kinder zu mir kommen«, rief er und hob die Tasche mit dem Marihuana in die Höhe. »Denn ihnen gehört das Himmelreich.«

2

»Gegrüßet seist du, Maria, der Herr ist mit dir«, stimmte der Vorbeter mit dem Kreuz über der Schulter das Ave Maria an. »Gebenedeit bist du unter den Frauen …«, stimmte der Chor ein, und der Zug erreichte so die erste Hügelkuppe. Die Vorbeter und Kreuzträger waren aus dem Wald getreten, und wurden bei den geöffneten Toren der Filialkirche am Weinberg mit belegten Broten und Apfelsaft erwartet. Hinter den Holztischen standen Mädchen und Frauen in Dirndlkleidern, beugten sich vor, wenn sie den Wallfahrern die Erfrischungen reichten, und präsentierten so ihr Dekolleté.

Die Kreuze lehnten nun am Portal der Kirche, und die Gläubigen versammelten sich im Halbkreis, um der nächsten Andacht zu lauschen. Am Abt und den anderen Mönchen vorbei drückte sich Jakobus zwischen den Leuten hindurch in das Innere der Kirche. Die gotische Architektur war von barocker Bauernmalerei überwuchert, dass es Jakobus beinahe den Atem verschlug, den er nach dem Aufstieg gerade erst wieder gewonnen hatte. Aber die Verunstaltung der Kirche war nicht der eigentliche Grund, warum er auf den Hochaltar zuschritt und in dem Spalt zwischen Mauer und Altar verschwand.

Wenn Jakobus ein Versteck für das Adelheidkreuz gesucht hätte, er hätte diesen Platz gewählt. Eine Bergkirche, die so gut wie nie geöffnet wurde, und selbst wenn, so wie am heutigen Morgen, betrat sie niemand, weil das Gebet im Freien stattfand, und schon gar niemand würde auf die Idee kommen, hinter dem Hochaltar oder auf der Orgelempore nachzusehen.

Nur, da täuschte sich Jakobus. Als er die Stufen zur Orgel hinaufstieg, hörte er von oben Gekicher. Er ließ sich davon nicht irritieren und erklomm auch noch das letzte Stück. Auf der Orgelbank lehnte ein Mädchen, den Kopf nach hinten geneigt, das Haar aufgelöst, und vor ihr kniete ein Junge, der seine Hände unter ihrem T-Shirt hatte. Erst jetzt bemerkten sie Jakobus' Anwesenheit, und der Junge zog seine Hände blitzartig zurück. Doch das sah Jakobus nicht mehr, so schnell hatte er sich umgedreht und war polternd die Treppe hinunter gelaufen.

Mit hochrotem Kopf stellte er sich neben den Hofmeister. Er wusste kaum noch, was er überhaupt in der Kirche gewollt hatte.

»Na, was hast du angestellt?«, fragte ihn Pater Nemec.

»Ich? Das ist doch unglaublich, wie sich diese Jugendlichen benehmen.«

Pater Nemec lachte und zuckte gleich darauf zusammen, weil sich eine Hand von hinten durch seine Armbeuge schob.

»Heute bist du aber ganz schön schreckhaft«, sagte die Bürgermeisterin und drückte sich für Sekunden an ihn.

»Das kannst du doch nicht machen«, wehrte sich Pater Nemec, aber Beate Ebner-Logar ließ seinen Arm nicht mehr los. »Für heute bist du mein Führer über die drei Berge.« Sie schüttelte den Kopf und ihre roten Locken leuchteten in der Morgensonne.

3

Am Josefsberg, nach langem Marsch, erreichten sie die Kirche, und auch die stand an diesem Tag offen. Jakobus zögerte, er wollte nicht schon wieder in ein Liebesgefecht irgendwelcher Jugendlicher geraten, aber er trat doch ein und steuerte auf den Barockaltar zu. Dahinter verbarg sich nur eine Wand mit unleserlichen Graffiti und der Geruch nach altem Holz.

Auf seinem Weg nach draußen erlebte er wieder eine unliebsame Überraschung. Diesmal allerdings waren es keinen knutschenden Jugendlichen, die ihn aus dem Konzept brachten, sondern Ernesto Valenti, der wie ein Schattenriss in der Tür lehnte.

»Was machen Sie denn hier?«, sprudelte es aus Jakobus heraus.

»Ihre Begeisterung, mich zu sehen, ist geradezu überwältigend«, sagte Ernesto.

»Entschuldigen Sie«, sagte Jakobus. »Es war nicht böse gemeint. Wollen wir ein Stück gemeinsam gehen?«

Der Zug der Wallfahrer bewegte sich durch eine kleine Senke Richtung Johannesberg, der letzten offiziellen Station der Wanderung. Schon von Weitem konnte Jakobus den provisorischen Altar erkennen, den die Mitglieder der Landjugend aus Strohballen und Brettern vor der Kirche aufgebaut hatten. Die Fahne des Stifts wehte auf einer Standarte, und ein Messkelch mit einem Tuch als Deckel war neben einem schmalen Kreuz aus Gold und Silber postiert.

»Sie berichten über die Wallfahrt?«, begann Jakobus zögerlich das Gespräch.

»Ganz ehrlich? Ein Vorwand«, antwortete Ernesto.

»Ein Vorwand wofür?«

»Diese Durchsuchung vor ein paar Tagen. Worum ging es da?«, fragte Ernesto.

»Woher wissen Sie …«

»Pater Stephanus ist verschwunden«, sagte Ernesto.

»Verschwunden ist vielleicht ein bisschen viel gesagt.«

Sie hatten den Vorplatz zum Gasthof Johannesmesner erreicht, und der Abt schickte sich an, die große Abschlussmesse zu halten. Links und rechts des improvisierten Altars standen die Ministrantinnen in ihren weißen Kitteln. Ernesto Valenti zückte sein Mobiltelefon, als der Männergesangsverein ein Lied anstimmte.

»Ich will Sie nicht in die Enge drängen«, sagte Ernesto zu Jakobus.

»Sondern?«

»Sie sind erst ein paar Monate hier. Da besteht die Chance, dass Sie noch nicht bis zum Hals in diesem Sumpf stecken.«

Nach der Messe verstreuten sich die Besucher. Die Kreuzträger schulterten ihre Kreuze und marschierten gemeinsam los und verschwanden über einen Waldweg Richtung St. Paul. Auf dem Parkplatz warteten einige Taxis, andere hatten sich private Fahrgelegenheiten organisiert. Viele ließen sich aber auch auf den Bierbänken beim Gasthaus nieder, und bald war eine Ziehharmonika zu hören, die eine Polka anstimmte.

Der Bruder Botanikus rückte ein Stück zur Seite, als er Jakobus und Ernesto kommen sah. Am Tisch hatten sich auch noch Pater Nemec, die Bürgermeisterin, Daliborka Thonhauser und

Monika, die Stiftssekretärin, versammelt. Ein Krug mit Apfelmost wurde herumgereicht, und Jakobus verzog das Gesicht, als er davon kostete.

»Das wird hier als Beleidigung aufgefasst, wenn man das Gesöff nicht hinunterstürzt, als ob es das Lebenselixier wäre«, sagte Monika und lachte. »Man gewöhnt sich daran.«

Jakobus versuchte es noch einmal, aber der Geruch nach vergorenem Apfel, das Prickeln auf der Zunge und der Geschmack nach Essig waren zu viel. Er sah, wie sich Ernesto Valenti ein Glas mit Wasser einschenkte.

»Ich trinke keinen Alkohol«, sagte Ernesto und zündete sich eine Zigarette an. »Jedenfalls nicht in Österreich. Möchten Sie auch eine?« Er hielt ihm das Päckchen hin. Jakobus schüttelte den Kopf.

»Es ist eine Unverschämtheit«, sagte die Bürgermeisterin und zeigte mit dem Kinn zum Tisch, der ihrem schräg gegenüberstand. Dort saßen Abt Fürstberg und José Maria Espinosa am Kopfende. An der Seite konnte Jakobus Eberhard Kollnitz und seine Frau erkennen. Neben ihnen hatten zwei weitere Frauen Platz genommen. Die eine mit auftoupiertem blondem Haar mochte vielleicht um die vierzig sein. Bei der vielen Schminke im Gesicht konnte man das schwer sagen. Die andere war wesentlich jünger. Mitte zwanzig, schätzte Jakobus. Auch sie blond, oder viel mehr erblondet, denn am Haaransatz wuchs es dunkel nach. Um den Hals trug sie eine auffällig breite Goldkette, und ihre Fingernägel waren mit verschiedenfarbigen Kunstnägeln verlängert.

»Der Abt und sein Harem.« Die Bürgermeisterin schüttelte sich angewidert, ihr rotes Haar wehte ihr um den Kopf.

»Aber Beate«, ermahnte sie Pater Nemec.

»Wenn es doch wahr ist. Mit der einen hat er zwei Kinder, und die andere ist sicher auch schon schwanger. An den Zölibat hält er sich nicht, aber Verhütung ist Teufelswerk.«

»Ich bitte dich«, kam es abermals von Pater Nemec.

»Das ist eine jahrhundertealte Tradition in diesem Kloster«, setzte die Bürgermeisterin nach.

»Und dann wunderst du dich, warum er nicht mit dir reden will«, sagte Pater Nemec.

»Mit Frauen will der grundsätzlich nicht reden. Vögeln will er sie, sonst gar nichts.«

»Genierer hat er keinen«, stimmte Daliborka zu. »Wenn er in die Küche kommt, kann er seine Hände nicht bei sich behalten, vor allem bei den jungen Dingern.«

»Meinst du das junge Mädchen, das da sitzt?«, fragte Jakobus.

»Gott bewahre. Das ist seine Tochter.« Daliborka schlug ein Kreuz. »Na, wissen kann man es nicht, heutzutage. Soweit ich weiß, kümmert er sich aber gut um seine Kinder.«

»Das kann man wohl sagen.« Monika grunzte, als sie sich das Lachen verkniff. »Nicht nur um seine Kinder, um die ganze Familie. Das ist es ja, was die Frauen an ihm mögen, sein Gesicht ist es sicher nicht.«

»Das fängt schon mit seiner Schwester an«, meldete sich Daliborka. »Die war doch nichts und konnte nichts. Ich meine, die kann immer noch nichts, nur dass sie mittlerweile stinkreich ist.«

»Aus einer der angesehensten Familien Kärntens, auch wenn sie früher nicht so einen pompösen Namen hatten«, sagte Ernesto Valenti und zündete sich noch eine Zigarette an. »Sie hießen nicht Fürstberg, sondern Jankovic.«

»Wie kommt man von Jankovic zu Fürstberg?«, fragte Jakobus.

»Als sich die Familie in den 30er-Jahren des vorigen Jahrhunderts den Nazis zuwandte, war ein Name wie Jankovic nicht mehr opportun«, erklärte Ernesto. »Klang zu slawisch, zu wenig germanisch, und Fürstberg, das macht doch etwas her.«

Jakobus fixierte immer noch den roten Haarschopf der Bürgermeisterin, aber er hörte Ernesto Valenti sehr aufmerksam zu. Der erzählte davon, dass der Abt eine Zeitlang darauf bestanden hatte, dass man ihn nicht nur mit Hochwürden anredete, sondern mit »von« Fürstberg. Er hatte sich sogar Visitenkarten mit diesem Adelsprädikat drucken lassen.

»Darin trifft er sich mit seinem Freund und Jagdpartner Kollnitz. Der bildet sich ein, er sei ein Nachfahre des Eberhard von Kollnitz, der im 14. Jahrhundert Vizedom von Wolfsberg gewesen war«, fuhr Ernesto fort. »Das Adelsgeschlecht ist aber schon fünfzehnhundert irgendetwas ausgestorben, und übrig gebliebenen sind irgendwelche Bürgerlichen und Bauern, die mehr oder weniger zufällig den gleichen Namen tragen.«

»Er will allen Ernstes das Gut Kollnitz vom Stift zurückhaben«, meldete sich Monika, die Stiftssekretärin. »Er meint, das sei seiner Familie vor Jahrhunderten gestohlen worden. Die Familie war protestantisch, hat er gesagt, und deshalb mussten sie das Land verlassen, und enteignet hat man sie auch.«

»Das ist völliger Unfug.« Ernesto Valenti fuchtelte mit der brennenden Zigarette durch die Luft und hätte beinahe Jakobus' Stirn erwischt.

»Das Schloss und die Grundstücke will er nur, weil dort die Koralmbahn vorbeiführen wird«, mischte sich die Bürgermeisterin ein. »Die stecken doch alle unter einer Decke.«

»Das Gut Kollnitz bekommt er nicht«, rief der Bruder Botanikus. »Das ist mein landwirtschaftlicher Betrieb.«

Alle lachten.

»Du wirst dein Gras woanders anbauen müssen«, entgegnete Pater Nemec.

»Aber in dem Innenhof ist es so schön geschützt, und die Polizei …«

»Ach, hör mir auf«, fiel ihm Pater Nemec ins Wort. »Du glaubst doch nicht im Ernst, dass die Polizei nicht weiß, was du da draußen treibst.«

»Wenn es da einen Vertrag zwischen dem Stift und Kollnitz gibt, müsstest du das nicht wissen?«, fragte Jakobus Pater Nemec.

»Ja, das ist eine interessante Frage«, schloss sich Ernesto Valenti an. »Die Gemeinde müsste doch auch informiert sein.«

»Nur wenn es um eine Widmung geht«, sagte die Bürgermeisterin. »In Kaufverträge haben wir keinen Einblick. Da ist das Bezirksgericht zuständig.«

»Dort könnte man aber nachsehen?«, fragte Jakobus.

»Bedingt«, meinte Ernesto Valenti. »Wenn man kein Vertragspartner ist oder für eine Hypothek sicher steht, wird das schwierig.«

»Also, du als Hofmeister«, setzte Jakobus noch einmal nach und sah Pater Nemec an.

»Ich als Hofmeister habe keinen Zugriff auf die Geschäfte der ausgegliederten Gesellschaft.«

»Der was?«, fragte Jakobus.

»Früher waren alle Geschäftsbereiche des Stiftes eines. Es gab nur das Stift. Ausgaben, Einnahmen, Steuern, Gehälter. Aber Abt Fürstberg hat das geändert. Ich als Hofmeister bin nur mehr für das Stift selbst verantwortlich. Für die Mönche, die Gebäude am Stiftshügel und für die Bewirtschaftung des Forstes, der Weinberge und der Felder. Ich betone, die Bewirtschaftung. Denn die Immobilien und die Beteiligungen an anderen Unternehmen sind ausgegliedert.«

»Welche anderen Unternehmen?«, fragte Ernesto.

»Das dürfte ich Ihnen gar nicht sagen.«

»Zu spät«, meinte Ernesto.

»Es gibt eine Holding, die verwaltet die Immobilien und die Beteiligungen zum Beispiel an der Chipfirma von Kollnitz und natürlich an der Fürstberg Stiftung.«

»Der was?«, platzte Jakobus heraus.

»Ich habe schon viel zu viel verraten, und mehr weiß ich auch nicht.« Pater Nemec machte Anstalten, sich zu erheben, aber die Bürgermeisterin fasste ihn am Arm und drückte ihn wieder auf die Bank zurück.

4

Irgendwann verschwand der Bruder Botanikus vom Tisch. Jakobus bemerkte es kaum, so konzentriert folgte er der Unterhaltung, die sich schon lange vom Abt und seinen Schandtaten entfernt hatte. Die meiste Zeit drehte es sich um irgendwelche Klatschgeschichten aus dem Dorf, und Jakobus wunderte sich, dass Ernesto Valenti so geduldig zuhörte. Das konnte für ihn doch kaum von Interesse sein, ob die eine Familie in finanzielle Schwierigkeiten geraten war, weil der Vater an Krebs erkrankt war, oder eine andere Familie mit sieben Kindern sich keine vernünftigen Schuhe leisten konnte.

Fürs Erste wurde Jakobus daraus nicht schlau, und der Apfelmost hatte auch nicht zur geistigen Klarheit beigetragen. Außerdem rumorte sein Magen von dem ungewohnten Getränk. Er musste dringend aufs Klo, oder in die Büsche. Als er die Menschenschlange vor den Toiletten sah, entschied er sich für den nahen Waldrand.

Dort fand er allerdings nicht die Einsamkeit, dic er suchte. Auf den Baumstämmen, die am Wegrand aufgestapelt lagen, hatten es sich der Bruder Botanikus und sein Gefolge gemütlich gemacht. Im Vorbeigehen erkannte Jakobus das Mädchen mit den Gänseblümchen im Haar wieder. Die waren mittlerweile schon ein wenig ramponiert, so wie das Mädchen auch. Schnell drückte er sich an der Gruppe vorbei tiefer in den Wald und achtete darauf, dass er außer Hörweite war, als er sich erleichterte.

Auf dem Rückweg fing ihn der Bruder Botanikus ab. Hier und da glühte das Ende eines Joints auf, und der Duft wehte sicher weit über den Pfad Richtung Gasthaus. Jedenfalls wehten von dorther die Klänge eines Kärntnerliedes, das der Männergesangsverein in seinem Rausch laut, dreistimmig und falsch anstimmte.

»Das ist alles Eigenbau«, sagte der Bruder Botanikus und drückte Jakobus einen Joint in die Hand.

»Hab ich schon mitbekommen«, sagte Jakobus und hielt den Joint ungeschickt zwischen den Fingern.

Der Gesang vom Gasthaus her wurde leiser, und gleichzeitig setzte ganz in der Nähe, gleich dort bei den Baumstämmen, eine akustische Gitarre ein. Sie begleitete aber nicht das Kärntnerlied, sondern gab einen Reggae-Rhythmus vor. Die Ersten begannen zu summen, und das Mädchen mit den Gänseblümchen im Haar stimmte die ersten Zeilen an: »Get up, stand up, get up, stand up.« Andere fielen mit ein: »Don't give up the fight. Preacher man don't tell me / Heaven is under the earth / I know you don't know / What life is really worth.«

Die Musik nahm Jakobus mit und trug ihn durch die nächtliche Zeit. So konzentriert war er, dass er die Bewegung drüben beim Gasthaus erst bemerkte, als der Bruder Botanikus ihn darauf aufmerksam machte.

»Da gehen sie, siehst du es? Die Bürgermeisterin, die Köchin und die Sekretärin. Der arme Pater Nemec muss hintendrein dackeln wie ein Schoßhündchen.«

»Sie sehen aus wie die drei Grazien«, sagte Jakobus, und Rauch quoll aus seinem Mund.

»Wohl eher wie die drei Furien, wenn du mich fragst«, meinte der Bruder Botanikus und nahm ihm den Joint wieder ab.

14. Kapitel

1

»Du wirst ihm nicht gleich mit dem Arsch ins Gesicht fahren«, sagte Winfried Auer, der Chef vom Dienst, als sie das Konferenzzimmer verließen.

»Dieser Espinosa ist kein untermittelmäßiger Provinzbürgermeister, sondern der Generalvikar einer der einflussreichsten Organisationen dieser Welt«, sagte Ernesto. »Er ist quasi der Vizechef des Opus Dei. Das heißt, er ist vermutlich ziemlich intelligent.«

»So ist es gut.« Auer nickte Ernesto zu und ging voraus in sein Büro. »Jetzt erzähl mir, was du vorhast.«

»Na, nichts«, wehrte Ernesto ab.

»Du sitzt gleich einem der wichtigsten Ordensvertreter dieser Welt gegenüber.«

»Der Opus Dei ist kein Orden, sondern eine Personalprälatur. Das ist ja der Witz an der Sache.«

»Eine was?«

»Eine Personalprälatur ist eine Rechtsform, die im Zuge des Zweiten Vatikanischen Konzils in den 60er-Jahren eingeführt … aber das ist völlig nebensächlich. Es ist kein Orden. Es dürfen und sollen vor allem Laien Teil dieser Organisation sein. Die einzige Personalprälatur, die es gibt, heißt …?« Ernesto forderte Auer mit einem Kopfnicken zu einer Antwort auf.

»Opus Dei?«, riet Auer.

»Ganz genau.«

»Aber warum?«

»Weil es nie darum ging, Mönche um sich zu scharen, oder Nonnen. Es gibt keine Mönche des Opus Dei. Es gibt vielleicht Benediktiner oder Franziskaner, die Mitglieder des Opus Dei sind, aber dann sind sie immer noch Benediktiner und Franziskaner.«

»Was soll das dann?«

Ernesto zuckte mit den Schultern. »Der Punkt ist: Es geht darum, möglichst viele Laien zu rekrutieren. Eine Armee Gottes aus Männern und Frauen, die sich ganz dem Leben in Gott weihen und dennoch alltäglichen Berufen nachgehen.«

»Aber warum?«

»Weil man so die Gesellschaft infiltrieren kann«, sagte Ernesto. »Der Opus Dei ist eine Geheimorganisation. Du weißt also nie, ob dir in der Chefredaktion nicht jemand gegenübersitzt, der sich einen Bußgürtel um den Oberschenkel gespannt hat, oder ob der Finanzminister sich nicht heimlich geißelt und zu Jesus um Vergebung bittet, wenn er die Sozialleistungen kürzt.«

»Unser Finanzminister ist beim Opus Dei?«, fragte Auer.

»Keine Ahnung. Vielleicht ist er auch nur bei Raiffeisen, vielleicht ist das dasselbe.«

2

»Wer hat denn dir ins Hirn geschissen?«, schrie Pater Nemec, schnappte sich einen Folianten von Jakobus' Schreibtisch und knallte ihn mit Schwung auf die Tischplatte.

»Würdest du bitte das Buch in Ruhe lassen. Es ist sehr wertvoll«, sagte Jakobus, nahm den Folianten vorsichtig vom Tisch und legte ihn in ein Regal.

»Du unterstellst mir doch nicht ernsthaft, mit Beate unter einer Decke zu stecken?«

»Sprichwörtlich und tatsächlich.« Jakobus setzte sich in seinen Drehstuhl und bot Pater Nemec einen Müsliriegel an.

»Deinen Dreck kannst du selber fressen«, lehnte Pater Nemec ab.

»Du hast ein Verhältnis mit der Frau Bürgermeister.«

»Was?«, schrie Pater Nemec.

»Ihr macht euch nicht die geringste Mühe, das zu verheimlichen. Wie mir überhaupt scheint, dass sich in dieser Abtei kein Mensch darum schert, ob das Gebot der Keuschheit …«

»Wir sind doch nur befreundet«, fuhr ihm Pater Nemec dazwischen.

»Ach, so nennt man das hier in St. Paul?«

»Aber was. Geht das nicht in dein von Sexfantasien benebeltes Gehirn? Männer und Frauen können sich auch einfach nur gut verstehen.«

»Red doch keinen Blödsinn«, wurde Jakobus heftiger. »Das halbe Dorf schaut dem Abt ähnlich.«

»Und?«

»Ich hatte von Anfang an recht.« Jakobus schlug mit der Faust auf die Tischplatte, und fast gleichzeitig schwang die Tür zum Hauptgang auf. Der Novize Andreas schob vorsichtig seine Gestalt in den Raum.

»Ja?«, herrschte Jakobus ihn an.

»Der Abt ruft euch zu einer dringenden Sitzung. Euch beide«, sagte Andreas so leise, dass sie ihn kaum verstanden. Er huschte aus dem Raum und war verschwunden.

3

Im Salon des Abtes lehnte José Maria Espinosa im Sofa, in der Hand eine Tasse mit Kaffee. Er drehte sich nicht einmal um, als Jakobus und Pater Nemec eintraten.

»Es gibt eine zweite Lösegeldforderung«, sagte Espinosa, und erst jetzt wandte er sich ihnen zu. »Sie werden die Aufgabe diesmal mit größerer Konzentration und Entschiedenheit erledigen.«

»Bevor ihr das Kreuz nicht in Händen haltet, gebt ihr das Geld nicht her«, sagte der Abt, der aus der Küche trat, einen Zettel zwischen den Fingern. Kollnitz folgte ihm.

»Ein neues Schreiben?«, fragte Jakobus. »Wie viel?«

»Vier Millionen«, antwortete Eberhard Kollnitz.

»Irgendein Hinweis auf das Adelheidkreuz?« Jakobus sah in die Runde.

»Nein«, sagte Kollnitz.

»Das können wir nicht machen«, meldete sich Pater Nemec. »Vier Millionen und noch einmal vier Millionen. Das hört doch nie auf. Wir müssen zur Polizei gehen.«

Jakobus war irritiert. Pater Nemec wollte die Polizei verständigen?

»Auf keinen Fall«, sagten Kollnitz und der Abt fast unisono.

Jakobus suchte Espinosas Blick.

»Fragen Sie nicht mich«, sagte Espinosa. »Ich will das Kreuz zurück. Wie Sie das machen, ist mir völlig egal. Aber ohne das Adelheidkreuz haben wir ein großes Problem.«

Jakobus setzte zu einer Entgegnung an. Pater Nemec sagte nichts, aber alle bemerkten, wie er mit den Augen rollte.

»Ich weiß, verehrter Pater Nemec. Sie sind vom Aufbruch in ein neues spirituelles Zeitalter nicht überzeugt«, sagte Espinosa.

»Doch, doch«, versicherte Pater Nemec.

»Wo liegen dann Ihre Bedenken?«

»Es steht mir nicht zu, irgendwelche Bedenken zu äußern«, entgegnete Pater Nemec. »Ich werde mit großer Freude daran mitarbeiten, dass St. Paul zum Ausgangspunkt der Erneuerung des Christentums wird.«

»Dennoch stört Sie etwas.«

»Das Geld soll diesmal an der Latobiusstiege übergeben werden«, unterbrach sie der Abt. »Dort stellt ihr das Geld ab.«

»Nein«, sagte Jakobus. »Das werden wir nicht.«

»Doch das werden wir.« Pater Nemec packte ihn am Ärmel.

»Wir könnten die Gelegenheit auch verstreichen lassen«, widersprach Jakobus. »Das würde den Entführern signalisieren, dass sie mit uns nicht machen können, was sie wollen.«

»Es könnte sie aber auch wütend machen«, gab Espinosa zu bedenken. »Sie könnten das Adelheidkreuz zerstören.«

»Wenn sie es nicht längst am illegalen Kunstmarkt verscherbelt haben«, gab Jakobus zurück.

»Sagen Sie so etwas nicht.« Espinosa rückte unruhig auf dem Sofa hin und her.

»Wann soll der Zirkus über die Bühne gehen?«, fragte Jakobus.

»Heute Nacht«, antwortete der Abt.

4

Schon wieder hielt Jakobus eine Tasche voller Geldscheine auf dem Schoß und ratterte mit Pater Nemec einen schmalen, staubigen Weg entlang. Schon wieder war es Nacht, und durch das geöffnete Fenster drang der Duft des Wassers und der Felder, an denen sie vorbeifuhren. Über das Geräusch des Motors hinweg erklärte ihm Pater Nemec noch einmal, wo ihr Ziel lag und was es mit der verfallenen Stiege am Fuß des Hügels auf sich hatte.

Sie stammte aus der Zeit der keltischen Besiedlung Kärntens und gehörte zu einem Umgangstempel, der sich auf dem Hügelplateau darüber befunden hatte. Beides war dem Gott Latobius, dem Stammesgott der Latobiker, geweiht und wurde sehr viele Jahrhunderte lang für Kulthandlungen genutzt, jedenfalls bis weit in die Spätantike hinein. Der Tempel und Teile der Stiege wurden erst nach dem Edikt von Theodosius von 392 n. Chr., das alle heidnischen Kulthandlungen verbot, zerstört.

Im Scheinwerferlicht tauchte grünes Gebüsch aus der Finsternis, und dahinter erhoben sich graubraune Stufen unregelmäßig ein Stück den Hang hinauf. Pater Nemec parkte auf dem Radweg, der an der Stiege vorbeiführte. Rechter Hand hörten sie das Rauschen des Lavantflusses. Es fiel Jakobus nicht schwer, sich vorzustellen, wie man zur Zeit der Kelten das Wasser des Flusses in das Kultbecken am Fuß der Stiege geleitet hatte. Jetzt war da nur ein finsteres Loch, und im Licht der Handytaschenlampe zeigte sich, dass es höchstens eineinhalb Meter tief und der Boden mit Steinen ausgelegt war.

Die Tasche an den Körper gepresst, lehnte Jakobus am vorderen Kotflügel des Wagens und hatte sich fest vorgenommen, das Geld nicht eher aus der Hand zu geben, als Pater Nemec das Adelheidkreuz im Kofferraum verstaut hatte. Das Display des Mobiltelefons zeigte 23 Uhr 53. Außer dem Wasser und den in der Ferne vorbeifahrenden Autos war nichts zu hören.

»Ich habe mir etwas überlegt«, sagte Pater Nemec so unerwartet, dass Jakobus beinahe die Tasche mit dem Geld fallen ließ. »Du vertraust mir nicht, und wenn ich dir so zuhöre, kann ich das auch irgendwie verstehen. Deshalb habe ich beschlossen, dir zu vertrauen. Ich werde dir erzählen, was ich mir so zusammengereimt habe, und wer weiß? Wenn wir uns einigen, können wir der Sache auf den Grund gehen …«

Am Weg knirschte der Schotter. Vor den Büschen wechselten Schatten, und Jakobus fasste die Tasche fester. »Wer ist da?«, fragte er mit lauter Stimme.

Im Mondlicht wurde eine Kapuze sichtbar. Die Gestalt machte ein paar Schritte auf Jakobus zu und streckte die Hand aus.

»Nein«, sagte Jakobus. »Zuerst das Kreuz.«

Die Gestalt schüttelte den Kopf.

»Es gibt kein Geld ohne das Kreuz«, sagte Jakobus.

Er erhielt keine Antwort.

»Also, wo ist das Kreuz?«, fuhr Jakobus fort. Er war sich ziemlich sicher, dass es die gleiche Person war, die ihnen auf der Ruine Rabenstein die Tasche mit dem Geld gestohlen hatte.

Die Gestalt bewegte sich nicht.

»Was ist jetzt?«, platzte Pater Nemec heraus und löste sich ebenfalls vom Wagen.

Die Gestalt machte einen Schritt nach hinten, stieß an einen Busch und strauchelte. Jakobus wollte nach vorne, um zu helfen. Die Gestalt packte seinen Arm und zog daran. Schon lagen sie beide auf der Erde.

Krachend teilte sich die Hecke am Wegrand, und eine zweite Gestalt sprintete auf Jakobus zu, erreichte ihn aber nicht, weil sie von Pater Nemec abgefangen wurde. Er schlug der Gestalt die Faust in die Magengrube, konnte der Wucht des Anpralls jedoch nicht mehr ausweichen. So wälzten sie sich zu viert vor dem keltischen Kultbecken. Die Kapuze verrutschte, ein Haarschopf quoll darunter hervor, und selbst im spätnächtlichen Licht konnte Jakobus sehen, wer ihn anfauchte.

Nur mit Mühe hielt er die Bürgermeisterin davon ab, ihm mit den zu Krallen gebogenen Fingern durchs Gesicht zu fahren. Sie versuchte, sich loszureißen, und stieß Jakobus ein Knie in die Seite. Jakobus hielt einen Arm der Bürgermeisterin am Handgelenk fest, mit dem anderen grapschte die Bürgermeisterin nach der Tasche, die neben ihnen am Boden lag. Doch Jakobus wälzte sich zur Seite und bedeckte die Tasche mit seinem Oberkörper. Sie keuchten sich gegenseitig an, und Jakobus spuckte aus, weil er das Haar der Bürgermeisterin im Mund hatte.

»Lass los«, zischte die Bürgermeisterin. »Lass mich los.«

Jakobus zog die Bürgermeisterin noch fester an sich, versuchte, sie am Boden zu fixieren.

»Nein«, schrie sie und wehrte sich heftig, während sich kaum drei Meter entfernt ein ganz ähnliches Drama abspielte.

»Aus«, schrie Pater Nemec. »Du sollst mich nicht beißen. Das tut weh.« Ein Schmerzensschrei. »Scheiße, verdammte«, fluchte Pater Nemec, und Schritte entfernten sich, verharrten, kamen zurück.

Schon spürte Jakobus zwei weitere Hände an seinem Oberkörper, und im nächsten Moment war auch Pater Nemec im Gewühl. Jakobus verlor die Übersicht. Er versuchte, die Bürgermeisterin festzuhalten. Sie entglitt ihm, und schon hatte er Pater Nemec' Unterschenkel im Gesicht. Voller Panik warf er sich auf die Tasche, kollidierte mit einem Hinterteil, es war unmöglich zu sagen, von wem, und keine Sekunde später rollte er über den Kiesweg, und die Steine stachen ihn in Rücken und Gesicht.

Obwohl Jakobus völlig außer Atem war, ließ er die Tasche nicht los. Die Gestalt neben ihm versuchte noch einmal, danach zu greifen, gab aber aus Erschöpfung auf. Auch sie konnte sich nicht mehr bewegen. Sie schaffte es gerade noch, den Kopf ein wenig zu heben, und da erkannte Jakobus Daliborka, die mit schweißnassem Gesicht vor ihm saß.

5

»Wir haben das Adelheidkreuz nicht«, sagte die Bürgermeisterin und schielte auf die Tasche, die zwischen ihnen auf dem Tisch stand.

Sie saßen alle da. Die Bürgermeisterin und Pater Nemec, Daliborka Thonhauser und Jakobus. Verschwitzt und ramponiert von ihrem Gerangel. Nur Monika, die Stiftssekretärin, hatte keinen einzigen Schlammspritzer auf ihrem cremefarbenen Top, und ihr Haar lag lockig an ihren Schläfen. Sie hatte während der Übergabe im Haus der Bürgermeisterin gewartet, als Backup, als Fluchtfahrerin vielleicht, falls so etwas notwendig werden sollte.

»Wer hat das Kreuz dann?«, fragte Pater Nemec.

Die Bürgermeisterin zuckte mit den Schultern, und auch Daliborka und Monika sagten nichts.

»Ihr habt doch eine Lösegeldforderung gestellt.«

Jakobus behielt die Tasche mit dem Geld ebenfalls im Blick. Zur Not konnte er sie mit einem Griff erreichen.

»Ja«, gab die Bürgermeisterin zu.

»Ihr wusstet doch gar nicht, dass das Kreuz gestohlen wurde«, sagte Pater Nemec.

Daliborka lachte.

»Du wusstest es?«, fragte Pater Nemec.

»Bernhard hatte keine Geheimnisse vor mir«, antwortete Daliborka. »Nur musste ich ihm versprechen, es nicht weiterzusagen.«

»Als er tot war, galt dieses Versprechen nicht mehr«, mischte sich Monika ein. Sie beugte sich vor und arrangierte die Schnapsgläser auf dem Tisch. Dabei streifte sie mit dem Handrücken die Tasche mit dem Geld, und Jakobus wollte schon aufspringen und danach schnappen.

»Keine Sorge«, sagte Monika. »Ich hau schon nicht ab mit dem Geld«, und schenkte die Gläser voll. »Trinken wir einmal eine Runde. Redet sich leichter.«

Jakobus kippte sich den Schnaps in die Kehle, wartete, bis das leichte Brennen im Rachen verklungen war. »So habt ihr euch zusammengesetzt und beschlossen, wir erpressen das Stift jetzt um vier Millionen Euro«, sagte er und stellte das Glas wieder hin.

»Ja«, meinte Monika schlicht. »Das war der Plan, und weil es beim ersten Mal so gut funktioniert hat, haben wir es gleich noch ein zweites Mal versucht.«

»Was ja nicht so gut funktioniert hat«, sagte die Bürgermeisterin.

Monika schenkte eine zweite Runde ein, aber Jakobus lehnte ab. Als die Bürgermeisterin das sah, stand sie auf und öffnete eine Kastentür und holte eine Packung Kekse und eine Tafel Schokolade heraus.

»Vielleicht magst du lieber etwas Süßes«, sagte sie und reichte Jakobus die Schokolade.

Dabei bemerkte sie seinen Blick, der durch das unaufgeräumte Zimmer schweifte. »Gute Hausfrau bin ich keine«, sagte sie. »Und als Bürgermeisterin in diesem Kaff verdient man nicht genug für eine Haushaltshilfe. Einmal ganz davon abgesehen, dass ich nie jemanden dafür einstellen würde, meine Drecksarbeit zu machen.«

»Ihr wolltet mit dem Geld abhauen«, sagte Pater Nemec. »Mit acht Millionen kann man sich schon ein ganz vergnügliches Leben machen, irgendwo in der Karibik.«

»Das würde dir ähnlich sehen«, gab die Bürgermeisterin scharf zurück.

»Also eine marxistische Aktion. Nehmt den Reichen, schenkt es den Armen?«, sagte Pater Nemec zynisch.

»So ungefähr«, gab ihm die Bürgermeisterin recht. Sie nahm sich einen Keks und nippte an ihrem Schnapsglas. »Wir hatten so eine Idee. Wir gründen eine Offshore-Firma und verstecken das Geld in einer dieser undurchsichtigen Finanzkonstruktionen. Ich habe mich da ein bisschen informiert, und mit den richtigen Anwälten ist das kein Hexenwerk.«

»Damit wird das Geld gewaschen, und gleichzeitig habt ihr Zugriff darauf«, sagte Jakobus.

»Genau«, gab ihm Monika recht. »Das ist nicht einmal so komplex wie die Holding unseres hochwürdigen Abtes.«

»Aber illegal«, warf Jakobus ein.

»Ganz und gar nicht«, versetzte Monika.

»Ist auch egal«, warf Pater Nemec ein. »Was wolltet ihr mit dem Geld?«

»Das gutmachen, was das Kloster in diesem Dorf über die Jahrhunderte angerichtet hat«, sagte die Bürgermeisterin.

»Es gibt so viele Familien, die Hilfe brauchen«, sagte Daliborka. »So viele Kinder, die nicht einmal ein Paar gute Schuhe haben.«

»Hier in St. Paul?«, fragte Jakobus verblüfft.

»In welcher Welt lebst du eigentlich?«, fuhr ihn die Bürgermeisterin an. »Natürlich in St. Paul. Was glaubst du, womit ich mich die ganze Zeit herumschlage?«

»Deshalb beklaut ihr das Stift?«, setzte Jakobus nach.

»Wir holen uns nur, was uns die mangelnde Nächstenliebe des Abtes vorenthält«, sagte Monika, lächelte und schenkte noch einmal nach.

»Für mich nicht«, sagte Jakobus. »Mir reicht die Schokolade.«

»Wenn ich gewusst hätte, dass wir uns gemeinsam am Boden wälzen«, meinte Daliborka, »hätte ich einen Kuchen gebacken.«

»Was passiert jetzt mit dem Geld?«, fragte Pater Nemec.

»Das ist relativ simpel, oder?« Die Bürgermeisterin griff nach der Tasche, niemand hinderte sie daran.

»Wir können nicht ohne das Geld im Stift auftauchen.« Pater Nemec stand auf und wollte der Bürgermeisterin die Tasche abnehmen, aber die zog sie eng an ihre Brust.

»Ihr erzählt einfach, dass die Erpresser euch überwältigt und verprügelt haben. Das wird euch jeder glauben, so wie ihr ausseht«, meinte sie.

»Das kommt überhaupt nicht infrage«, sagte Pater Nemec und drängte die Bürgermeisterin in eine Ecke.

»Greif mich bloß nicht an«, sagte sie. »Du bekommst das Geld nicht.«

»Lass sie«, mischte sich Jakobus ein, stand auf und schob sich zwischen Pater Nemec und die Bürgermeisterin.

»Wir klären das hier und jetzt«, sagte Pater Nemec, wich aber ein Stück zurück.

»Nimm einen Keks und beruhig dich.« Daliborka hielt ihm die Schachtel hin, und Pater Nemec nahm brav einen Keks.

»So kann ich unmöglich vor den Abt treten, und Kollnitz wird außer sich sein«, sagte er, während er von dem Keks abbiss.

»Ah, das ist sein Geld?« Die Bürgermeisterin lachte. »Umso besser. Da trifft es genau den Richtigen. Dieser Blutsauger, dieser elendige. Der und der Abt richten euer schönes Kloster zugrunde, und ihr schaut zu.«

»Das ist eine lange Geschichte«, wehrte Pater Nemec ab. »Das werden wir hier nicht besprechen.«

»Warum nicht?«, fragte die Bürgermeisterin zurück. »Was glaubst du, wozu dient diese Holding des Stifts? Ich werde es dir sagen. Sie dient dazu, möglichst viel Geld vom Stift in die Fürstberg Stiftung zu transferieren, und wer sitzt dort im Vorstand? Eberhard Kollnitz. Und wer hält Anteile an der High-Tech-Holding von Kollnitz? Die Fürstberg Stiftung. Und wer sitzt im Aufsichtsrat der Tech-Holding von Kollnitz? Der älteste Sohn unseres verehrten Abtes. Da rede ich noch gar nicht von der millionenteuren Wohnung in der Wiener Innenstadt, erster Bezirk, die nominell der Erika, der Schwester des Abtes gehört, für die er sich aber ein Wohnrecht gesichert hat.«

»Woher weißt du das alles?«, fragte Pater Nemec.

»Ach, so schwer war das nicht herauszufinden«, mischte sich Monika ein.

»Ihr müsst aufstehen«, sagte Daliborka. »Ihr Mönche müsst euch das Stift zurückholen.«

15. Kapitel

1

»Nunc, Sancte, nobis, Spiritus, Unum Patri cum Filio, Dignare promptus ingeri Nostro refusus pectori. Jetzt, Heiliger Geist, eins mit dem Vater und dem Sohn, lass dich willig zu uns nieder und überströme unser Herz.« So betete Jakobus, die gefalteten Hände auf dem Schreibtisch der Bibliothek abgestützt.

Vor ihm türmten sich die Folianten, die staubigen Bücher mit den bestoßenen Kanten, die Handschriften, schlecht verwahrt in alten, brüchigen Mappen. Er hatte sogar eine mittelalterliche Minuskel gefunden, die Seiten waren gelocht und in einen Schnellhefter einsortiert. Aber nicht diesem Durcheinander und dieser Barbarei galt sein Stoßgebet an den Heiligen Geist, sondern die Verzweiflung trieb ihn dazu.

Sie mussten dem Abt und Kollnitz und Espinosa Rede und Antwort stehen. In nicht einmal zwei Stunden begann das Morgengebet, und danach würde Fürstberg Rechenschaft verlangen. Kollnitz würde wissen wollen, wo das Geld geblieben war, und er wollte ihm nicht verraten, dass es sich im Wohnzimmerschrank der Bürgermeisterin befand.

Er löste die Finger voneinander und fuhr sich nervös durchs Haar. Jede Wette, dass auch Pater Nemec kein Auge zumachen konnte. Sie wollten sich in einer Stunde hier treffen. Jeder sollte versuchen, den Kopf frei zu bekommen, um dann eine Strategie auszuarbeiten.

Er starrte vor sich hin, und sein Blick fiel auf das Buch im Regal direkt vor ihm. War das nicht der Foliant, den Pater Nemec vor ein paar Tagen aus Wut und Frustration auf die Tischplatte gedonnert hatte? Doch, das war das Buch. Jakobus sah es sich genauer an.

Der gewölbte Rücken löste sich von der Bindung, und Jakobus empfand Mitleid. Er nahm das Buch in die Hand, und so wie er es aus dem Regal zog, zerbröselte der Einband. Zwischen dem äußeren Buchdeckel und den Rändern lugte eine Papierseite hervor.

Jakobus hob das Buch von seinem Schreibtisch. Ohne viel nachzudenken, öffnete er den Buchdeckel mit einem Teppichmesser. Zum Vorschein kam ein Heft, auf dessen Deckblatt ein leicht vergilbtes Foto des Adelheidkreuzes geklebt war. Das Heft bestand aus einem festen Einband und etwa fünfzig beschriebenen Seiten. Als Frontispiz fungierte ein Foto der Kreuzreliquien. Vorsichtig löste Jakobus das Foto und drehte es um. Dort fand er den Schriftzug einer Fotofirma. Das Negativ war also in einem großen Labor entwickelt worden. Wenn Jakobus sich nicht völlig irrte, dann stammten diese Notizen und Fotos aus den 70er- oder 80er-Jahren des letzten Jahrhunderts. Rätselhaft blieb ihm vorerst, wie und warum Fotos und Heft in den Deckel eines Buches aus dem 17. Jahrhundert geraten waren.

»Dies ist die wahre Geschichte des Heiligen Kreuzes«, las Jakobus mit Mühe die krakelige Handschrift. »Aufgezeichnet von Pater Umberto im Jahr 1972 unseres Herrn Jesu Christi im Stift St. Paul.« Noch ein Pater, der dem Heiligen Kreuz verfallen war. Vielleicht ist auch er auf merkwürdige Weise zu Tode gekommen, dachte Jakobus. Die Tür zur Bibliothek knarrte. Jakobus ließ das Heft unter dem Tisch in einer Schublade verschwinden und begrüßte Pater Nemec.

2

Eberhard Kollnitz stocherte mit seiner Zigarre in der Luft herum und wurde immer lauter. »Mein Geld«, stieß er hervor. »Acht Millionen Euro. Ihr beide haftet mir persönlich dafür.« Er deutete abwechselnd auf Jakobus und Pater Nemec.

»Vielleicht beruhigen wir uns erst einmal«, sagte Espinosa und senkte beschwichtigend die Arme.

»Was soll das bringen? Uns beruhigen?«, fuhr ihn Kollnitz an.

»Ich habe das schon vorausgesehen«, sagte Espinosa und bediente sich an dem Tablett voller Brötchen. »Von gestern übrig, aber immer noch gut«, meinte er wie zu sich selbst. »Das war doch zu erwarten, und deshalb habe ich einen Plan.«

»Wir haben nichts in der Hand«, unterbrach ihn der Abt. »Wir wissen nicht, wer die Erpresser sind, wir wissen nicht, wohin sie verschwunden sind.«

»Nun ja«, meinte Espinosa und legte das angebissene Brötchen hin. »Es sind mehrere Entführer. Sie sind aus der Gegend und sind über die Gegebenheiten des Stiftes bestens informiert, und …« Er hob den Zeigefinger. »Sie werden es wieder versuchen.«

»Noch einmal vier Millionen?« Kollnitz stöhnte und kippte den letzten Rest seines Whiskys. Jakobus sah ihm fasziniert zu. Es war noch nicht einmal sechs Uhr morgens.

»Nein, diesmal gibt es eine Tasche voller Toilettenpapier und eine Falle. Das hätten wir schon von an Anfang so machen sollen. Ich bin überzeugt, die nächste Lösegeldforderung wird nicht lange auf sich warten lassen«, sagte Espinosa.

3

Zurück in der Bibliothek holte Jakobus wieder das Heft aus der Schublade und las Zeile für Zeile. Vorsichtig blätterte er die letzte Seite um und schloss das Manuskript, das Pater Umberto vor Jahrzehnten im Deckel des Folianten aus dem 17. Jahrhundert versteckt hatte. Er amtete heftig aus und bekreuzigte sich. »Steh mir bei, Herr Jesus«, seufzte er und schloss kurz die Augen.

Pater Umberto hatte am Ende des Heftes einen kurzen Lebenslauf angefügt. Alles hatte damit angefangen, dass Pater Umberto aus Alessandria in Italien nach St. Paul kam. Also eigentlich nicht aus Alessandria direkt. Dort war er nur geboren. Studiert hatte er in Mailand und dann hatte er in Rom gelebt. In Rom, im Vatikan, hatte er etwas ausgefressen, worüber er nicht reden wollte. Aber Jakobus hatte es längst herausgefunden. Es war der intellektuelle Hochmut, der Pater Umberto die Verbannung eingebracht hatte. Seine Dissertation wurde zwar an der Theologischen Fakultät angenommen, aber zwei Monate später bekam er die schriftliche Aufforderung, sich nach St. Paul zu begeben. Er hatte sich in einem Kapitel seiner Doktorarbeit darüber ausgelassen, dass der Gottesstaat, den Thomas von Aquin im Mittelalter gefordert hatte, gemeinsam mit der antiken Staatstheorie Platos ein Nährboden für den Faschismus des 20. Jahrhunderts gewesen sei.

Bei seiner Suche in der Bibliothek stieß Pater Umberto auf ein Traktat über das Heilige Kreuz, und sofort brachte er dieses Traktat mit dem Adelheidkreuz in Verbindung. Ab diesem Zeitpunkt galt sein ganzes Streben der Erforschung des Adelheidkreuzes, oder, um genauer zu sein, der Kreuzreliquie und ihrer Geschichte. Dazu unternahm er Reisen nach Israel und Syrien, nach Rom und Konstantinopel, also nach Istanbul, aber Pater Umberto nannte die Metropole konsequent nach ihrem alten Namen. Dabei war er auf aramäische Texte gestoßen, auf Fragmente in ugaritischer Sprache, die von seltsamen Ereignissen in der Frühzeit der Schöpfung erzählten. Mesopotamische Epen, Hinweise in griechischen Hymnen aus der Zeit Homers und aus der Bibel ausgeschlossenen Schriften. All das hatte er gesammelt und all das befand sich nun an einem nur in diesem Heft verzeichneten Ort in der Bibliothek, sodass der Leser, der einst dieses verborgene Heft finden würde, alle Fakten am ursprünglichen, wenn auch kopierten und fotografierten Material nachprüfen konnte. Das hieß, soweit der geneigte Finder über die Kenntnis dieser längst ausgestorbenen Sprachen verfügte.

Jakobus kam nicht dazu weiterzulesen. Pater Nemec hebelte die Tür mit der Schulter auf, in den Händen hielt er zwei Plastiksäcke.

»Ist es schon Zeit fürs Gebet?«, fragte Jakobus und ließ das Heft wieder unter dem Tisch verschwinden.

»Gebet fällt heute aus. Nimm.« Er hielt Jakobus einen Plastiksack entgegen. »Mit schönen Grüßen von Daliborka. Hast du anständiges Schuhwerk?«

»Warum?«, fragte Jakobus und sah in den Sack, der bis zum Rand mit Wurstsemmeln gefüllt war.

»Wir fahren auf die Alm«, sagte Pater Nemec.

4

»Ich habe sie genau gesehen«, sagte der Bruder Botanikus vom Rücksitz aus. »Es dürfte dort gar niemand sein. Das alte Jagdhaus in St. Vinzenz. Da gibt es nur zwei Schlüssel. Einen habe ich, und einer hängt in der Forstmeierei, und ich habe meinen eingesteckt.«

»Was hattest du dort oben überhaupt zu suchen?«, fragte Pater Nemec über die Schulter zurück und fuhr im rasenden Tempo die schmale Straße von Ettendorf Richtung Soboth entlang. Jakobus betete, dass ihnen niemand entgegenkam, so schnell zischten die Bäume am geöffneten Fenster vorbei.

»Ich und der Forstmeister müssen nach dem Rechten sehen. Könnte sein, dass ein paar Bäume vom Borkenkäfer befallen sind.«

»Der Forstmeister, wo war der?«

»Ich bin halt allein gegangen. Ist das ein Verbrechen?«

»Ich weiß nicht, sag du es mir, ob es erlaubt ist, Cannabis auf Waldlichtungen anzubauen.«

»Darum geht es doch jetzt nicht«, wandte Jakobus ein. »Was hast du gesehen?«

»Schon von Weitem habe ich sie gehört. Türenschlagen, gelacht haben sie auch. Die haben mich nicht gesehen, aber ich sie. Von der Hecke aus, die direkt vor dem Jagdhaus entlangführt. Drei Autos, alles teure Modelle, Geländewagen.«

»Und dann?«

»Hab ich mir gedacht, das ist aber nicht gut, wenn die sich hier breitmachen. Mein kleines Versuchsfeld ist ganz in der Nähe, und wenn die das entdecken, könnte das eventuell zu Schwierigkeiten führen. Also bin ich schnell ins Tal und hab im Sekretariat nachgefragt, ob jemand etwas weiß. Aber die Monika hat nachgesehen, und der zweite Schlüssel ist an seinem Platz. Und dann bin ich zu euch.«

»Warum nicht zum Abt?«, fragte Jakobus.

»Na, wie man es macht, ist es falsch.« Daraufhin sagte der Bruder Botanikus eine Weile nichts mehr. Erst als sie von der Hauptstraße abbogen und den Stausee entlangfuhren, meldete er sich. »Hier den Feldweg entlang und langsam. Bleib stehen, verdammt, sonst hören sie uns.«

Sie drückten die Türen leise ins Schloss und folgten dem Bruder Botanikus durch das Schwarzbeergestrüpp hinaus auf eine Lichtung. Weiter, deutete der Botanikus mit erhobenem Arm und führte sie an ausgebleichten Baumstümpfen vorbei. Eine dichte Reihe Haselnussstauden und Holunderbüsche trennte den Wald von der Wiese, die das Jagdhaus umgab. In dieser Deckung verharrten die drei Mönche und beobachteten die Männer auf der Terrasse.

»Sind das Russen?«, flüsterte Pater Nemec und wandte sich Jakobus zu.

»Woher soll ich das wissen?«, fragte der zurück.

»Das müssen Russen sein«, sagte der Bruder Botanikus. »Wir fragen sie, was, in Gottes Namen, sie hier verloren haben.«

Schon zwängte er sich durch die Äste der Haselnussstauden. Jakobus versuchte, ihn zurückhalten, aber da war es schon zu spät. Einer der Männer auf der Terrasse hatte die Bewegung im Gebüsch wahrgenommen und kam im Laufschritt auf sie zu.

»Das ist Privatgrund«, sagte der Mann auf Englisch, als er noch einige Meter entfernt war.

»Das ist das Eigentum des Stiftes St. Paul«, entgegnete Pater Nemec. »Ich bin der Hofmeister des Stiftes, und ich möchte wissen, was Sie hier zu suchen haben.«

»Das kann jeder behaupten«, sagte der Mann mit schwerem slawischem Akzent. »Verschwinden Sie, und zwar auf der Stelle. Sonst hole ich meine Freunde.«

»Die nächste Polizeistation ist nur ein paar Kilometer entfernt«, sagte Pater Nemec. »Wollen Sie, dass wir die Beamten verständigen, damit sie Ihre Ausweise kontrollieren?«

Der Mann zuckte ein ganz klein wenig zusammen.

»Sehen Sie«, setzte Jakobus nach. »Unterhalten wir uns doch gesittet. Also, was machen Sie hier?«

Der Mann zögerte.

»Wir bekommen es so oder so heraus«, sagte Pater Nemec. »Haben Sie das Jagdhaus aufgebrochen?«

»Wir haben eine offizielle Einladung des Abtes«, sagte der Mann scharf. »Wenn Sie wirklich vom Stift kommen, sollten Sie das wissen.«

»Ich möchte diese Einladung sehen«, forderte Pater Nemec.

»Wenn Sie nicht sofort gehen, hole ich mein Gewehr.«

»Sie haben uns nicht einmal Ihren Namen verraten«, sagte Jakobus.

»Nennen sie mich Ivan.« Der Mann lachte und zog sich zurück, ohne die drei Mönche aus den Augen zu lassen. »Verschwinden Sie, und kommen Sie nicht mehr zurück. Es ist zu Ihrem eigenen Besten.«

5

»Sie haben die große Ehre, mit dem Generalvikar des Opus Dei, José Maria Espinosa, sprechen zu dürfen«, sagte der Novize Andreas, als er Ernesto in das Wohnzimmer des Abtes geleitete.

Espinosa saß auf der Couch und sah kaum auf, als Ernesto den Raum betrat. Für ihn war ein Stuhl etwa vier Meter von Espinosa entfernt vorbereitet. Dort stand schon ein Tablett mit einer silbernen Kanne und einer Porzellantasse.

»Der Kaffee ist für Sie«, sagte der Novize Andreas und bot Ernesto Platz an. »Geraucht wird hier nicht.«

Der Novize zog sich zurück.

Espinosa schwieg und schien in Kontemplation versunken. Drüben beim Durchgang zur Küche rührte sich etwas. Ernesto vermutete, dass sich Abt Fürstberg hinter der Säule versteckte. Auch Ernesto schwieg, packte seinen Notizblock aus und klickte mit dem Kugelschreiber. Als ob es ihm gerade eingefallen wäre, nahm er sein Mobiltelefon aus der Tasche und schaltete es aus.

»Sie wollen das Gespräch nicht aufzeichnen?«, fragte Espinosa.

»Wenn es Ihnen nichts ausmacht. Gerne. Ich bin von der alten Schule«, sagt Ernesto, schaltete das Mobiltelefon wieder ein, machte ein paar Schritte auf Espinosa zu und legte es auf den Beistelltisch, der zwischen ihnen stand. »Lassen Sie uns beginnen«, sagte Ernesto. »Was machen Sie hier in St. Paul?«

»Das klingt, als ob Sie erstaunt darüber wären.«

»Allerdings«, gab Ernesto zu. »Der Generalvikar des Opus Dei in St. Paul. Ich glaube, hier war in den letzten tausend Jahren kein annähernd so hoher Kirchenvertreter.«

Espinosa lächelte gequält. »Ich mache hier Urlaub«, sagte er.

»Zum wie vieltem Mal? Wenn man fragen darf.«

»Oh, ich komme schon seit zehn Jahren hierher. Immer wieder, um Einkehr zu halten und meine guten Freunde zu treffen.«

»Sonst nichts?«, fragte Ernesto.

»Nun ja.«

»Ist es nicht Ihre Aufgabe, die Segnungen des Opus Dei zu verbreiten? Zumal als Generalvikar?«

»Natürlich.«

»Und neue Mitglieder zu werben?«

»Darüber reden wir nicht in der Öffentlichkeit.«

»Für unsere Leserinnen und Leser ist es von besonderem Interesse, was so eine prominente Persönlichkeit wie Sie in unserer Region vorhat. Ich habe gehört, der Opus Dei betreibt einige Schulen und Bildungseinrichtungen. Nun gibt es in St. Paul dieses renommierte Gymnasium. Könnte es sein, dass es hier zu einer Zusammenarbeit zwischen dem Opus Dei und dem Orden der Benediktiner kommt?«

»Wir sind immer gerne bereit, unsere Brüder und Schwestern in ihrer Arbeit für Gott zu unterstützen.«

»Verzeihen Sie«, sagte Ernesto. »Aber geht es vielleicht ein bisschen konkreter?«

»Wie meinen Sie das?«

»Stellt der Opus Dei Lehrer zur Verfügung? Beteiligt er sich an der Finanzierung des Schulbetriebs? Sind Sie in die Erstellung des Lehrplans eingebunden, oder setzt der Opus Dei sonst Maßnahmen im Stiftsgymnasium St. Paul?«

»Wir sind bemüht, möglichst viele Menschen von unserer Lehre zu überzeugen und sie zum Heil zu führen.«

»Auch Schüler des Stiftsgymnasiums?«

»Wir wollen niemanden vom Heil ausschließen. Der Heilige Geist weht, wo er will.«

»Ich nehme das einmal als ein Ja«, sagte Ernesto. Er hakte die Frage auf seinem Notizbuch ab. »Wie viele Mitglieder des Konvents haben sich schon dem Opus Dei angeschlossen?«

»Wie meinen Sie das?«

»Soweit ich das sehen kann, ist der Opus Dei eine Vereinigung, die vor allem auf Laien aufbaut. Also die überwiegende

Mehrzahl der Mitglieder sind keine Priester oder Mönche. Auch wenn die Führungspositionen fast ausschließlich von Geistlichen besetzt sind.«

»Es ist ein großer Gewinn für die Abtei St. Paul, dass sich so viele der Mitbrüder mittlerweile den Grundsätzen des Opus Dei verpflichtet fühlen.«

»Gibt es da auch eine Zahl?«, wollte Ernesto wissen.

Espinosa zuckte mit den Schultern.

»Die Grundsätze des Opus Dei. Tragen die Mönche jetzt Bußgürtel mit Stacheln, die ins Fleisch schneiden? Geiseln sie sich einmal in der Woche mit Peitschen und sprechen dazu Gebete?«

»Sie sagen das, als ob das etwas Verwerfliches wäre«, entgegnete Espinosa. »Es soll uns an die Leiden Christi erinnern.«

»Die er auf sich genommen hat, um uns zu erlösen. Also warum erlegt man sich dieses Leiden noch einmal auf?« Ernesto hob abwehrend die Hand. »Eine rhetorische Frage. Ich bin nicht hier, um mit ihnen theologische Probleme zu erörtern.«

»Das habe ich mir schon gedacht.«

»Oder vielleicht doch«, setzte Ernesto nach. »Mir ist bei der Recherche eine interessante Frage untergekommen, die sich so durchaus auch in St. Paul stellen könnte.«

»Da bin ich aber neugierig«, sagte Espinosa und bot Ernesto etwas von dem Gebäck an, dass auf dem Beistelltisch stand.

»Nur ein Beispiel«, sagte Ernesto und lehnte das Gebäck ab. »Was würden Sie einer jungen Frau raten, sagen wir, einer Küchenhilfe hier aus dem Stift, die zu Ihnen kommt, und beichtet, sie sei ungewollt schwanger. Sie ist nicht verheiratet, noch nicht einmal volljährig. Würden Sie ihr zu einer Abtreibung raten?«

»Natürlich nicht. Abtreibung ist ein schweres Verbrechen. Eine Todsünde. Ich würde sagen, sie steht auf einer Stufe mit Mord.«

»Also keine Abtreibung. Das Mädchen muss das Kind austragen. Neun Monate lang, obwohl sie es nicht will. Ist das nicht eine Art von Folter?«

»Es ist eine Buße für ihre Verfehlung, sich vor der Ehe einem Mann hingegeben zu haben.«

»Hat nicht der Mann auch gesündigt? Vor allem, wenn der Geschlechtsverkehr nicht einvernehmlich stattgefunden hat?«

»Selbstverständlich hat er gesündigt. Er hatte außerehelichen Geschlechtsverkehr.«

»Na gut«, meinte Ernesto. »Soll Sie den Mann heiraten?«

»Unbedingt«, sagte Espinosa heftig. »Das tilgt die Sünde zwar nicht vollständig, aber immerhin.«

»Was ist, wenn der Mann der Abt dieses Stiftes ist?«, setzte Ernesto nach.

Espinosa lachte. Er lachte so sehr, dass er die Tasse abstellen musste. Hinter der Säule rumorte es, aber Abt Fürstberg ließ sich nicht blicken.

»Sie meinen das doch nicht ernst«, sagte Espinosa.

»Ich will Ihnen noch eine andere Frage stellen.« Ernesto blätterte in seinem Notizbuch um. »Da Sie mit den sexuellen Eskapaden des Abtes kein Problem haben, wie steht es mit der politischen Ausrichtung der Abtei?«

Espinosa schüttelte den Kopf. Ernesto ignorierte die Geste und tippte mit dem Kugelschreiber auf eine Zeile in seinem Notizbuch. »Der Gründer des Opus Dei, Josemaría Escrivá, ich spreche das sicher nicht korrekt aus, hatte kein Problem mit dem faschistischen Franco-Regime in Spanien. Im Gegenteil, der Opus Dei blühte und gedieh unter der Gewaltherrschaft der spanischen Faschisten. Ihre Vereinigung stellte sogar einige Minister. Wenn ich mich nicht irre, hegte Ihr Josemaría Escrivá auch eine gewisse Bewunderung für Adolf Hitler.«

»Worauf wollen Sie hinaus?«, unterbrach ihn Espinosa. »Ich glaube nicht, dass diese Diskussion hierher gehört.«

»Damals war der Opus Dei noch keine anerkannte Glaubensgemeinschaft«, fuhr Ernesto fort, als hätte Espinosa nichts gesagt. »Trotzdem gab es schon viele Anhänger, die sich um Josemaría Escrivá scharten. 1941 legte Escrivá seinen Getreuen nahe, sich der sogenannten Divisíon Azul, der Blauen Legion anzuschließen. Ein spanischer Freiwilligenverband, der für die Nazis an der Ostfront gegen die Sowjets kämpfte. Ich habe mir das Truppenkennzeichen angesehen. Es besteht aus einer spanischen Flagge mit einem Hakenkreuz.«

»Es ist nichts Verwerfliches daran, gegen den Kommunismus zu kämpfen«, sagte Espinosa.

Ernesto zog eine Augenbraue hoch. »Ich nehme an, ich darf das zitieren.«

Espinosa nickte.

»Nicht dass ein Missverständnis aufkommt«, fuhr Ernesto fort und warf einen Blick in sein Notizbuch. »Ihr verehrter Gründervater Escrivá hegte offensichtlich eine lebenslange Vorliebe für Diktatoren. Kurz nach dem Putsch gegen Salvador Allende reiste Escrivá nach Chile und gratulierte Augusto Pinochet zum Sieg über den Kommunismus und zur Vertreibung und zum Mord an seinen politischen Gegnern.«

»Seien Sie nicht so polemisch«, kam es aus der Küche. Abt Fürstberg trat hinter der Säule hervor.

»Polemisch?« Ernesto schloss das Notizbuch mit einem Knall. »Verehrter Generalvikar Espinosa, wollen Sie den von mir aufgeführten Fakten widersprechen?«

José Maria Espinosa zögerte.

»Habe ich irgendetwas falsch dargestellt?«, hakte Ernesto nach.

»Was bitte soll das alles mit St. Paul zu tun haben?«, fragte Abt Fürstberg.

»Ein Kloster, das vom Opus Dei unterwandert ist«, gab Ernesto zurück.

»Unterwandert?«, echote Fürstberg.

»Ist es ein Zufall, dass Sie dieses Hakenkreuz am Konvikt gerade jetzt mit einer Plexiglasscheibe schützen?«

»Sie wollen mich schon die ganze Zeit ins Nazieck stellen«, sagte Fürstberg drohend und kam näher.

»Dort muss ich Sie nicht hinstellen. Sie haben sich selbst hineinbegeben«, konterte Ernesto.

»Das ist ein Mahnmal.«

»Ja, für die Nationalsozialistische Partei«, sagte Ernesto.

»Das muss ich mir nicht bieten lassen. Es soll an die Gräuel des Faschismus erinnern. Das steht auch auf der Tafel.«

»Die kein Mensch lesen kann, so blass ist die Schrift. Warum haben Sie das Hakenkreuz nicht einfach entfernen lassen?«

»Es ist ein historisches Monument«, sagte Fürstberg.

»Warten Sie nur, bis es sich herumspricht, schon stehen die ersten Glatzköpfe da und heben den Arm zum Hitlergruß.«

»Malen Sie den Teufel nicht an die Wand.«

»Na, wenigstens male ich keine Hakenkreuze an die Wand.«

»Beruhigen wir uns doch«, mischte sich Espinosa ein. »Das können wir doch ganz zivilisiert klären.«

»Die Faschisten sind das Ende aller Zivilisation«, blaffte ihn Ernesto an. »Sie beide …« Ernesto fasste sich und machte einen Schritt auf Fürstberg zu. »Ihr Großvater ist hier zur Schule gegangen. Zur Nazizeit. Könnte es sein, dass er das Hakenkreuz an die Wand gemalt hat? Und Sie schützen es jetzt? Sozusagen aus Familientradition.«

»Das wagen Sie nicht.« Abt Fürstberg wies mit ausgestrecktem Arm auf die Tür.

6

Von seinem Standort aus sah Jakobus die Ruine Rabenstein wie einen hohlen Zahn über St. Paul thronen, und es bereitete ihm ein leichtes Unbehagen, wenn er daran dachte, wie leichtsinnig sie dort oben vier Millionen Euro verloren hatten. Aber immerhin wusste er mittlerweile, wo das Geld war. Darüber allerdings wollte er gar nicht nachdenken. Aus dem Schatten der Arkaden schob sich die massige Gestalt des Altabtes. Severin schnaufte in der Hitze, und die Sonne spiegelte sich auf seiner Glatze.

»Du warst nicht bei der Beichte«, sagte der Altabt, zog ein Stofftaschentuch aus dem Ärmel und tupfte sich die Stirn.

»Ich hatte zu tun.«

»Fürs Gebet und für die Beichte ist immer Zeit. Du kannst gleich hier beginnen. Bis Pater Nemec auftaucht, sind es noch gut zehn Minuten, und so schwer wirst du in der Zwischenzeit schon nicht gesündigt haben.«

»Wie lange sind Sie schon in diesem Kloster, verehrter Vater?«

»Ich denke, den Vater kannst du dir schenken, nach dem, was wir vorhaben. Severin reicht vollkommen.« Er klopfte ihm auf Schulter. »Wie lange ich hier bin? Immer schon, eigentlich. Studiert habe in Rom. Aber dann … Hör zu, ich war sehr streng zu dir. Das tut mir leid. Das ist eigentlich nicht meine Art, aber ich weiß nicht … Du bist schon sehr … ach was. Ich erzähl dir eine Geschichte.« Er ließ Jakobus' Schulter los und lächelte. »Mir ist es oft gleich gegangen wie dir. Irgendwelche Würdenträger haben sich eingebildet, sie könnten mich herumschubsen. Der letzte Bischof. Weißt du, der hat mich gehasst. Wo er nur konnte, hat er sich mir in den Weg gestellt. Bei meiner Abschiedsmesse als Abt war er anwesend, saß in der ersten Reihe, wollte meinen Abgang nicht verpassen. Weißt du, wie ich meine Predigt beendet habe?« Er sah Jakobus fragend an. »Na, das kannst du nicht wissen. Ich habe gesagt: Wir sind alle Sünder vor dem Herrn, und wir kommen alle in die Hölle. Das ist sicher. Aber mein Kopf wird aus dem Flammenmeer herausragen. Denn ich werde auf den Schultern meines Bischofs sitzen.«

Jakobus wusste nicht, ob er lachen sollte, aber da das Grinsen im Gesicht des Altabtes immer breiter wurde, konnte er nicht anders.

»Das ist … ah, da kommt unser Taxi«, sagte der Altabt und winkte Pater Nemec, der mit dem Kleinbus des Stiftes in den Hof einbog.

7

Zwischen dem Cannabisfeld und dem Eingang zur Gutsküche saßen sie auf aus halbierten Baumstämmen zusammengezimmerten Bänken. Das Licht aus dem Gang warf einen gelben Schein auf die drei Frauen, die das Brot schnitten, den Most einschenkten und den Männern die Jausenbretter mit Salami, Schinken und Speck hinschoben.

»Ihr könnt euch nützlich machen«, sagte Daliborka, gab ihnen Messer und wischte sich die Hände an der Kittelschürze ab.

»Was glaubt ihr, wer ist es gewesen?«, fragte Jakobus, während er das scharfe Messer nahm und versuchte, möglichst dünne Scheiben von der Salami abzuschneiden.

»Eine Schande ist das, dass so jemand Abt sein darf«, sagte Daliborka und verschwand in der Küche.

»Fürstberg hat sicher seine Finger im Spiel«, gab ihr Pater Nemec recht, und die Bürgermeisterin nickte, während sie Pater Nemec eine kleine Scheibe Schinken von seinem Teller stibitzte und sie sich lachend in den Mund steckte.

»Er war es«, sagte sie, noch während sie kaute. »Daran besteht gar kein Zweifel.«

»Das Motiv ist auch klar.« Daliborka war mit einem Stapel Teller und einer Handvoll Besteck zurück. »Oder etwa nicht?«, fragte sie in Richtung Monika.

»Es ist ein Abgrund«, sagte Monika und knabberte an einem Karottenstick. »Das Stift ist quasi pleite. Aber das ist gar nicht das Problem.«

»Und ob das ein Problem ist«, wandte Pater Nemec ein.

»Nein. Das Problem ist die Holding von Abt Fürstberg und in weiterer Folge die Fürstberg Stiftung.« Monika nahm sich von den gekochten Würsten, die der Bruder Botanikus herumreichte, und begann zu erklären.

Dass irgendetwas mit der Stiftsholding nicht stimmen konnte, war ihr bis vor einer Woche gar nicht in den Sinn gekommen. Sie hatte die Rechnungen verbucht, hatte nach den Anweisungen des Abtes und manchmal auch eines der Stiftungsratsmitglieder Auszahlungen getätigt und Gelder auf die angegebenen Konten verschoben. Jetzt aber, nachdem sie die Konten durchgegangen war, barg die Finanzkonstruktion des Abtes keine großen Geheimnisse mehr.

»Klingt wahnsinnig kompliziert«, sagte sie zwischen zwei Bissen. »Ist es aber nicht. In Wirklichkeit hat Abt Fürstberg das Stift über ein Jahrzehnt systematisch bestohlen, indem er das Eigentum des Stiftes in diese Holding gesteckt hat.«

Die Holding diente im Wesentlichen dazu, ein Firmengeflecht aufzubauen, in dem man Geld und Immobilien hin- und herschieben konnte, bis niemand mehr wusste, woher das Kapital ursprünglich gekommen und wohin es geflossen war. Immer wieder wurden kleinere Gesellschaften gegründet, Firmen, die zum Beispiel als Subunternehmer in der Forstwirtschaft auftraten. Ziemlich bald gingen diese Firmen pleite, und die Verbindlichkeiten verflüchtigten sich in einem dubiosen Insolvenzverfahren, in dem die Gläubiger sämtlich ebenfalls aus der Holding des Stiftes stammten.

Dieser riesige Aufwand, der Plan, der sich über Jahre erstreckte, hatte nur ein Ziel: Das Vermögen des Stiftes St. Paul in das Privatvermögen der Familie Fürstberg zu überführen. Ein mit Akribie geplanter und mit Geduld ausgeführter Raub.

»Gut«, sagte Jakobus. Er schnappte sich noch ein letztes Stückchen Brot und wischte damit seinen Teller leer. »Das heißt, er hat das Geld. Wo ist sein Motiv?«

»Er hat das Geld eben nicht«, entgegnete Monika. »Es ist weg.«

»Wie, weg?«, fragte der Hofmeister.

»Das ist schief gegangen«, fuhr Monika fort »So richtig, wirklich, so voll im Arsch. In gerade diesem Moment fliegt dem Abt und dem Kollnitz das ganze Konstrukt um die Ohren.«

»Dem Kollnitz?«, fragte Jakobus.

»Bitte, wo ist das Geld hingekommen?«, fragte Pater Nemec noch einmal.

»Wenn man genau hinschaut, sieht man, wo das Geld ist, beziehungsweise war. Ein großer Teil ist an der Börse untergegangen. Irgendwelche Spekulationen. Die pure Gier«, sagte Monika. »Schaut so aus, als wäre es am Anfang gut gelaufen. Nur mit der Zeit war es nicht mehr so lustig. Es gab Verluste, und um die auszugleichen, hat die Stiftung neues Geld zugeschossen. Offensichtlich in der Hoffnung, dass die Gewinne das Minus wieder ausgleichen. Hat nicht funktioniert.«

»Du hast gesagt, das war der eine Teil vom Geld.« Pater Nemec keuchte vor Frustration.

»Den anderen Teil kann er nicht verwenden. Der ist in der Fürstberg Stiftung geparkt, und es gibt keine realistische Chance, das Geld da rechtzeitig herauszubekommen. Das würde ewig und drei Tage dauern, und die Zeit hat er nicht.«

»Deshalb hat er das Adelheidkreuz gestohlen und versucht, es an die Russen zu verkaufen, die sich oben in der Jagdhütte eingenistet haben«, sagte Jakobus. »Es muss so sein. Pater Bernhard ist dem Abt in die Quere gekommen, und das war sein Tod …« Er verstummte, denn im Licht, das aus der Küche drang, sah er Ernesto Valenti stehen.

16. Kapitel

1

Wie lange Ernesto Valenti schon in der Tür gestanden hatte, wollte er nicht verraten.

Ein Windstoß fegte durch das Cannabisfeld und hüllte die nächtlichen Gäste in den Geruch von Marihuana. Ernesto nahm sich von den Resten der Abendjause, die ihm Daliborka anbot. Alle schwiegen und sahen Ernesto zu.

»Spuckt es schon aus«, sagte die Bürgermeisterin zu Jakobus. »Valenti hat längst eins und eins zusammengezählt.«

»Herr Jesus, steh mir bei«, seufzte Jakobus und nahm den brennenden Joint von Pater Nemec entgegen. »Wenn er schon alles weiß, muss ich doch nichts sagen.«

»Geht davon aus, dass ich es eben noch nicht weiß«, sagte Ernesto und brach eine Kante vom Brot ab. »Ich weiß noch nicht, dass das Adelheidkreuz gestohlen wurde, und ich habe keine Ahnung davon, dass Pater Bernhard ermordet worden ist, und da ich weder das eine noch das andere weiß, kann ich auch keinen Zusammenhang zwischen diesen beiden Ereignissen, von denen ich ja keine Kenntnis habe, herstellen.«

»Na dann.« Jakobus nahm einen tiefen Zug aus dem Joint und gab ihn an Ernesto weiter. Der betrachtete die glimmende Spitze und reichte den Joint an die Bürgermeisterin, ohne einen Zug zu nehmen.

»Sie rauchen nicht?«, fragte die Bürgermeisterin.

»Heute nicht. Die Geschichte ist zu interessant, um sie mit vernebeltem Gehirn anzuhören«, sagte er und bekam gerade noch mit, wie Jakobus von Adelheid und ihren Goldstücken berichtete, die sie dem Stift St. Blasien übergab, um ein pompöses Vortragekreuz zu finanzieren.

»In dieser Geschichte hat sich die Bedeutung des Kreuzes also völlig verkehrt«, sagte Ernesto und zündete sich eine Zigarette an. »Vom Symbol der Auferstehung und der Erlösung wird es zum Symbol der Macht und der Unterdrückung.« Er stieß den Rauch durch die Nase aus.

»Der Unterdrückung?«, fragte der Altabt.

»Die Heilsgeschichte des einen ist immer die Unheilsgeschichte eines anderen.« Ernesto sah einen Moment in die Nacht hinaus. »Das heißt, das Kreuz wurde gar nicht wegen seines materiellen Wertes gestohlen, sondern wegen der Kreuzreliquie? Das kann ich nur schwer glauben.«

»Warum nicht? Im Mittelalter war die Reliquie wesentlich wichtiger als die Verzierung«, sagte Jakobus.

»Im Mittelalter konnte man mit der Reliquie auch noch sehr viel Geld verdienen«, gab Ernesto zurück.

»Und an diese Tradition will Espinosa anknüpfen«, sagte Jakobus. »Espinosa ist das Adelheidkreuz relativ egal. Aber er hat keinen Zweifel daran gelassen, wie wichtig die Kreuzreliquie für ihn ist.«

»Aber er hatte das Holz doch schon längst, wieso sollte er es stehlen?«, wandte Ernesto ein.

»Weil er es vor Pater Bernhard in Sicherheit bringen wollte«, sagte Jakobus. »Ich habe alles gelesen, was er dazu aufgeschrieben hat. Seiten um Seiten in seinem Laptop. Er ahnte etwas, etwas Schlimmes, aber genau konnte er es nicht benennen.«

»Espinosa, sagten Sie?«, fragte Ernesto.

»Kannst du das mit dem Siezen endlich lassen?«, fragte ihn die Bürgermeisterin.

»Meinetwegen«, sagte Ernesto. »Espinosa. José Maria Espinosa? Generalvikar des Opus Dei?«

»Woher …?«

»Ich habe ihn gerade interviewt«, sagte Ernesto, und Schweigen breitete sich aus. Ein schockiertes Schweigen, falls Schweigen diese Eigenschaft haben kann. »Der war bei der Einweihung des Hakenkreuzes auch dabei«, fuhr Ernesto fort.

»Einweihung würde ich das nicht nennen«, widersprach Pater Nemec.

»Ach, nicht? Es wurden Reden geschwungen, eine Messe gehalten, fehlte nur noch, dass man den heiligen Adolf anruft um seinen Beistand.«

»Valenti«, ermahnte ihn der Altabt.

»Wenn es wahr ist.«

»Aber was hat das mit dem gestohlenen Kreuz zu tun?«, fragte Monika.

»Seit wann hält sich dieser Espinosa im Kloster auf?«, fragte Ernesto.

»Das erste Mal, ich muss überlegen«, sagte der Altabt. »Ja, das ist schon ewig her.«

»Und das Hakenkreuz am Stiftskonvikt? Wann ist das aufgetaucht?«, fragte Ernesto.

»Es war schon immer da«, sagte Pater Nemec.

»Ich bin mir nicht mehr sicher«, meinte die Bürgermeisterin. »Ich bin doch auch hier zur Schule gegangen. Den Weg am Konvikt vorbei, den haben wir immer genommen, wenn wir es eilig hatten. An ein Hakenkreuz kann ich mich nicht erinnern.«

»Seht ihr?«, sagte Ernesto.

»Worauf willst du hinaus?«, fragte Jakobus.

»Das Adelheidkreuz verschwindet, und nur ein paar Tage später wird das Hakenkreuz mit einer Plexiglasscheibe zum Mahnmal erklärt?« Ernesto blies den Rauch seiner Zigarette aus.

2

Es dauerte ein paar Tage, bis das Brummen in Jakobus' Schädel aufhörte. Trotzdem hockte er auf dem Drehsessel in seiner

Bibliothek und durchsuchte das Internet, lud alte Bücher aus öffentlichen Archiven herunter und das eine oder andere auch von illegalen Webseiten.

Seine Geschäftigkeit war auf eine E-Mail zurückzuführen, die er heute Morgen in seinem Postfach gefunden hatte. Sie stammte von Ernesto Valenti.

»Lieber Pater Jakobus,

anbei ein paar Überlegungen, die es durch den Cannabisrauch dieses Abends nicht mehr geschafft haben. Ich möchte deine Aufmerksamkeit vor allem auf die Familiengeschichte des Abtes Fürstberg lenken, wenn mir das erlaubt ist. Sein Großvater, Josef, war ein Deutschnationaler und Mitglied der Nationalsozialistischen Partei. In Kärnten waren gerade die Deutschnationalen eigentlich immer extrem antiklerikal eingestellt. Es ist ungewöhnlich, dass jemand aus so einer Familie Pfarrer wird, geschweige denn zum Abt eines katholischen Klosters aufsteigt. Hat sich Maximilian von seiner Familie abgewandt? Nun, ich glaube nicht. Die folgende Linksammlung sollte dir erste Hinweise liefern, wie die Nazis und die Christen zusammengearbeitet haben. Arische Christen. Das ist eine sehr abwegige Geschichte, aber es gibt sie.

Herzliche Grüße

Ernesto«

Ernesto Valenti hatte ihm die Linksammlung zu den arischen Christen geschickt und eine zweite zum Engagement des Opus Dei im Franco-Regime und etliche weitere Verweise zur Verstrickung der katholischen Kirche mit faschistischen Regimen, angefangen bei den Nationalsozialisten bis hin zu den kroatischen Ustascha.

Eigentlich wusste Jakobus das alles, theoretisch, oberflächlich. In Wahrheit hatte er die Augen davor verschlossen, so gut es eben ging. Einzelne Vertreter der Kirche hatten Fehler gemacht, so hatte er es gelernt. Viele hatten sich aber auch gegen den Faschismus aufgelehnt, und in einer Welt, die der Sünde verfallen war, musste man damit rechnen, dass selbst jene, die im Verdacht der Heiligkeit standen, wie etwa der Papst höchstselbst, den Verlockungen des Satans nicht widerstehen konnten.

Doch was er hier las, war nicht die Geschichte einer gelegentlichen Verfehlung. Es war die Geschichte einer systematischen Kollaboration zwischen der Kirche als Institution und faschistischen Diktaturen auf der ganzen Welt. Bis in die unmittelbare Gegenwart.

Die Kirche sicherte ihre Macht ab, indem sie mit totalitären Führern kooperierte. Das lag in ihrer Natur, denn sie war selbst autoritär und diktatorisch. Alle Macht ging vom Papst aus, möglicherweise noch von der Kurie, aber sonst hatten alle zu gehorchen.

3

Am Abend in der Rabensteinkapelle fiel Jakobus der leere Platz zur Linken von José Maria Espinosa auf. Dort saß für gewöhnlich Altabt Severin, meist mit der Kapuze über dem Kopf, die betenden Hände zwischen den Knien. Aber der Altabt fehlte, und auch beim Nachtgebet war nichts von ihm zu sehen. Als der Platz beim Morgengebet immer noch verwaist blieb, wandte sich Jakobus an Pater Nemec, aber der konnte auch nicht sagen, wo der Altabt geblieben war.

In seiner Wohnung war er nicht. Im Kleiderkasten klafften zwei leere Regalfächer. Der Altabt hatte ein paar Sachen gepackt. Koffer oder Taschen fanden sie keine. Der Kühlschrank war leer und ausgeschaltet.

Jakobus ging zu Monika in die Verwaltung, aber die wusste

auch nichts. Der Altabt hatte sich nicht bei ihr abgemeldet und auch keine Adresse hinterlassen.

»Verständigen wir die Polizei?«, fragte Jakobus, als sie zum zweiten Mal in der Wohnung des Altabts standen.

»Selbst ein Mönch, selbst ein Altabt kann kommen und gehen, wie und wohin er will«, sagte Pater Nemec.

»Aber du hast einen Verdacht?«

»Es würde mich sehr wundern, wenn er sich nicht in Richtung Kroatien aufgemacht hätte«, sagte Pater Nemec, aber mehr wollte er dazu nicht verraten.

4

Der Tipp war von Daliborka gekommen. Beim Kaffee am Nachmittag hatte sie sich über die Theke im Vorraum der Küche gebeugt und gesagt, sie hätte ihnen zwei Mitteilungen zu machen. Erstens habe der Abt heute ein Jausenpaket bestellt. Ein exklusives Jausenpaket mit geräuchertem Lachs und Kaviar. Dazu Champagner und Erdbeeren. Sie sollte alles einpacken und im Kofferraum von Kollnitz' Geländewagen verstauen. Also könne man davon ausgehen, dass die Party nicht im Kloster stattfinden würde.

Jakobus, Pater Nemec und der Bruder Botanikus hatten nicht lange gebraucht, um ihre Schlüsse zu ziehen. Die Russen auf der Jagdhütte. Es konnte gar nicht anders sein. So schnell waren sie aufgesprungen, dass sie Daliborkas zweite Offenbarung beinahe gar nicht mitbekommen hätten.

»Ich lasse mich scheiden«, hatte Daliborka gesagt.

»Dann verlierst du deinen Job. Der Abt wird dich feuern«, hatte Pater Nemec geantwortet, und Daliborka hatte die Schultern leicht hochgezogen. »Wir haben acht Millionen, und wenn der Abt erst weg ist, stellt ihr mich sowieso wieder ein.«

Wenig später rasten sie über die schmale Straße den St. Vinzenzer Stausee entlang. Pater Nemec bog in einen Waldweg kurz vor der Abzweigung zum Jagdhaus ein und schaltete noch während der Fahrt die Lichter aus.

Die Terrasse des Jagdhauses lag im Halbschatten. Die Gesichter der Anwesenden wurden vom Feuerschein aus den Eisenbecken erhellt, und manchmal wehte ein Auflachen zu Jakobus, Pater Nemec und dem Botanikus herüber. Die hockten in den Haselnussstauden und beobachteten, wie drei schwarze SUVs den Kiesweg zur Jagdhütte entlangrollten und gemächlich zum Stehen kamen.

Die Seitentüren gingen auf, und junge Frauen in engen Kleidern stiegen aus. Sie balancierten in ihren hochhackigen Schuhen über den ungemähten Rasen und die Steinstufen der Terrasse.

Jakobus starrte die Frauen an, und gleichzeitig spürte er etwas an seinem Unterschenkel. Eine Zecke, mit Sicherheit. Aber er konnte jetzt nicht nachsehen. Sollte sie ihn doch beißen.

Die Frauen stöckelten donnernd über den Bretterboden, und ihre Ringe und Halsketten zauberten Lichtreflexe. Ein Mann in T-Shirt und kurzer Hose kam auf sie zu, fasste eine beim Arm und drückte ihr ein Glas in die Hand. Den Mann kannte Jakobus nicht, aber der Bruder Botanikus meinte, dass er einer von jenen sei, die sie schon beim letzten Mal beobachtet hatten. Auch dauerte es nicht lange, bis ein bekanntes Gesicht auftauchte. Mit über der Brust geöffnetem Hemd, eine Zigarre in der Hand, trat Abt Maximilian Fürstberg ins Freie, und hinter ihm folgten Kollnitz und Espinosa. Espinosa trug nicht wie sonst immer einen Anzug, sondern steckte in eng anliegenden Jeans und einem T-Shirt mit dem Emblem des Opus Dei.

Besonders lange dauerte es nicht, bis die erste Frau ihre Bluse verlor und halbnackt auf dem Schoß des Abtes saß. Er hielt sie mit einem Arm von hinten umfangen, und mit der anderen versuchte er, ihr Champagner einzuflößen. Was aber misslang, und so hatte er einen Vorwand, um ihr über die Brüste zu lecken. Auch Espinosa hatte es sich in einem der weit ausladenden Korbmöbel gemütlich gemacht. Von ihrem Versteck aus konnten die drei Mönche sehen, wie zwei nicht mehr ganz bekleidete Frauen Espinosa mit Kaviar fütterten. Dabei lachten sie und krümmten sich vor Heiterkeit und rieben sich an Espinosa, dessen T-Shirt zunehmend verrutschte, sodass sein behaarter Bauch sichtbar wurde.

5

Viele Fotos waren verwackelt und unscharf. Die Videos zogen Schlieren, und der Ton setzte manchmal aus. Die spitzen Schreie der Frauen waren dennoch gut zu hören, und die Bewegungen der Körper in der Nacht ließen keinen Zweifel daran, was sich in und um die Jagdhütte abgespielt hatte. Der Bruder Botanikus war gedeckt von der Finsternis ganz nahe an die Terrasse vorgedrungen und hatte einen Mann mit mächtigem Bart und voluminösem Bauch bis an die Rückseite des Hauses verfolgt.

Es war ihnen allen ein bisschen unbehaglich zumute, als sie sich um den Tisch vor dem Cannabisfeld versammelt hatten und die Bilder betrachteten. Vor allem Jakobus fand, man konnte das doch den drei Frauen nicht zumuten.

»Ich habe schon Schlimmeres gesehen«, sagte die Bürgermeisterin. »Und gemacht«, fügte sie hinzu. Sie lachte, als sie Jakobus' Gesicht sah. »Ich war zwei Mal verheiratet und bin zwei Mal geschieden. Was glaubst du, wollten die Männer von mir?«

»Aber …«, wandte Jakobus ein.

»Wir müssen uns das auch nicht im Detail ansehen«, meinte Pater Nemec. »Wenn dich das beunruhigt. Es ist auch so überaus deutlich, was hier passiert ist.«

»Wenn wir Valenti diese Fotos zeigen, ist der Abt geliefert«, sagte Monika. Sie saß neben Jakobus. Ihre Körper berührten einander beinahe, und sie rückte noch ein Stück näher an ihn heran, als sie mit ausgestrecktem Finger auf ein Foto zeigte, auf dem der Abt zu sehen war. Das heißt, von Maximilian Fürstberg war genau genommen nur das linke Knie und ein Teil des Gesichts zu erkennen. Der Rest von ihm verschwand unter den Leibern nackter Frauen.

»Darüber sollten wir noch einmal nachdenken, bevor wir gleich unser ganzes Pulver verschießen«, meinte Pater Nemec.

»Damit werden wir vielleicht den Abt los«, gab ihm die Bürgermeisterin recht. »Aber haben wir damit erreicht, was wir wollten? Wäre es nicht besser, ihn direkt damit zu konfrontieren?«

»Vergessen wir Espinosa nicht«, warf Jakobus ein.

»Was ist mit Espinosa?«, fragte die Bürgermeisterin.

»Was Jakobus meint«, sagte Pater Nemec, »wir wissen nicht, wie tief Espinosa in die Sache verstrickt ist. Hat er etwas mit dem Verschwinden des Adelheidkreuzes zu tun? Mit dem Mord an Pater Bernhard?«

»Ganz sicher sogar«, sagte Jakobus.

»Wir haben die Munition, feuern sie aber nicht ab?«, fragte Monika.

»Haben wir die Munition?«, fragte Pater Nemec.

»Na ja, ich meine …« Monika zeigte auf ein Bild nach dem anderen.

»Wir haben keine Ahnung, was da überhaupt passiert ist«, meinte Pater Nemec.

»Ein Orgie«, mischte sich Daliborka ein, die ein Blech mit Kuchen aus der Küche brachte. »Ich wüsste nicht, wie sich da irgendwer irgendwie herausreden könnte.«

»Das stimmt schon«, gab ihr die Bürgermeisterin recht, und sie war die Erste, die sich ein Kuchenstück schnappte. »Aber wir haben keine Ahnung, wer die anderen Leute waren. Russen, vermutlich. Aber was haben die hier verloren? Sind die nur zum Vögeln gekommen?«

»Das Adelheidkreuz«, insistierte Jakobus und bediente sich ebenfalls am Kuchen. »Die Russen sind hier, um das Adelheidkreuz zu kaufen, und der Kerl mit dem langen Bart ist ein orthodoxer Geistlicher.«

»Durchaus möglich«, meinte die Bürgermeisterin.

In eben diesem Moment fiel ein Schuss.

Im Wohnzimmer von Abt Maximilian Fürstberg durchschlug ein Projektil den linken Hoden des Abtes und bohrte sich daraufhin in den jahrhundertealten Parkettboden.

17. Kapitel

1

Abt Maximilian Fürstberg lebensgefährlich verletzt
von Ernesto Valenti

Gestern Nacht gegen 1 Uhr 30 ereignete sich im Wohntrakt der Abtei St. Paul ein folgenreicher Vorfall. Laut Angaben der Polizei wurde Abt Maximilian Fürstberg (63) durch einen Schuss am Unterleib verletzt. Die Wunde war so gravierend, dass Fürstberg bis zum Eintreffen des Rettungsteams um etwa 1 Uhr 50 schon das Bewusstsein verloren hatte. Der Notarzt ordnete eine sofortige Überstellung in das Krankenhaus Wolfsberg an.
Laut Angaben des Stiftes befindet sich Abt Fürstberg derzeit auf der Intensivstation und ist nicht ansprechbar. Dass weitere Operationen in den nächsten Tagen notwendig sein werden, kann nicht ausgeschlossen werden. Wie es zu dem Vorfall kam, ist noch weitgehend ungeklärt. Nach ersten Informationen befanden sich zum Zeitpunkt des Schusses noch mindestens zwei weitere Personen in den Wohnräumlichkeiten des Abtes. Einer davon konnte als Eberhard Kollnitz, bekannter Unternehmer und langjähriger Vertrauter des Abtes, identifiziert werden. Über die zweite Person ist noch nichts bekannt. Kollnitz war zu einer Stellungnahme gegenüber der Kärntner Tagespost nicht bereit.

2

Vor und nach dem Mittagsgebet in der Rabensteinkapelle tuschelten die Mönche und Novizen, aber niemand wagte es, sich Pater Nemec zu nähern, der als Hofmeister nun die interimistische Leitung des Klosters innehatte. Nach dem Ende des Gebets stand er auf und verließ gemeinsam mit Jakobus die Kapelle. Am Eingang kam ihnen Espinosa entgegen.

»Hören Sie, Pater Nemec«, sagte Espinosa. »Es gibt wichtige Dinge zu besprechen.«

»Ich wüsste nicht, was«, entgegnete Pater Nemec.

»Dinge, die den Fortbestand des Stiftes betreffen.«

»Dann reden Sie.«

»Nicht hier, nicht vor allen Leuten.«

Pater Nemec bedeutete, ihm zu folgen, und sie verschwanden zu dritt durch den Hinterausgang Richtung Innenhof und steuerten auf das Büro des Hofmeisters zu.

»Ist es wirklich nötig, dass wir das zu dritt besprechen?«, fragte Espinosa, der sich im Besuchersessel niederließ.

»Was ich weiß, weiß auch Pater Jakobus«, antwortete Pater Nemec. »Was ist in dieser Nacht wirklich vorgefallen?«

»Das haben Sie schon in der Zeitung gelesen«, wehrte Espinosa ab.

»Das Jagdgewehr ist nicht von alleine losgegangen«, insistierte Pater Nemec. »Jemand hat es in der Hand gehabt und …«

»Er hat es geputzt.«

»Mitten in der Nacht?«, fragte Jakobus.

»Man kann einem erwachsenen Mann nicht vorschreiben, wann er sein Gewehr reinigt«, entgegnete Espinosa.

»Hören Sie doch auf mit diesem Unfug«, fuhr ihn Jakobus an. »Sie stecken bis zum Hals in dieser Geschichte drin. Ich würde mich nicht wundern, wenn Sie auf den Abt geschossen hätten.«

»Ich? Ich wüsste doch nicht einmal … Was glauben Sie überhaupt von mir? Ich bin genauso schockiert wie Sie. Auf einmal hatte er das Gewehr in der Hand, und sie haben einander angeschrien. So laut, dass ich gar nichts verstanden habe.«

»Wer hat geschossen?« Jakobus stand direkt über ihm.

»Ich kann nicht …« Espinosa atmete heftig.

»Wenn das so schwer ist, beginnen Sie eben mit dem, was Sie mir ohnehin sagen wollten«, meinte Pater Nemec mit ruhiger Stimme.

»Ja, da wir nicht wissen, wie lange der verehrte Abt unfähig sein wird, seine Amtsgeschäfte zu erfüllen, und da wir uns durch den Diebstahl des Adelheidkreuzes in einer überaus prekären Lage befinden, muss ich Sie um Ihre Mithilfe bitten. Jahre der Arbeit und des Leidens sind ins Land gegangen, und das alles könnte nun wegen«, er zögerte, »dieses Unfalls in Gefahr sein. Wir müssen unsere Kräfte bündeln.«

Er verschränkte die Hände. »Gegen das Böse ankämpfen, das sich unter uns breitgemacht hat.«

»Hören Sie auf, um den heißen Brei herumzuschleichen wie eine Katze«, sagte Pater Nemec. »Reden Sie.«

»Na gut«, meinte Espinosa. »Die Zeit drängt. Bis zum 14. September, zum Fest der Kreuzerhöhung, muss das Adelheidkreuz wieder hier sein. Denn an diesem Tag kommen Geldgeber aus der ganzen Welt nach St. Paul, um mit uns gemeinsam den Beginn einer neuen Bewegung zu feiern.«

»Es geht um die Kohle«, warf Jakobus ein.

»Das Geld ist in einer Welt des Teufels das notwendige Mittel, um das Heil herbeizuführen«, belehrte ihn Espinosa.

»Wo ist das Adelheidkreuz?«, fragte Jakobus.

»Wenn ich das wüsste, würde ich nicht hier sitzen«, entgegnete Espinosa. »Das eben ist unsere gemeinsame Aufgabe.«

»Haben Sie wenigstens eine Vermutung?«, fragte Jakobus.

»Ich weiß es nicht« gab Espinosa zurück. »Ich weiß nur, Pater Bernhard hat das Kreuz aus dem Grab entfernt und an einem anderen Ort versteckt.«

3

»Espinosa ist ein Idiot«, sagte Pater Nemec, als er aus dem Auto stieg. »So eine haarsträubende Geschichte. Pater Bernhard. Dass ich nicht lache.«

»Ganz von der Hand zu weisen ist es nicht«, widersprach Jakobus. »Bernhard war besessen von diesen Kreuzreliquien, und er wollte sie ganz sicher nicht Espinosa überlassen.«

Die Schiebetür zum Foyer des Landeskrankenhauses Wolfsberg glitt vor ihnen auf. An einer an die Wand geschraubten Tafel studierten sie die Wegweiser und folgten den Bodenmarkierungen Richtung Unfallchirurgie.

»Es ist ein Ablenkungsmanöver«, sagte Pater Nemec.

»Seine Erklärung klang zumindest nicht völlig abwegig. Gemessen an seinen sonstigen Ideen«, wandte Jakobus ein.

»Wäre er kein hochrangiger Vertreter einer der wichtigsten Organisationen der katholischen Kirche, man würde sich durchaus fragen, ob sein Geisteszustand … Ob er völlig durchgeknallt ist, würde man sich fragen«, versetzte Pater Nemec.

Jakobus entdeckte den Namen des Abtes und steuerte auf die Zimmertür zu. Schon als er sie öffnete, hörte er Ernestos Stimme.

»Ich biete Ihnen die Gelegenheit, zu den Gerüchten Stellung zu nehmen. Die anderen Medien werden einfach schreiben, dass Sie sich im Suff einen Hoden weggeschossen haben.«

»Die werde ich alle klagen«, ächzte Fürstberg und versuchte, sich im Bett aufzurichten.

»Mit dem Erfolg, dass die Geschichte für Wochen und Monate in der Öffentlichkeit breitgetreten wird«, sagte Ernesto. »Geben Sie mir ein Exklusivinterview, und die Sache ist vom Tisch.«

»Es war ein Unfall«, sagte der Abt.

»Das nehme ich Ihnen nicht ab. So ungeschickt sind nicht einmal Sie. Mit einer Pistole, meinetwegen. Aber mit einem Gewehr? Wie haben Sie das angestellt?«

»Lass ihn in Ruhe«, fuhr Jakobus dazwischen. »Er ist doch noch gar nicht bei Sinnen.«

»Fit genug, um mich anzulügen«, gab Ernesto zurück. »Ich habe meine Geschichte auch so, ich wollte nur höflich sein.« Er packte seinen Schreibblock ein.

Jakobus folgte ihm und holte ihn am Gang ein. »Du wirst das doch nicht schreiben?«

»Dass der Abt des Stiftes St. Paul sich auf dem Weg der Besserung befindet und die polizeilichen Ermittlungen eingestellt worden sind, weil es keinen Hinweis auf Fremdeinwirkung gibt? Ja, das werde ich schreiben, weil mir vorerst nichts anderes übrigbleibt. Aber das ist ein riesengroßer Haufen Scheiße, und das weißt du auch. Vermutlich weißt du auch schon, wer geschossen hat, und warum.«

»Das hilft uns nicht weiter«, sagte Jakobus.

»Und ob. Aber das muss ich dir nicht erklären. Du bist nicht dumm. Du fürchtest dich nur, es könnte in der Zeitung stehen.«

»Ist diese Befürchtung so unberechtigt?«

»Hör zu. Ich werde über das eine oder andere schreiben. Früher oder später. Über den Abt, der sich selbst kastriert hat, nachdem er mindestens fünf Kinder in die Welt gesetzt hat. Ein später Akt der Einsicht.«

Jakobus holte Luft, aber Ernesto stoppte ihn mit erhobener Hand. »Über den mysteriösen Tod von Pater Bernhard? Unbedingt. Sobald sich etwas Neues ergibt, und das wird es.«

4

Sie hatten sich im Vorraum der Küche zusammengefunden. Die grellen Neonlichter über dem Herd waren erloschen, und nur schwach hing der Geruch nach Gebratenem in der Luft. Daliborka schob die Tassen unter die Kaffeemaschine und drückte auf die Knöpfe, ließ aber keine Sekunde den Tisch aus den Augen, an dem Pater Nemec, Jakobus und der Bruder Botanikus auf der einen und die Stiftssekretärin und die Bürgermeisterin auf der anderen Seite Platz genommen hatten.

»Wir befinden uns im Moment im Vorteil«, sagte Pater Nemec. »Der Abt hat mir offiziell die Amtsgeschäfte übertragen, obwohl ihm das gar nicht gefällt. Er wird sicher noch eine Woche im Krankenhaus bleiben, und damit haben wir ein bisschen Zeit gewonnen.«

»Wofür?«, fragte die Bürgermeisterin.

»Für die genaue Untersuchung der Geschäftspraktiken der Holding zum Beispiel«, antwortete Pater Nemec.

»Ich habe herausgefunden, wo ein Teil des Geldes hinfließt«, sagte die Stiftssekretärin.

»Nach Panama?«, fragte der Bruder Botanikus.

»Nach Russland.«

»Warum das?«, fragte Jakobus.

»Ich nehme an, das ist fast so gut wie Panama. Also, bis der Krieg angefangen hat zumindest. Dort, auf irgendwelchen Konten auf irgendwelchen Privatbanken, vermutet kein Mensch so einen Haufen Geld«, sagte Monika.

»Wie viel?«, wollte die Bürgermeisterin wissen.

»Uhh. Es waren einmal fünfundsiebzig Millionen. Auf diesem einen Konto, das ich gefunden habe.«

Daliborka pfiff laut, als sie die Tassen hinstellte.

»Waren«, betonte die Stiftssekretärin. »Es ist nichts davon übrig. Das ist überall das gleiche Spiel. Das Geld wurde aus den Betrieben des Stiftes abgezogen. Immobilien wurden verkauft. Meist unter dem eigentlichen Wert, wenn ihr mich fragt, und meist an Verwandte oder Freunde des Abtes. Seine Schwester hat eine ganze Menge Felder entlang der Bahnlinie gekauft und vermutlich mittlerweile an die Bahngesellschaft oder den Staat oder was weiß ich an wen weiterverkauft. Mit Gewinn, nehme ich an.«

»Gibt es irgendwelche Nachrichten vom Altabt?«, wandte sich der Hofmeister an den Bruder Botanikus.

»Er hat einen Brief geschrieben.« Der Bruder Botanikus zog ihn aus der Brusttasche und entfaltete ihn. »Keine E-Mail, kein Anruf. Ein Brief. Liebster Franz, steht da. Liebste Freunde und Mitbrüder, uns geht es gut, soweit es die Umstände hier in dieser kargen Unterkunft erlauben. Die Abgeschiedenheit bringt einige Einschränkungen mit sich. Hier in dieser Klause an der Donau habe ich auch unseren Mitbruder Stephanus wiedergefunden und – du wirst es nicht glauben – den alten Umberto. Erinnerst du dich noch an Umberto? Er war einst der Bibliothekar des Klosters in St. Paul. Nun, da warst du noch ein Kind. Oder? Nein, du warst noch nicht einmal geboren. Aber Umberto weiß Bescheid. Ja, er kennt die Geschichte besser als jeder andere von uns, auch wenn ihn das Alter schon sehr quält. Wir haben doch alle längst das Alter erreicht, in dem wir ein weiches Bett dem harten Boden als Schlafstätte vorziehen.«

»Geht das noch länger so?«, warf Jakobus ein.

»Drei Seiten. Zusammengefasst: Sie kommen zurück. Alle drei. Der Altabt, Pater Stephanus und dieser Umberto. Sie haben das Adelheidkreuz nicht, aber sie haben ein paar Vermutungen.«

Die Tür zum Gang krachte gegen die Wand, und Eberhard Kollnitz baute sich vor dem Tisch auf. Ein paar Augenblicke sagte niemand etwas. Daliborka reichte dem Neuankömmling einen Teller mit einem Stück Kuchen. »Möchten Sie einen Kaffee dazu, oder lieber gleich einen Whisky?«

»Ich will mit Ihnen alleine sprechen.« Er sah Pater Nemec an.

»Reden Sie«, antwortete Pater Nemec.

»Nicht vor ihr.« Kollnitz deutete mit ausgestrecktem Zeigefinger auf die Bürgermeisterin.

»Glauben Sie, ich könnte etwas hören, was unsere Geschäfte beeinträchtigen würde? Oder ich könnte etwas sagen, was Sie diskreditieren könnte? Zum Beispiel, dass Sie mir erst gestern die Grundstücke für den Technologie-Park zum Verkauf angeboten haben. Jene Grundstücke, die mir der Abt partout nicht verkaufen wollte?«, sagte die Bürgermeisterin.

»Davon weiß ich gar nichts«, sagte Pater Nemec.

»Bin noch nicht dazu gekommen, die neuesten schmutzigen Tricks unseres Freundes hier auszuplaudern. Wie ist das gelaufen? Das Stift musste das Lösegeld aufbringen, und Sie sind als edler Retter eingesprungen? Als Gegenleistung gab es die Grundstücke? Die Grundstücke gehören Ihnen noch gar nicht. Ich habe im Grundbuch nachgesehen.«

»Daran ist nichts Verwerfliches.«

»Nein?«

»Ein sauberes Geschäft«, sagte Kollnitz.

»Was wollen Sie hier?«, fragte Pater Nemec.

»Ich möchte sichergehen, dass Sie als interimistischer Verwalter des Stiftes keine unüberlegten Schritte setzen.«

»Wie kommen Sie darauf, ich hätte dazu den geringsten Anlass?«, fragte Pater Nemec.

»Halten Sie mich nicht für dumm. So wie Sie hier zusammensitzen, das ist eine Bestätigung aller Befürchtungen, die ich schon seit Langem hege.«

»Sie waren an jenem Abend in den Räumlichkeiten des Abtes«, mischte sich Jakobus ein.

Kollnitz fuhr zu ihm herum.

»Sie haben geschossen«, setzte Jakobus nach. »Die Frage ist nur, warum?«

»Was erlauben Sie sich?«

Jakobus biss von einem Stück Kuchen ab. »Es ist völlig zwecklos zu leugnen.«

»Mein verehrter Freund hat sich selbst …«

»Völlig unmöglich«, fuhr ihm Jakobus dazwischen. »Nicht mit einem Gewehr.«

Kollnitz schwieg.

»Außer Ihnen und Espinosa war niemand da, und Espinosa … Ich bitte Sie.«

Mit einem Knurren drehte sich Kollnitz wieder um und kam ganz nah an den Tisch, stützte seine Hände auf die Lehne eines Stuhles und neigte sich nach vorne. »Was wollt ihr jetzt machen?«, fragte er. »Mich anzeigen? Ich werde dieses Stift vernichten. Das schwöre ich euch. Ich weiß, was euer Abt getan hat, und wenn das an die Öffentlichkeit kommt, wird euer Stift aufgelöst, und ihr alle verliert euer Dach über dem Kopf.«

»Da …«, begann Jakobus, überlegte es sich aber sofort wieder anders. Kollnitz täuschte sich, aber das musste man ihm ja nicht auf die Nase binden.

»Sie werden nicht lange brauchen, um zu begreifen, was hier wirklich gespielt wird«, fuhr Kollnitz fort. »Wenn Sie mich anzeigen, fliegt alles auf.«

»Was, wenn wir es nicht tun?«, fragte die Bürgermeisterin.

»Dann ist alles in Ordnung.«

»Das heißt?«

»Na, was soll das schon heißen?«

»Sie helfen dem Stift aus der Patsche.«

»Wie soll das gehen?«, fragte Kollnitz.

»Es wird dem Stift nicht den Arsch retten, aber es ist ein Anfang. Sagen wir, was auch immer das Stift Ihnen schuldet, ist hinfällig«, meinte die Bürgermeisterin. »Monika«, sie nickte der Stiftssekretärin zu, »wird herausfinden, um welche Summen es genau geht, und es wäre hilfreich, wenn jemand von Ihrer Firma die nötigen Unterlagen vorbereiten würde.«

»Wie bitte?«

»Sie haben mich verstanden. Und wenn wir schon dabei sind. Sie überschreiben der Marktgemeinde St. Paul diese verdammten Grundstücke, damit wir diesen verdammten Technologie-Park bauen können.«

»Welche Sicherheit habe ich?«

»Wir werden die Papiere vorbereiten«, sagte die Bürgermeisterin. »Sie machen dem Stift eine großzügige Schenkung aus langjähriger Verbundenheit und tiefem Glauben. Das schreiben wir so in die Urkunden, lassen das alles von einem Notar beglaubigen, und im Gegenzug versprechen wir, Sie nicht wegen schwerer Körperverletzung und versuchtem Mord an Abt Maximilian Fürstberg anzuzeigen.«

»Ja, aber …« Kollnitz verstummte, und nach einer Weile fasste er sich mit der Hand ins Gesicht, schloss die Augen und nickte.

18. Kapitel

1

»Der Pressesprecher der Diözese hat gestern angerufen«, sagte Ernesto und warf den Ball in Richtung Wiese. Lola hetzte dem Ball hinterher. Betty blieb liegen und beobachtete den jungen Labrador, wie er den Ball aufnahm, in die Luft warf und wieder auffing. Erst dann brachte Lola den Ball zu Ernesto zurück, wollte ihn aber nicht hergeben.

»Was hat er denn Schönes erzählt, der Pressesprecher?«, wollte Sonja wissen, die auf einem Hocker vor ihrer Werkstatt saß und Apfelsaft trank.

»Wenig«, meinte Ernesto und wand dem Hund den Ball aus dem Maul. »Er hat mich weiterverbunden zum Bischof.«

»Oh«, machte Sonja und lachte, weil Lola sich überschlug, als sie den Ball mit dem Maul auffing, aber nicht rechtzeitig stoppen konnte.

»Ja, oh, ganz genau. Weißt du, das sind alles sehr zivilisierte Leute in der katholischen Kirche. Kein Geschrei, keine Drohung. Na ja, Fürstberg hat mir vielleicht ein bisschen gedroht, aber kein Vergleich zu den herkömmlichen Politikern.« Ernesto hob den mit Hundespucke durchtränken Ball hoch und warf ihn Betty zwischen die Füße. Die sah ihn erstaunt an, biss hinein und ließ ihn auch nicht wieder los. Selbst als sich Lola wie wild auf sie stürzte.

»So ein junger Hund ist fantastisch«, sagte Ernesto. »Sie wird Betty so richtig aufscheuchen. Damit sie auf ihre alten Tage noch einmal …«

»Was hat der Bischof gesagt?«, unterbrach Sonja ihn.

»Da wäre noch eine Stelle frei, hat er gesagt.«

»Als Pressesprecher?«, riet Sonja.

»Kaum. Das ist ihnen zu riskant. Ich könnte mir etwas aussuchen, etwas Ruhiges, Lukratives. Wenn ich nicht über St. Paul schreibe und auch nicht über José Maria Espinosa und schon gar nicht über das Adelheidkreuz.«

»Und?«

Ernesto kraulte Lola am Bauch und ließ sich von ihr beknabbern. Betty sah zu und peitschte freundlich mit dem Schwanz.

»Ich verstehe diese Leute nicht«, sagte Ernesto. »Da sagen sie, dieses und jenes ist heilig, und dann scheißen sie drauf. Sie sagen, sie widmen ihr Leben dem Gebet und der Nächstenliebe, und dann scheißen sie drauf.«

»Das hast du aber nicht dem Bischof gesagt«, meinte Sonja.

»Er hat mich einen Nihilisten genannt. Ich habe ihm geantwortet, dass es mir egal ist, ob er mich für einen Nihilisten oder einen Nudisten hält. Ich bin beides nicht«, sagte Ernesto.

Ernesto beugte sich zu Lola hinunter, die auf dem Rücken lag und sich den Bauch streicheln ließ. »Weißt du, diesen Josemaría Escrivá, den Gründer des Opus Dei, den haben sie heiliggesprochen.«

»Wundert dich das?«

»Hast du schon einmal von den Niños robados gehört? Von den verlorenen Kindern?« Ernesto stand auf und überließ die Hunde sich selbst. Sonja zündete eine Zigarette an und reichte sie ihm.

»Die Niños robados waren Kinder, die unter den Franco-Faschisten ihren Müttern weggenommen und an systemtreue Familien weitervermittelt oder verkauft wurden. Die Zahlen sind nicht ganz eindeutig, aber wir sprechen von etwa 300 000 Kindern zwischen 1936 und 1977. Oft als Babys entführt und in Waisenhäusern aufgezogen, zu Parteisoldaten ausgebildet und als billige Arbeitskräfte missbraucht. Wenn du so etwas durchziehen willst, brauchst du eine straffe Organisation, verlässliche Leute, harte Leute. Und wo findest du die?«

»Im Opus Dei?«, sagte Sonja.

»Ganz genau. Im Opus Dei, und der Vatikan hat nichts Besseres zu tun, als den Gründer dieser Organisation heilig zu sprechen.«

2

Die Bänke in der Rabensteinkapelle waren gut gefüllt. Es fehlte kein einziger Mönch, kein einziger Novize. Abt Fürstberg war in einer einfachen Kutte erschienen, hatte sich am Stock zu seinem Platz geschleppt. Nun rastete er, hielt die Hände über dem Stockknauf gefaltet und das Gesicht gesenkt.

»Lasset uns beten«, sagte er nach einer Weile, und alle sprachen das Vaterunser. »Nach mehr als zwei Wochen bin ich wieder zurück«, fuhr Fürstberg fort. »Ich habe euch hier versammelt, um euch mitzuteilen, dass ich die Amtsgeschäfte wieder übernehme.«

»Nicht so schnell«, meldete sich Pater Nemec und stand auf. »Noch habe ich die Leitung dieser Abtei inne, und ich bin nicht bereit, sie wieder an unseren vormaligen Abt Fürstberg zurückzugeben.«

»Das ist doch …«, begehrte Fürstberg auf, aber sein Protest ging im Gemurmel und Raunen der Mönche unter. »Still jetzt«, herrschte er die Anwesenden an. »Mit meiner Rückkehr geht die Verantwortung für das Kloster automatisch auf mich über, und du.« Er zeigte mit ausgestrecktem Arm auf den Hofmeister. »Du wirst dich für deine Subordination zu verantworten haben.«

»Nein.« Pater Nemec trat in die Mitte des Raumes und wandte sich an die Mönche. »In den letzten Monaten ist das Chaos über diese Abtei hereingebrochen«, sagte er. »Ich muss es euch nicht aufzählen. Das Adelheidkreuz, der Tod Pater Bernhards und die wirtschaftliche Situation des Klosters. Der Abt plündert uns aus, und wir müssen jetzt etwas dagegen unternehmen. Jetzt. Nicht in ein paar Tagen, nicht in ein paar Wochen, sondern heute. Ich rufe euch daher zu einer außerordentlichen Wahl auf. Hiermit fordere ich Maximilian Fürstberg heraus.«

Fürstberg lachte. Aber außer ihm lachte niemand. »Das kannst du nicht einfach so. Das ist gegen die Statuten unseres Ordens«, sagte er und stemmte sich mithilfe seines Stockes in die Höhe.

»Wenn alle damit einverstanden sind, können wir jederzeit eine Abtwahl abhalten«, entgegnete Pater Nemec. »Ich bitte euch, es geht um unsere Existenz. Es ist Gefahr im Verzug.«

»Was soll das heißen? Gefahr im Verzug?«, meldete sich der Novize Andreas.

»Das ist alles nur blödes Gerede«, sagte Fürstberg. »Unserem lieben Pater Nemec ist die Verantwortung zu Kopf gestiegen. Zeit, dass er wieder davon entbunden wird.«

»Die Geschäftsberichte zeigen, dass wir zahlungsunfähig sind«, sagte Pater Nemec. »Meinen Informationen zufolge hat unser Mitbruder Maximilian Fürstberg deshalb das Adelheidkreuz entwendet. Er versucht gerade, es an russische Kunsthändler zu verkaufen.«

Wieder großes Geraune unter den Mönchen und mitten hinein Abt Fürstbergs wütender Aufschrei: »Lächerlich. Absolut lächerlich.«

»Du kannst die Abstimmung nicht verhindern«, sagte Pater Nemec. »Alle sind dafür. Oder ist jemand dagegen?«

Niemand hob die Hand.

»Diese Abstimmung ist ungültig«, fauchte der Abt. »Ich weigere mich …«

»Still jetzt«, fuhr ihm Pater Nemec über den Mund. »Jeder Mönch besitzt eine Stimme. Wir werden nicht länger warten.«

»Ich warne euch«, sagte der Abt. »Meuterei wird in unserem Orden nicht geduldet. Ihr werdet alle schwer bestraft werden. Das kann ich euch versichern.«

»Wer ist dafür, dass ich hinfort die Leitung dieser Abtei in wirtschaftlichen und religiösen Belangen übernehme?«, fragte Pater Nemec.

Wieder wurde getuschelt. Die Mönche steckten die Köpfe zusammen. Erste Hände gingen in die Höhe. Jakobus zählte mit. Fünfzehn, ihn mitgerechnet. Das reichte nicht. Nun waren es siebzehn und immer noch viel zu wenige.

Am Ende fehlten zwei Stimmen. Der Abt belegte Pater Nemec umgehend mit einem Schweigegebot und entzog ihm alle Befugnisse. Pater Nemec war nicht mehr für die Verwaltung des Stiftes zuständig. Das übernahm Abt Fürstberg selbst.

3

Tumult im Kloster St. Paul

Nach einer Schussverletzung befindet sich Abt Fürstberg auf dem Weg der Besserung. Gerüchte besagen, das Stift St. Paul habe mit erheblichen Turbulenzen zu kämpfen. Es gehe um das wirtschaftliche Überleben.

von Ernesto Valenti

Im Kloster St. Paul häufen sich seltsame Vorfälle. Zu Pfingsten starb der langjährige Kustos der Kunstsammlung Pater Bernhard. Dem Totenschein zufolge soll Pater Bernhard an Herzversagen gestorben sein. Es gibt jedoch Hinweise, dass die Umstände des Todes nicht restlos geklärt sind. Ermittlungen gibt es laut Kriminalpolizei aber derzeit nicht.

Sehr wohl ermitteln die Staatsanwaltschaft und die Polizei allerdings im Fall Abt Maximilian Fürstberg. Erst vergangene Woche wurde der Abt nach der Behandlung einer Schussverletzung aus dem Krankenhaus entlassen. In einer offiziellen Stellungnahme der Abtei ist von einem Unfall die Rede. Beim Reinigen einer Waffe hätte sich ein Schuss gelöst. Dieser Darstellung steht die Tatsache entgegen, dass es sich bei der Waffe um eine Flinte handelte und Abt Fürstberg am Unterleib verletzt wurde. Die Untersuchungen dauern noch an.

Wie aus verlässlicher Quelle verlautbart wurde, haben überdies zwei langjährige Mitglieder des Konvents das Kloster ohne Vorankündigung und ohne Begründung verlassen. Dabei handelt es sich um Altabt Severin und den Infirmar Pater Stephanus, der sich erst kürzlich aufgrund einer lebensbedrohlichen Erkrankung in ärztlicher Behandlung befand. Von beiden Mönchen fehlt jede Spur.

Gleichzeitig wollen die Gerüchte über die wirtschaftlichen Schwierigkeiten des Stiftes nicht verstummen. Wie die Kärntner Tagespost schon mehrfach berichtet hat, gibt es große Unsicherheiten bezüglich des Verkaufs von Grundstücken an die Gemeinde respektive an die Agentur für Fortschritt und Entwicklung, die für die wirtschaftliche Erschließung der Parzellen im Rahmen des Baus der Koralmbahn verantwortlich ist. Abt Fürstberg war, auch krankheitsbedingt, für keine Stellungnahme in dieser Angelegenheit erreichbar.

In der Zwischenzeit verbreitet sich Unruhe unter den Mönchen und Bediensteten des Klosters. In der beinahe tausendjährigen Geschichte der Abtei in St. Paul musste sich die Gemeinschaft schon vielen Herausforderungen stellen, und nun scheint es wieder so weit zu sein, dass die wirtschaftliche und spirituelle Kraft des Klosters auf eine Probe gestellt wird.

Abt Fürstberg donnerte die gefaltete Zeitung auf den Tisch und starrte Pater Nemec und Jakobus an. »Schaff mir diesen Idioten sofort hierher«, zischte er.

Pater Nemec zuckte mit den Schultern und drehte sich zum Gehen.

»Das war ein Befehl.«

»Ich nehme von dir keine Befehle mehr entgegen«, sagte Pater Nemec. »Kümmere dich selbst um deinen Kram.«

»Er kann so etwas doch nicht schreiben.«

»Er kann, wie du siehst«, meinte Pater Nemec und deutete mit dem Kinn auf die Zeitung, die sich nun selbst entfaltete und ein Porträtfoto des Abtes preisgab.

»Wir werden ihn klagen. Ich werde mich höchstpersönlich beim Chefredakteur beschweren. Dieser Valenti hat zum letzten Mal einen Artikel geschrieben.« Der Abt nahm die Zeitung wieder auf und blätterte so heftig um, dass die Seite einriss. »Ich rufe ihn selber an«, knurrte er, fuhr mit dem Zeigefinger über die Seite, fand die Telefonnummer und tippte sie in sein Mobiltelefon.

»Valenti?«, sagte er nach einer Weile. »Hier Fürstberg. Abt Maximilian Fürstberg. Sie kommen jetzt sofort zu mir, oder es wird Ihnen leidtun.« Er wartete keine Antwort ab und kappte die Verbindung.

4

Tatsächlich tauchte Ernesto Valenti kaum eine Dreiviertelstunde später auf, knallte die Tür seines alten Wagens zu und stampfte über den Kies zur Wohnung des Abtes. Fürstberg winkte ihn zu sich in den Garten. Dort saß Kollnitz und rauchte eine Zigarre, vor sich auf dem Beistelltisch ein Glas mit Whisky.

»Ich will eine Entgegnung«, sagte der Abt und bot Ernesto keinen Platz an. Der setzte sich trotzdem in den Korbsessel und schlug seinen Notizblock auf. »Sie nehmen alles zurück, was Sie geschrieben haben«, setzte der Abt fort. »Ich will eine Entschuldigung. Von Ihnen persönlich.«

Ernesto sah den Abt an. Sein Blick wanderte zu Kollnitz und wieder zurück zum Abt.

»Worauf warten Sie? Schreiben Sie«, sagte Fürstberg.

»Wann werden Sie als Abt zurücktreten?«, fragte Ernesto und

hob den Kugelschreiber, so als wollte er kein Wort verpassen.

»Zurücktreten?«, schnappte Fürstberg.

»Dafür besteht kein Grund«, mischte sich Kollnitz ein und sog heftig an seiner Zigarre.

»Das ist eine Frage der Perspektive«, meinte Ernesto. »Sie leugnen doch nicht, dass Ihnen zwei Mönche abhandengekommen sind? Und Sie werden auch nicht abstreiten, dass Pater Stephanus schon länger unter einem Alkoholproblem leidet, und weil wir gerade dabei sind, möchte ich nicht unerwähnt lassen, dass mir aufgefallen ist, was Ihr Botanikus so treibt. Sie haben dieses Stift schon lange nicht mehr im Griff, und es wird Zeit, dass die Öffentlichkeit davon erfährt.«

»Das geht niemanden etwas an«, sagte Kollnitz. »Das sind Privatangelegenheiten.«

»Bei einem der größten Arbeitgeber des Tales sind Privatangelegenheiten möglicherweise von allgemeinem Interesse. Vor allem, wenn er die Löhne nicht mehr zahlen kann«, konterte Ernesto. »Sieht so aus, als drohe eine Insolvenz. Das schreibe ich als Nächstes.«

»Das wagen Sie nicht«, sagte der Abt.

»Ich bin eigentlich nur hier, um Ihnen die Gelegenheit zu einer Stellungnahme zu geben.«

»Ich werde mich über Sie beschweren«, sagte der Abt.

»Das habe ich schon verstanden.«

»Sie werden Ihren Job verlieren«, sagte Kollnitz und blies eine Rauchwolke aus. »Ich kenne sehr viele sehr einflussreiche Leute.«

»Das glaube ich Ihnen«, sagte Ernesto. »Aber bevor Sie diese Leute anrufen, können Sie mir vielleicht noch ein paar Fragen beantworten.« Ernesto machte eine Kunstpause, klopfte mit dem Kugelschreiber gegen den Notizblock. »Ich habe mit der Bürgermeisterin geredet. Sie beschuldigt Sie und den Abt … Nein, ich will es anders sagen.« Ernesto legte Stift und Notizblock beiseite, fischte die Zigarettenpackung aus seiner Hosentasche und zog eine Zigarette heraus. »Bürgermeisterin Beate Ebner-Logar hat eine ganze Reihe von Verdächtigungen und Beschuldigungen gegen Sie«, er zeigte mit der Zigarette auf den Abt, »und Sie erhoben«, er zeigte auf Kollnitz. »Nicht alles davon werde ich aufgreifen, obwohl ich es könnte. Nicht ich behaupte, dass dieses Stift bis ins Mark hinein korrupt und der Abt verlogen ist und mindestens fünf Kinder hat. Also das mit den Kindern werden Sie hoffentlich nicht abstreiten.« Ernesto sah den Abt fragend an, und als er keine Antwort erhielt, sprach er weiter. »Darauf will ich gar nicht hinaus.« Er zündete sich die Zigarette an. »Das mag unmoralisch sein und vor allem gegen die Regeln der katholischen Kirche, was weiß denn ich. Nur was daraus folgt, das ist eine ganz andere Geschichte.« Wieder zögerte Ernesto.

»Was wollen Sie von uns?«, fragte der Abt leise.

Ernesto zuckte mit den Schultern. »Verraten Sie mir, warum Sie der Bürgermeisterin diese Grundstücke nicht verkaufen?«

»Welche Grundstücke?«

»Die im zukünftigen Gewerbepark. Sie wissen ganz genau, wovon ich rede.«

»Ich …«, setzte der Abt an.

»Das geht Sie überhaupt nichts an«, fiel ihm Kollnitz ins Wort.

»Das habe ich mir schon gedacht, dass Sie dahinter stecken. Die Bürgermeisterin hat den Verdacht geäußert, die Grundstücke würden längst Ihnen gehören«, sagte Ernesto.

»Und wenn es so wäre? Das ist nicht illegal«, wandte Kollnitz ein.

»Mehr wollte ich gar nicht wissen.« Ernesto holte eine runde Dose aus seiner Hosentasche, klappte den Reiseaschenbecher auf und drückte die Zigarette aus, klappte die Dose zu und steckte sie wieder ein. »Ach, das ist alles ein furchtbares Durcheinander in Ihrem Stift, mein lieber Abt Fürstberg.« Er stand auf und putzte sich die Hosen ab, als ob Aschestaub daran haften würde. »Ich werde etwas schreiben. Falls es Sie beruhigt, werde ich auch schreiben, dass Sie sich gegen die Vorwürfe verwahren. Sie können sich trotzdem gern bei der Chefredaktion beschweren oder wo immer Sie es für zielführend halten. An Ihrer Stelle würde ich aber lieber keine Zeit verschwenden, und meine Schäfchen ins Trockene bringen«, Ernesto machte eine Pause. »Übrigens habe ich das Adelheidkreuz schon lange nicht mehr gesehen. Wie geht es ihm denn?« Als er darauf keine Antwort bekam, winkte Ernesto den beiden und verließ den Garten des Abtes.

5

Bleich und kurzatmig hing Altabt Severin in den Kissen. Sein Brustkorb hob und senkte sich viel zu rasch, und so schnell der Bruder Botanikus ihm den Schweiß auch von den Schläfen tupfte, gleich glänzte die Haut wieder krank und kalt.

»Nicht sprechen«, sagte Daliborka, nahm seinen Nacken in ihre Hand und flößte ihm schluckweise lauwarmen Tee ein.

»Er muss aber.« Jakobus trat von einem Bein auf das andere.

»Wenn er stirbt, redet er gar nicht mehr«, sagte Monika und zog Jakobus zu sich aufs Sofa. »Lass ihn zu Atem kommen.«

»Er braucht einen Arzt«, mischte sich Pater Nemec ein.

Der Altabt hob abwehrend die Hand.

»Du hast einen Herzinfarkt oder Schlimmeres«, fuhr Pater Nemec fort. »Ich schau mir das nicht länger an«, und zog sein Mobiltelefon aus der Hosentasche.

»Nein«, keuchte der Altabt. »Keine Zeit.« Er hustete und beugte sich vor, hustete weiter, bis er den Tee erbrach, den er kurz zuvor getrunken hatte.

»Wo sind die anderen?«, fragte Pater Nemec.

»Voraus …«, stöhnte der Altabt und hob wieder die Hand, um anzuzeigen, man möge ein wenig Geduld mit ihm haben. »Ich bin ...« Der Satz ging in Husten über, und der Bruder Botanikus drückte den Altabt in die Kissen zurück. »Jetzt lasst ihn in Ruhe«, sagte er scharf. »Sie werden schon kommen.«

»Wer zum …« Jakobus schluckte den Teufel hinunter. »Wo sind sie? Warum haben sie ihn alleine gelassen?«

»Umberto«, kam es leise vom Altabt. »Alt.« Er keuchte, hielt sich am Bruder Botanikus fest. »Zu«, sagte er ganz leise. »Zu Fuß.«

Jakobus nahm die Autoschlüssel vom Tisch und drückte sie Pater Nemec in die Hand.

»Wohin?«, fragte der.

Jakobus zuckte mit den Schultern. »Nicht weit. Wir fahren einfach.«

Sehr lange mussten sie nicht suchen. Auf dem Weg über den Josefsberg kamen ihnen zwei Wanderer entgegen. Pater Stephanus trug einen monströsen Rucksack, der ihm links eine gehörige Schlagseite verpasste. Neben ihm, am Arm eingehakt, schlurfte ein dickleibiger Greis in über den Knien aufgeplatzten Jeans und Sandalen, die bei jedem Schritt auf den Boden klackten, weil sich die Sohlen vom Fußbett zu lösen begannen.

»Wir dürfen nicht gesehen werden«, sagte Pater Stephanus, als sie den alten Mann auf die Rückbank des Wagens hievten. »Deshalb ist Severin vorausgelaufen. Wie geht es ihm?«

»Was passiert, wenn man euch sieht?«, fragte Jakobus und schnallte den alten Mann an. Der zuckte zusammen, als sich der Gurt um seine Brust schloss, aber er protestierte nicht.

»Das ist einfach«, antwortete Stephanus und kletterte ebenfalls in den Wagen. »Der Abt wird sein Gewehr holen und uns alle erschießen. Jeden Einzelnen. Mit Umberto fängt er an.« Er zeigte auf den alten Mann neben sich. »Dem jagt er eine Kugel in den Kopf. Der Nächste bist du, Jakobus, und dann schießt er wahllos in die Menge. Ein Klostermassaker.«

»Bitte warum?«, fragte Jakobus.

»Weil er erledigt ist. Wie geht es Severin?«, fragte er noch einmal.

»Er lebt«, sagte Pater Nemec. »Wir bringen euch jetzt ins Kloster.«

»Auf gar keinen Fall«, beharrte Stephanus. »Er wird uns sehen. Du musst uns verstecken. Zur Jagdhütte.«

»Die ist besetzt«, sagte Jakobus. »Also bleibt nur das grüne Feld der Hoffnung.«

»Wie bitte?«, fragte Pater Nemec und sah Jakobus überrascht an.

»Schau auf die Straße«, befahl Jakobus. »Grün ist die Hoffnung. Noch nie gehört? Mitten hinein in einen Wald aus Cannabis.«

6

Ein paar Stunden später befand sich Jakobus wieder am Beifahrersitz eines Wagens, und Pater Nemec beschleunigte auf der schmalen Straße von Ettendorf in Richtung St. Vinzenz. Zum dritten Mal raste Jakobus diese Strecke entlang und hatte das Gefühl, er sollte besser mit seinem Leben abschließen und beten.

Aber es kam ihnen kein Fahrzeug entgegen, und dass ihnen eines folgte, merkten sie erst, als sie ganz in der Nähe des Jagdhauses in der Einfahrt zu einem Forstweg parkten. Der alte Citroen fuhr so knapp auf, dass er beinahe die hintere Stoßstange des SUVs touchierte.

Für einen Moment war alles ruhig. Niemand öffnete die Türen. Die beiden Fahrzeuge standen dicht hintereinander, und Jakobus blickte in den Rückspiegel. Am Fahrersitz des alten Citroens konnte er Ernesto Valenti erkennen. Ernesto winkte.

Pater Nemec hatte sichtlich keine Freude mit Ernesto, aber nun war Ernesto schon einmal da, und so streiften sie gemeinsam durch das Schwarzbeergestrüpp, erreichten eine Gruppe junger Fichten und gingen in Deckung. Lange mussten sie nicht warten, bis Kollnitz' Merzedes-Puch vorfuhr.

Aus Kollnitz' Wagen stieg auch Abt Fürstberg. Er humpelte an der Hand von Kollnitz über den Schotter zur Terrasse vor dem Jagdhaus.

»Seid doch leise«, mischte sich Pater Nemec zischend ein. »Man kann euch hören.«

»Näher heran.«

Ernesto winkte ihnen und pirschte sich entlang einiger Haselnussstauden vor, duckte sich immer tiefer, bis er fast am Boden robbte. Hinter ihm Jakobus, der es ihm gleichtat, und Pater Nemec, der den Schutz der Fichtenschonung nicht verließ und mit erhobenen Armen dastand, weil sich Jakobus und Ernesto seinen Anweisungen widersetzten.

Weder Ernesto noch Jakobus verstanden mehr als ein oder zwei Worte Russisch, und auch der Abt und Kollnitz verfügten kaum über mehr Sprachkenntnis. Sie lächelten nur und nickten mit den Köpfen, als ein hagerer Mann mit lauter Stimme auf sie zutrat und einen nach dem anderen umarmte und links und rechts auf die Wange küsste.

Diese Intimität brach die Spannung zwischen den Männern nicht. Der Abt kramte unter seiner Kutte herum, übersah dabei den Mann im Anzug, der jetzt ins Freie trat.

»Godunow«, flüsterte Ernesto und drehte sich leicht zu Jakobus um. »Das ist Boris Godunow, der Pate der Russenmafia in Kärnten.«

»Woher weißt du …?«, fragte Jakobus, aber Ernesto gebot ihm mit einer Handbewegung zu schweigen.

Godunow breitete die Arme aus und sah dabei nicht auf seine Gäste, sondern warf einen Blick zurück in die Jagdhütte und nickte. Hinter ihm erschienen zwei junge Frauen, die Tabletts mit Weinkühlern und Gläsern trugen.

»Wir sind nicht zum Vergnügen hier«, sagte Kollnitz und stieß den Abt mit dem Ellbogen an. »Wo sind die anderen?«

»Die wollen euer Angebot zuerst überprüfen«, sagte Godunow. Er hielt dem Abt die offene Hand hin.

Abt Fürstberg starrte die Hand einen Moment lang an. »Woher weiß ich, dass Sie nicht aufstehen und mit der Beute davonlaufen?«

Godunow lachte. »Sie und ich haben eine so schöne Zeit hier verbracht mit diesen wunderhübschen Mädchen.« Er klopfte einer von ihnen auf den Hintern. »Wir sind doch Freunde. Wer eine Frau geteilt hat, der kann den anderen doch nicht mehr übers Ohr hauen.«

Unter der Kutte kam ein Säckchen hervor und landete in Godunows Handfläche. Vorsichtig reichte Godunow das Säckchen an den anderen Mann weiter. Der klemmte sich eine Juwelierlupe ins rechte Auge und legte einen Stein nach dem anderen vor sich auf den Holztisch.

»Das ist der Beweis«, flüsterte Jakobus.

Der Russe schob die Edelsteine hin und her, nahm einen auf und drehte ihn zwischen den Fingern. Sogar von ihrer Position aus konnten Jakobus und Ernesto sehen, dass es sich um einen großen, eiförmigen Bergkristall handelte.

Jakobus kroch näher an Ernesto heran. »Der stammt aus einem der Arme des Adelheidkreuzes«, sagte er und wollte aufspringen und auf die Terrasse zulaufen, aber Ernesto hielt ihn mit festem Griff zurück.

19. Kapitel

1

Ernesto saß auf der Bank im Barockgarten und beobachtete den regenschwangeren Himmel. Neben ihm hatte Jakobus seine Tasche abgestellt und kramte einen Schokoriegel aus dem Berg an Süßigkeiten. Sie schwiegen rauchend und essend für eine Weile, und keiner wusste, welche Gedanken dem anderen durch den Kopf gingen.

»Du glaubst nicht an Gott«, fing Jakobus zwischen zwei Bissen an.

»Das hatten wir doch schon«, entgegnete Ernesto. »Ich muss nicht an deinen Gott glauben. Ich weiß, dass er existiert. Er hat genug Spuren hinterlassen, und was Spuren hinterlässt, existiert, auf die eine oder andere Weise – so wie Einhörner.«

»Mach dich nicht über mich lustig. Mir ist die Sache ernst.«

»Pater Jakobus.« Ernesto wandte sich ihm zu. »Du missverstehst mich.«

»Du bist ein Atheist«, sagte Jakobus heftig.

»Jetzt beleidigst du meine Intelligenz«, erwiderte Ernesto. »Du kannst mich gern als Heiden bezeichnen, aber nicht als Atheisten.«

»Als Heiden? Du willst mir doch nicht sagen, du glaubst an die griechische Mythologie?«

»Ich sagte ja, lassen wir das.« Ernesto zuckte mit den Schultern und streifte die Asche seiner Zigarette an der Sitzkante der Bank ab. »Es geht hier nicht um eine theologische Debatte, sondern darum, ob ich dir helfen soll oder nicht.«

»Das hat zumindest eine gewisse spirituelle oder wenigstens moralische Dimension«, wandte Jakobus ein. »Du kämpfst für das Gute. Das ist doch so?«

»Beim heiligen Namen der Großen Göttin«, sagte Ernesto laut und lachte, als Jakobus zusammenzuckte. »Wollt ihr den Abt loswerden oder nicht? Und wenn ja, wie kann ich dabei helfen?«

»Wir werden es versuchen«, sagte Pater Nemec, der gerade den Kiesweg entlangkam und Ernestos letzten Satz gehört hatte. »Nun sind wir in der Mönchsversammlung in der Überzahl. Knapp zwar nur, aber immerhin.« Er überreichte Ernesto einen USB-Stick und nahm mit der nächsten Bewegung einen Keks aus der Schachtel, die Jakobus gerade aufgerissen hatte.

»Das kann ich verwenden?«, fragte Ernesto.

»Wenn Sie sich trauen«, sagte Pater Nemec und biss ein Stück vom Keks ab. »Aber nach allem, was ich über Sie weiß, sind Sie nicht sehr furchtsam.«

Ernesto ließ den USB-Stick in seiner Hosentasche verschwinden. »Habe ich nie bekommen, haben Sie mir nie gegeben.«

Er erhob sich, doch in diesem Moment bog der Bruder Botanikus um die Ecke. Seine Kutte schlackerte um seine Gestalt, und schon aus hundert Metern Entfernung sah man ihm an, dass etwas nicht stimmte. Verheult und verschwitzt kam er bei den dreien an. Sein linkes Auge war fast ganz zugeschwollen, und die Oberlippe war links der Nase aufgeplatzt. Ein kleines Rinnsal Blut lief ihm in den Mundwinkel.

»Um des lieben Herrn Jesu willen«, stieß Jakobus hervor, packte den Botanikus am Ellbogen und zog ihn zu sich auf die Bank. Mit dem Zipfel seines Ärmels versuchte er, das Blut aus dem Gesicht des Botanikus zu wischen, doch der zuckte vor Schmerzen zurück und barg das Auge in der hohlen Hand.

»Wer war das?«, fragte Pater Nemec scharf und beugte sich über den Verletzten.

Als der Botanikus nichts sagte und nur eine vage Bewegung mit der freien Hand machte, fasste ihn Pater Nemec an der Schulter und drückte seinen Kopf zurück, um sich den Schaden genauer anzusehen.

»Das muss versorgt werden«, entschied Pater Nemec. »Wir gehen auf der Stelle zu Doktor Brunner.«

»Nein, nein«, wehrte Bruder Botanikus ab. »Das ist doch gar nichts.« Er verzog das Gesicht, weil ihn jedes Wort schmerzte. »Ich bin die Treppe hinuntergefallen.«

Ernesto lachte kurz auf, und alle sahen ihn an. »Wir zwei sind noch nicht fertig miteinander«, sagte er zum Botanikus und ging.

2

»Was hat er damit gemeint?«, fragte Jakobus, während er dem Bruder Botanikus aufhalf.

»Woher soll ich das … Aua, Scheiße«, stieß der Botanikus hervor. Er machte ein paar Schritte und knickte ein.

»Setz dich wieder hin«, sagte Pater Nemec. »Ich hole Doktor Brunner.«

Der Bruder Botanikus setzte sich wie ein alter Mann.

»Jetzt sagst du mir, wer dich so verletzt hat«, forderte ihn Jakobus auf.

Die Kruste über der Lippe war aufgebrochen, und das Blut lief dem Botanikus bis zum Kinn. Als er den Kopf schüttelte, fiel ein Tropfen auf die Bank.

»Diese Heimlichtuerei hat ein Ende«, beharrte Jakobus. »Sag schon. Ein Name genügt.«

Wieder schüttelte Bruder Botanikus den Kopf. Dabei erfasste sein Blick Eberhard Kollnitz, der quer über den Rasen herankam, eine Pistole in der rechten Hand. Der Bruder Botanikus fuhr hoch, die Schwere schien ganz von ihm abgefallen. Seine Hände waren wieder kräftig genug, um Jakobus zurückzustoßen. Er lief den Weg entlang hinunter in Richtung Dorf. Kollnitz blieb stehen, hob die Waffe und stabilisierte sie mit beiden Händen. Dann schoss er. Einmal und noch ein zweites Mal.

3

Finanzskandal im Stift St. Paul

Das Stift St. Paul ist zahlungsunfähig. Das geht aus Unterlagen hervor, die der Kärntner Tagespost zugespielt wurden. Abt Fürstberg verweigert jegliche Stellungnahme.

von Ernesto Valenti

»Der Lohn für Juni wurde nicht ausgezahlt«, berichtet ein Bediensteter des Stiftes, der lieber anonym bleiben will. Auf Nachfrage gab Abt Fürstberg bekannt, dass es sich dabei nur um ein Softwareproblem handle, und die Gehälter in den nächsten Tagen überwiesen werden.

Dem widerspricht der Hofmeister des Stiftes, Pater Peter Nemec. Er ist Stellvertreter des Abtes und für die Bewirtschaftung des Stiftes und die Mitarbeiter verantwortlich. »Das Problem hat sich schon in den vergangenen Monaten abgezeichnet«, berichtet Pater Nemec. »Eigentlich schon in den vergangenen Jahren. Die Bilanz des Stiftes war immer negativ, und das sind die ersten gravierenden Folgen. Misswirtschaft hat um sich gegriffen.«

Ein erster Blick der Finanzexperten der Kärntner Tagespost in die geleakten Daten bestätigt diese Einschätzung. In den letzten fünf Jahren, so weit reichen die Daten zurück, hat das Stift Verluste von mehreren Millionen Euro zu verzeichnen. Rücklagen wurden aufgelöst, immer wieder neu gegründete Subunternehmen schlitterten binnen kurzer Zeit in den Konkurs. »Der Verdacht krimineller Handlungen steht im Raum«, äußert Pater Nemec massive Kritik an Abt Fürstberg.

Vieles deutet darauf hin, dass sich im Stift St. Paul die Geschichte wiederholt. Schon einmal wurde das Kloster von einem Abt beinahe in den Untergang geführt. Abt Ulrich Pfinzinger stand dem Kloster von 1515 bis 1530 vor und nutzte diese Zeit weidlich, um das Stift auszuplündern. Pfinzinger nahm Darlehen auf, die er nie

zurückzahlte, verhökerte den Kirchenschatz und verkaufte Stiftseigentum, um sich seinen kostspieligen Lebenswandel leisten zu können. Insgesamt soll Ulrich Pfinzinger einen Schaden von 6 000 Gulden angerichtet haben. So viel, dass das Stift, wie es in zeitgenössischen Quellen heißt, an den Bettelstab kam.
Eine weitere Parallele zum heutigen Geschehen könnte man darin erkennen, dass auch unter Abt Pfinzinger viele Mönche das Stift verließen und die übrigen eine Revolte anzettelten.

4

»Du gehst da jetzt hinein.« Pater Nemec hielt den Botanikus an der Kapuze seiner Kutte und zog ihn leicht nach oben, sodass er das Gleichgewicht verlor.

»Kollnitz«, stammelte der Botanikus und sah Pater Nemec mitleidheischend aus seinem verquollenen Gesicht an.

»Vor all den Leuten wird er schon nicht schießen«, sagte Pater Nemec.

»Das hat ihn im Garten auch nicht aufgehalten«, widersprach der Botanikus, machte sich los und wollte sich verdrücken.

»Stimmt«, meinte Jakobus und erwischte den Ärmel der Kutte. »Komm jetzt.« Er packte den Botanikus und schob ihn vor sich her in die Rabensteinkapelle.

Widerspenstig fügte sich der Bruder Botanikus und suchte hinter dem Körper des Altabtes Schutz. Dort standen auch der Pater Stephanus und Bruder Umberto.

»Das ist ja lächerlich«, rief Abt Fürstberg, als er, gefolgt von einem Schwarm Novizen, die Kapelle betrat. »Was glaubt ihr, was das werden soll?«

»Du kannst dir die Schmach ersparen und gleich abdanken«, sagte Pater Nemec. »Und der da«, er zeigte auf Eberhard Kollnitz, »der hat hier gar nichts verloren.«

»Er ist mein Gast«, sagte der Abt.

»Es gibt keine Gäste bei einer Versammlung des Konvents«, sagte Pater Nemec scharf.

»Er bleibt.«

»Unter einer Bedingung«, entgegnete Pater Nemec.

»Die wäre?« Kollnitz baute sich breitbeinig vor Pater Nemec auf.

Der Bruder Botanikus duckte sich und verschwand ganz hinter dem Altabt.

»Sie schießen nicht auf die Mönche«, sagte Pater Nemec.

Kollnitz hob beide Hände und ging rückwärts. Dabei konnten alle die Ausbuchtung an seiner Hüfte sehen. Es bestand kaum ein Zweifel, was sich da unter seinem Hemd verbarg. Jede Sekunde würde Kollnitz seine Arme senken und nach der Waffe greifen.

Aber Kollnitz rieb sich nur die Hände und setzte sich, immer noch grinsend, neben den Abt.

»Ihr habt die Zeitung gelesen«, begann Pater Nemec. »Was da steht, ist wahr. Wir sind pleite, und wenn wir nicht schnell etwas unternehmen, wird es noch viel schlimmer. Abt Maximilian Fürstberg hat uns in den Untergang geführt. Das Stift steht vor seiner Auflösung.«

Unter den Mönchen erhob sich Getuschel und Geraune.

»Ja, die Auflösung«, setzte Pater Nemec nach.

»Das ist gar nicht wahr«, fiel ihm der Abt ins Wort.

»Noch schlimmer«, fuhr Pater Nemec fort. »Nach einer beinahe tausendjährigen Geschichte versinkt das Stift St. Paul in Schmach und Schande. Und nur einer hier ist dafür verantwortlich. Abt Fürstberg. Er hat dem Bösen Tür und Tor geöffnet. Sogar bis hierher ins Allerheiligste des Stiftes, in die Rabensteinkapelle, ist das Böse vorgedrungen. Es sitzt direkt neben dem Abt.« Er zeigte auf Kollnitz. »Sie sind verantwortlich.« Er wurde lauter. »Sie sind schuld an unserem Untergang. Sie sind eine

Ausgeburt des Satans. Nichts ist schlimmer als ein hurender, geldgieriger Abt und sein geiferndes Gefolge.«

Abt Fürstberg erhob sich und setzte zu einer Erwiderung an, aber Pater Nemec stoppte ihn mit einer Handbewegung. »Du kannst gleich reden«, sagte er sanft. »Aber zuvor«, und er wurde wieder lauter, »zuvor sollen alle die Wahrheit über dich und deine Machenschaften hören. Hurerei«, brüllte Pater Nemec. »Damit hast du das heilige Amt des Abtes von St. Paul beschmutzt. Diebstahl«, er brüllte so laut, dass sich seine Stimme im Gewölbe der Kapelle überschlug. »Du hast das Adelheidkreuz gestohlen.«

In die kurze Pause hinein drang das aufgeregte Murmeln der Mönche.

»Mord«, schrie Pater Nemec und beugte sich über den Abt, der nirgendwohin zurückweichen konnte. »Ich weiß nicht, ob du unseren Bruder Bernhard mit eigenen Händen erwürgt hast oder ob er es war.« Pater Nemec sprang förmlich auf Kollnitz zu. »In jedem Fall bist du dafür verantwortlich.«

»Nichts als Verleumdungen«, sagte der Abt, ohne aufzustehen. »Ich werde darauf gar nichts erwidern. Den Mond kümmert es nicht, wenn ihn ein Hund anbellt. Aber ich werde natürlich dem Wunsch unserer Mitbrüder entsprechen und mich neuerlich zur Wahl stellen. Einige von euch haben das gefordert, also gut … Machen wir kein großes Drama daraus. Wer dafür ist, dass ich weiterhin Abt dieses Klosters bleibe, hebt die Hand.«

Jakobus beobachtete, wie die Mönche, die links und rechts vom Abt saßen, die Hände aus den Kutten zogen und in die Höhe streckten. Das waren zehn. Die Mönche an der Ostseite der Rabensteinkapelle zögerten. Da erschien eine Hand und noch eine. Eine dritte Hand hob sich im Halblicht und noch eine. Jakobus zählte durch. Es hob sich keine weitere Hand.

»Gut«, sagte Pater Nemec nach einer Weile. »Abt Fürstberg ist hiermit abgewählt.«

»Nein«, sagte Fürstberg. »Ich erkenne das Ergebnis nicht an. Die da«, er zeigte auf Pater Umberto und Pater Stephanus, »haben das Stift verlassen. Sie haben kein Stimmrecht mehr.«

»Sie besitzen das Stimmrecht«, widersprach Pater Nemec. »Sie haben weder ihre Ämter noch ihr Versprechen jemals widerrufen. Sie sind Mönche dieses Klosters, und jetzt wählen wir den neuen Abt. Du kannst dich ja wieder für dieses Amt bewerben.«

5

Es regnete. Die Tropfen rauschten auf die Dächer, auf die Wiesen und die Straßen. Sie bildeten Pfützen, und die Pfützen vereinten sich zu Rinnsalen, die über die Schotterwege flossen und zu kleinen Bächen anschwollen. Der Regen tropfte von den Ästen auf ihre Köpfe, knallte auf ihre Haare, auf ihre Jacken und spritzte von Stoff und Haut.

Jakobus lehnte sich enger an Bürgermeisterin Beate Ebner-Logar, um wenigstens einen Teil des Regenschirms zu ergattern, aber es war sinnlos. Der Regen wurde stärker und schlug vom Boden zurück bis an die Knie. Die Bürgermeisterin schloss den Regenschirm. Nun warteten sie ungeschützt im Augustregen und beobachteten Fürstberg, wie er die Messe zu Ehren Mariä Himmelfahrt zelebrierte.

Auch der ehemalige Abt und die Novizen standen im Freien, direkt vor dem Eingang zur Filialkriche am Weinberg. Mit nur einem Satz hätte Fürstberg die Messe ins Innere verlegen können. Der Tisch wäre in Windeseile abgebaut, die Monstranz und der Kelch auf den Altar verfrachtet. Es hätte keine drei Minuten gedauert.

Doch Fürstberg stand da, ohne Schutz, das Regenwasser lief ihm aus dem Haar ins Gesicht und tropfte von der Nase auf seinen Bauch.

Jakobus verstand im Rauschen des Regens kaum, was der ehemalige Abt sagte. Es war eine wütende Rede, so viel war an seinen Gesten abzulesen und den Wortfetzen zu entnehmen. Er beuge sich der Gewalt, aber er werde die Abwahl nicht ohne weiteres hinnehmen. Niemand könne ihn aus seiner geliebten Abtei und seinem geliebten St. Paul vertreiben.

Eberhard Kollnitz stand nur drei Schritte daneben. Über ihm spannte sich ein Regenschirm, den seine Frau hielt. Er verzog während der Predigt Fürstbergs keine Miene. Als Fürstberg geendet hatte, nahm er seiner Frau den Regenschirm aus der Hand und hielt ihn Fürstberg über den Kopf, legte dem abgewählten Abt den anderen Arm um die Schulter und geleitete ihn Richtung Auto.

Dort allerdings verstellte ihnen Ernesto Valenti den Weg. Jakobus und die Bürgermeisterin konnten nicht verstehen, was geredet wurde. Besonders freundlich schien die Unterhaltung nicht zu sein. Es war aber auch ganz nebensächlich. Ihre einzige Aufgabe bestand darin, den abgewählten Abt nicht aus den Augen zu lassen.

Denn in seiner Verzweiflung musste Fürstberg früher oder später seine Deckung aufgeben. Er würde verraten, wo sich das Adelheidkreuz befand, und wenn nicht, würden sie ihm dennoch auf die Schliche kommen.

6

»Ich frage Sie eher der Form halber«, sagte Ernesto und blinzelte das Wasser weg, das ihm durch die Brauen in die Augen lief. »Was wollen Sie gegen Ihre Absetzung machen? Wollen Sie rechtliche Schritte einleiten?«

Fürstberg sah ihn wortlos an und machte einen Schritt zur Seite. Ernesto folgte ihm und versperrte ihm den Weg.

»Gehen Sie weg«, sagte Kollnitz. »Niemand will mit Ihnen reden.«

»Das ist bedauerlich«, sagte Ernesto und machte noch einen Halbschritt nach links, sodass er auch Kollnitz und seine Frau blockierte. »Vielleicht wollen ja stattdessen Sie mit mir reden?«

»Ich wüsste nicht, was ich Ihnen zu sagen hätte«, meine Kollnitz und versuchte, sich an Ernesto vorbeizuschieben. Doch der ließ es nicht zu.

»Sie sitzen im Vorstand der Fürstberg Holding«, sagte Ernesto. »Um genau zu sein, sind Sie der Vorstandsvorsitzende.«

Kollnitz stutzte, Fürstberg stutzte, nur Kollnitz' Frau wollte sich immer noch zum Auto vordrängen.

»Als Vorstandsvorsitzender haben Sie von den Finanzkonstruktionen gewusst«, sagte Ernesto. »Wenn Sie sie nicht sogar erfunden haben.«

»Das ist eine Unterstellung«, sagte Kollnitz.

»Was verdienen Sie als Vorstandsvorsitzender? Hunderttausend im Jahr? Mehr?« Ernesto beobachtete Kollnitz' Gesichtsausdruck. »Mehr also. Schön.«

»Sie sind ja nur neidig. Das ist eine große Verantwortung.«

»Genau«, gab ihm Ernesto recht. »Die Verantwortung für die Geschäfte der Holding, gemeinsam mit der Geschäftsführung selbstverständlich. Ah ja, die Geschäftsführung.« Ernesto drehte sich zu Fürstberg und sah ihm in das regennasse Gesicht. »Der Geschäftsführer der Fürstberg Holding. Wie heißt der noch? Patrick Slamanig? Richtig. Schon ein bisschen schäbig, dem eigenen Sohn nicht einmal den Familiennamen zu gönnen. Patrick Fürstberg.«

Fürstberg machte zwei schnelle Schritte auf Ernesto zu und hob drohend die Faust.

»Sie möchten zuschlagen? Das gefällt den Leuten hier sicherlich.« Ernesto deutete mit dem Kinn Richtung Kirche. Dort stand eine Gruppe, unter ihnen Jakobus und die Bürgermeisterin, die das Schauspiel trotz des strömenden Regens verfolgte.

»Was werfen Sie mir vor?«, wollte Fürstberg wissen.

»Das habe ich schon geschrieben«, entgegnete Ernesto. »Ich möchte Ihnen nur die Gelegenheit geben, etwas dazu zu sagen.«

»Warum sollte ich? Es ist völlig nebensächlich, was Sie in Ihrem Schmierblatt veröffentlichen.«

»Aber klagen wollen Sie mich.«

»Ich werde Sie nicht klagen.« Fürstberg spuckte Ernesto vor die Füße. »Ich werde Sie nicht einmal ignorieren. Und jetzt gehen Sie mir aus dem Weg.«

Ernesto rührte sich nicht von der Stelle. »Etwas ganz anderes.« Er sah Kollnitz ins Gesicht, wischte sich mit der Hand den Regen aus den Augen. Auf seinen Schultern hatten sich große, dunkle Flecken gebildet. »Ich weiß, was Sie getan haben«, sagte Ernesto und sah Eberhard Kollnitz in die Augen. Noch bevor Kollnitz etwas erwidern konnte, war Ernesto im Regen verschwunden.

20. Kapitel

1

Es regnete und regnete. Ein etwas fettleibiger Mann in einem Sakko und einer schlecht sitzenden Anzughose stapfte die Einfahrt zum Gutshof hoch. Er hielt eine Pistole in der Hand, und der Regen lief ihm übers Gesicht.

In der Ferne heulte eine Feuerwehrsirene.

Als der Mann mit der Pistole das Tor zum Gutshof erreicht hatte, rüttelte er an der kleinen Tür, die in das Tor eingelassen war. Er konnte sie nicht öffnen, also marschierte er die Außenmauer entlang, fand ein Fenster, das nicht vergittert war, und schlug es mit dem Griff der Pistole ein. Der Mann klopfte die Scherben aus dem Fensterrahmen und stieg in das Gebäude ein.

Die Feuerwehrsirene heulte zum zweiten Mal.

2

Jakobus' Mobiltelefon läutete. Er stand mit Ernesto unter der Dachtraufe des Getreidespeichers, keine zweihundert Meter vom Gutshof in Kollnitz entfernt, und sah dem Mann mit der Pistole zu, wie er durchs Fenster stieg. Sie waren dem Bruder Botanikus gefolgt, und das war Ernestos Idee gewesen. Eine Ahnung eher. Der Botanikus hatte etwas mit dem Verschwinden des Adelheidkreuzes zu tun. Der Gutshof war sein Refugium. Wenn es in dieser Hinsicht etwas zu entdecken gab, dann hier. Mit dem Mann mit der Pistole hatte weder Ernesto noch Jakobus gerechnet.

Jakobus hob ab. Der Mann mit der Pistole hätte es kaum hören können, zu stark war der Lärm des Regens. Dennoch blickte Jakobus Ernesto entschuldigend an.

»Die Bibliothek brennt«, sagte Jakobus, steckte das Mobiltelefon ein und lief zu Ernestos Auto.

Der Mann mit der Pistole war im Inneren des Hauses verschwunden.

Ernesto sah Jakobus nach, wie er in das Auto stieg und davonfuhr, dann folgte er dem Mann mit der Pistole. Im Inneren empfing ihn ein Dämmerlicht und der Geruch nach modrigen Wänden. Ein Tisch auf einem abgewetzten Holzboden, dahinter die Türöffnung in einen Gang, finster und voller Spinnweben. Dorthin musste der Mann gegangen sein. Es gab keinen anderen Weg aus dem Zimmer.

Eine Tür raunte in den Angeln. Darauf das Geräusch des Regens, das laut durch die geöffnete Tür ins Innere des Gebäudes drang. Ernesto trat in den Innenhof. In der weichen Erde fand er die Fußspuren des Mannes mit der Pistole. Sie führten durchs Cannabisfeld.

Jetzt wäre ein guter Zeitpunkt gewesen, um umzukehren. Der Mann vor ihm hatte eine Waffe, und mit ziemlicher Sicherheit war die geladen, und der Unbekannte hatte vermutlich wenig Hemmungen, die auch abzufeuern. Dabei fiel Ernesto ein, dass der Beutel mit dem Tabak und das Zigarettenpapier in seiner Hosentasche sicher schon durchnässt waren. »Scheiße.« Regentropfen sprühten von seinen Lippen.

Ernesto erreichte das andere Ende des großen Innenhofes und schlüpfte durch eine Türöffnung. Im Stall lehnte eine Kutsche aus dem Barock schief auf zwei Holzböcken. Die Verzierungen waren abgeplatzt und vom Goldrahmen über der Türfassung war auch nur mehr ein Schatten übrig. Ernestos Aufmerksamkeit gehörte den Bewegungen hinten bei den aufgelassenen Schweineställen. Jemand schlug eine Kette gegen eine Metallstange. Ein Brett stöhnte, und eine Pistole tauchte aus dem Schatten auf. Ein Mann im durchnässten Anzug starrte Ernesto an.

Der Bruder Botanikus sprang schreiend aus der Dunkelheit, eine Heugabel mit beiden Händen umklammert. Der Mann senkte die Pistole, und Ernesto rannte auf den Bruder Botanikus und den Mann mit der Waffe zu. Es fehlten nur mehr zwei Meter, aber Ernesto kam zu spät. Der Mann drückte ab. Der Knall schlug Ernesto um die Ohren.

Der Botanikus hielt die Heugabel in der Hand, und die stumpfen, grauen Zinken fuhren dem Mann ins Gesicht. Eine Zinke drang ihm ins rechte Auge und hebelte den Augapfel heraus. Der Mann schrie.

3

Der Mann feuerte die Pistole noch einmal ab. Das Projektil detonierte in der Wand hinter dem Botanikus. Gleichzeitig griff der Mann nach dem Augapfel, der ihm aus der Augenhöhle baumelte. Er schrie noch immer.

Plötzlich krachte es beim Eingangstor des Gutshofes. Holz splitterte. Ein Fahrzeug pflügte durch das Cannabisfeld. Der Motor erstarb, und eine Tür wurde zugeschlagen. In der Öffnung, die zum Innenhof führte, erschien ein Schatten.

»Wo ist das Adelheidkreuz?«, schrie José Maria Espinosa.

Der Mann mit der Pistole reagierte. Er wandte sich der Stimme zu, aber gleichzeitig schrie er vor Schmerz. Der Bruder Botanikus schlug zu. Der Stiel der Mistgabel krachte gegen den Schädel des Mannes, und er stürzte zu Boden. Die Waffe blieb in seiner offenen Hand liegen.

»Das Adelheidkreuz«, forderte Espinosa.

»Espinosa«, brüllte Bruder Botanikus, fasste die Heugabel fester und stürmte auf den Generalvikar des Opus Dei zu.

4

Jakobus hatte den Stiftshof erreicht und sprang aus dem Auto. Es roch nach verbranntem Papier, nach verschmortem Leder und nach brennendem Plastik. Unter Pater Umbertos Kutte quoll Rauch hervor, aber er kümmerte sich nicht darum. Behäbig hob er den Feuerlöscher hoch und schlurfte in die Bibliothek. Jakobus folgte ihm und sah, wie Pater Umberto den Schlauch des Feuerlöschers auf den brennenden Computer richtete. Das Gerät schmorte und qualmte, und beißender Gestank umhüllte die beiden Mönche. Jakobus versuchte, Umberto aus dem Büro der Bibliothek zu zerren, doch der alte Mönch wollte den Feuerlöscher nicht loslassen.

Vor der Bibliothek fiel der Regen in großen Schwaden und durchnässte die schwelenden Bücher und Manuskripte, die hoch aufgetürmt im Freien lagen. Eine Rauchfahne schlängelte sich durch die Tür, schwärzte die Decke des Arkadengangs.

Jakobus saß neben einem Folianten. Er stützte die Hand auf das malträtierte Buch. Seine Fingerspitzen tasteten den Einband ab, der unter dem ständigen Regen aufzuquellen begann.

»Er hat alles vernichtet«, sagte Pater Umberto und ließ sich unter Ächzen und Stöhnen neben Jakobus nieder. Seine dicken, weißen Beine lugten unter der Kutte hervor.

Jakobus schüttelte den Kopf.

»Espinosa wird gewinnen«, sagte Pater Umberto. »Und mit ihm der Abt und dieser verfluchte Eberhard Kollnitz. Der ganze Weg von Kroatien herauf umsonst.«

Jakobus schüttelte immer noch den Kopf und wischte sich den Dreck aus den Haaren. Er lachte.

»Es ist alles verloren«, sagte Pater Umberto. »Das Buch ist verbrannt.« Er nahm es in die Hand und strich über den zerfledderten und versengten Einband.

»Nein«, sagte Jakobus und reichte Umberto ein Stück Schokolade, das er aus der Bibliothek gerettet hatte. »Das ist eine bedauerliche Barbarei«, fuhr er fort und berührte das Buch mit den Fingerspitzen. »Aber was Espinosa wollte, hat er nicht erreicht.«

»Aber ...« Pater Umberto sah ihn an und hielt ihm das zerstörte Buch entgegen.

»Ich habe das Heft eingescannt«, sagte Jakobus.

»Espinosa hat den Computer angezündet«, gab Pater Umberto zurück. »Der Text ist trotzdem verloren.«

»Ich habe die Datei in der Cloud gespeichert«, sagte Jakobus.

»In der was?«

»In der Cloud. Das ist ein virtuelles Speichersystem.«

»Verstehe ich nicht.«

»Die Datei ist irgendwo da draußen in der Welt gespeichert.«

»Und was nutzt uns das?«

»Sieh her.« Jakobus holte sein Mobiltelefon aus der Hosentasche. »Hier öffne ich den Zugang zum Server.« Er klickte einen Ordner an und gleich darauf das PDF. »Hier hast du dein Dokument. Deine wahre Geschichte vom Heiligen Kreuz, von dir verfasst und versteckt, von mir gefunden und gerettet.«

»Du junger Hüpfer.« Pater Umberto lachte und schlug Jakobus auf die Schulter. »Hat Espinosa die Hütte ganz umsonst angezündet.«

5

Der Bruder Botanikus hatte Espinosa beinahe erreicht. Es fehlte vielleicht noch eine Armlänge, als Espinosa ein langes Messer mit gezacktem Rücken zog. Als Nächstes hörte Ernesto ein dumpfes Knacken. Unmittelbar danach heulte Espinosa auf. Der Ellbogen des Botanikus hatte Espinosa die Nase zertrümmert. Espinosa packte das Messer fester und stieß zu.

Auf dem Boden neben dem bewusstlosen Mann lag die Pistole. »Scheiße«, sagte Ernesto und stieß die Waffe mit einem Fußtritt in die Dunkelheit. Noch einmal zögerte er. Der Botanikus keuchte. Espinosa brüllte. Er klang verzweifelt. Espinosa beugte sich nach hinten, nahm alle Kraft zusammen, um sich gegen den Botanikus zu wehren.

Sie stürzten, wälzten sich über den Boden, und mit einem Mal hatte der Botanikus die Pistole in der Hand. Der Lauf der Waffe schwang wild auf und nieder, hin und her. Ernesto duckte sich und floh aus dem Raum.

Draußen erwartete ihn der Regen. Das Wasser fiel wie eine Wand vom Himmel. Ernesto fischte das Mobiltelefon aus der durchweichten Hose und wählte den Notruf. Das Rauschen des Regens war so laut, dass er die Person am anderen Ende kaum verstehen konnte. Er schlüpfte durch die nächste Tür in den Innengang. Während er in Richtung Küche unterwegs war, sprach er mit der Leitstelle des Roten Kreuzes.

»Schicken Sie zwei Rettungswagen und den Notarzt«, sagte Ernesto.

»Wie viele Verletzte gibt es?«, fragte die Frau.

»Zwei, aber in ein paar Minuten sind es drei.«

»Wie habe ich das zu verstehen?«

»Ein Mann hat das Bewusstsein verloren, ein anderer fuchtelt mit einer geladenen Pistole herum, und der dritte hat ein abartig großes Messer in der Hand.« Ernesto hastete den Gang entlang. Da vorne brannte Licht.

»Die Polizei wird gleich bei Ihnen sein«, sagte die Frau.

»Wenn sie einen Verbandskasten mitbringt«, antwortete Ernesto, aber die Frau hatte schon aufgelegt. Im nächsten Moment stand Eberhard Kollnitz vor Ernesto und hielt ihm den Lauf eines Gewehrs vor die Brust.

6

Das letzte Mal, als Ernesto in den Lauf einer geladenen Waffe geschaut hatte, war schon ein paar Jahre her. Er hatte das Gefühl nicht vergessen, und es kehrte wieder. Die Kraft wich aus seinen Knien. Sein Mund wurde trocken.

»Sie werden nicht auf mich schießen«, sagte Ernesto und versuchte, Eberhard Kollnitz in die Augen zu sehen. Das war gar nicht so einfach im Düsterlicht dieses verfallenen Ganges.

»Das Adelheidkreuz«, sagte Kollnitz und hob die Waffe noch ein Stück höher.

Ernesto antwortete nicht.

»Gehen Sie mir aus dem Weg«, wiederholte Kollnitz.

Ernesto blinzelte.

»Verschwinden Sie, Valenti. Gehen Sie einfach.« Eberhard Kollnitz senkte die Waffe, packte Ernesto an der Schulter und stieß ihn zur Seite.

7

Zehn Minuten später hatte sich Ernesto gefasst und war Eberhard Kollnitz gefolgt. Doch er hatte ihn nicht gefunden. Nun stand er hinter dem Gutshof auf einem Weizenfeld ganz in der Nähe des Getreidespeichers.

Es regnete immer noch, stärker als zuvor. Dennoch hatte sich etwas Grundlegendes geändert. Nun hielt Espinosa die Pistole in der Hand. Er musste sie dem Botanikus abgenommen haben, richtete die Pistole gegen den Kopf des Botanikus und brüllte unentwegt. Er hielt dem Botanikus einen Vortrag über Moral, über den Glauben und die Apokalypse. Der Botanikus hatte beide Arme über den Kopf erhoben. Der rechte Ärmel war zerfetzt und dunkel von der Wunde, die das Messer gerissen hatte.

»Ritter Gottes«, schrie Espinosa. »Das müssen wir sein. Begreifst du ...« Der Rest des Satzes ging im Rauschen des Regens unter. »Es ist … Pflicht.« Er drückte mit der Pistole gegen den Hinterkopf des Botanikus. »Schneller, sie kommen.«

Ernesto fragte sich, wo Kollnitz geblieben war. Aus dem Augenwinkel bemerkte er eine Bewegung am Rand des Weizenfeldes, durch das Espinosa den Botanikus scheuchte. Doch das war nicht Kollnitz. Das war ein Mann in einem schlecht sitzenden Anzug mit einer großen Axt. Der Mann mit der Axt blutete aus einer Kopfwunde. Das rechte Auge baumelte ihm bis auf die Wange. Hinter ihm leuchteten Scheinwerfer auf. Kollnitz' Geländewagen tauchte auf dem Fußweg auf, holperte an dem Mann mit der Axt vorbei und hielt auf Espinosa und den Bruder Botanikus zu. Aus dem Fahrerfenster ragte der Lauf eines Gewehrs.

8

Die Axt surrte an Ernesto vorbei und riss den Mann, der sie führte, mit sich, sodass er kopfüber stürzte und gemeinsam mit der Axt im weichen Ackerboden stecken blieb. Eine Sekunde später hob der Mann die Axt wieder in die Höhe und ging abermals auf Ernesto los, schrie etwas, das irgendwie slawisch klang.

Der Axtkopf erwischte Ernesto am linken Ellbogen, fuhr weiter aufwärts und furchte ihm eine Schramme in die Wange. Schnell drehte Ernesto den Kopf. Vorne das Feld und der Getreidespeicher, hinten der Gutshof, überall Wasser, kaum drei Meter Sicht. Den Bruder Botanikus konnte er erkennen, und Espinosa mit einer Pistole in der Hand.

Kollnitz' Geländewagen stand mit laufendem Motor und offenen Türen im Weizenfeld. Die Scheinwerfer waren an. Im Lichtkegel, mitten im Regen kauerte Eberhard Kollnitz, ein

Knie auf dem Boden, das andere angewinkelt, das Gewehr mit dem Schaft fest gegen die Schulter gepresst. Er zielte durch das Fernrohr.

Ein Schuss. Der Lauf des Gewehres schnellte ein paar Zentimeter nach oben. Die Kugel traf José Maria Espinosa und riss ihn von den Füßen.

Eberhard Kollnitz lud durch. Der Mann mit der Axt kam auf ihn zu. Die Axt hoch über den Kopf gehoben, näherte er sich mit schnellen, großen Schritten. Der Regen hatte sein schütteres Haar an die Stirn gedrückt. Das Wasser lief ihm übers Gesicht und hatte sein Sakko schwarz gefärbt. Ein zweiter Schuss. Die Stirn des Mannes explodierte. Mitten im Schritt kippte der Mann um, und noch bevor die Axt den Boden berührt hatte, war er tot.

Vom Knall aufgeschreckt zog der Bruder Botanikus den Kopf ein und rannte. Rannte, so schnell er konnte. Auch Eberhard Kollnitz rannte, das Gewehr nun am Gurt über der Schulter. Und plötzlich schien es, als würde die Erde beben.

9

Die Erde bebte. Der Weizen neigte sich. Der Boden gab nach. Die alten Mauern des Getreidespeichers kippten. Das Dach rutschte jammernd und mit Getöse zur Seite, krachte auf die Erde, Ziegel und Holz zerbarsten, und Scherben und Splitter flogen durch die Luft.

Die Erde brach auf, und der Acker und die Wiese und begannen, den kleinen Hang zum Wald hinunterzurutschen. Es regnete, und der Himmel war schwarz vor Wolken.

Ernesto verlor den Halt. Er stürzte. Sein Hosenboden saugte sich mit Wasser voll. Aber der Bruder Botanikus und Kollnitz waren auf den Beinen und rannten direkt auf den Erdrutsch zu.

Die Erde bewegte sich und nahm die Überreste des jahrhundertealten Getreidespeichers mit sich. Steine und Holzbalken, Mauerziegel, Eisenstangen und Geröll türmten sich und wälzten sich über den Acker und die Wiese.

Der Botanikus lief immer noch. Hinter ihm Kollnitz, der das Gewehr von der Schulter genommen und zwischen Unterarm und Hüfte eingeklemmt hatte. Sie liefen direkt auf die Mure zu, und der Botanikus stürzte sich in den Schlamm, griff nach einem schimmernden Ding und hob es hoch. Das Ding hatte die Form eines Kreuzes, und als es der Botanikus aus dem Dreck zerrte, leuchtete das Adelheidkreuz einen Moment in dem fahlen Licht des Regennachmittags. Dann fiel noch ein Schuss.

Der Bruder Botanikus sprang auf und hielt das Adelheidkreuz an seine Brust gedrückt. Die Mure wälzte sich weiter. Die Erde grollte und der Schlamm bedeckte die Füße des Botanikus. Er lief, hielt das Kreuz an die Brust gedrückt und hastete über die Wiese. Weg von Kollnitz, weg von der Mure, die sich aufbäumte und immer schneller und schneller über das Weizenfeld und die angrenzende Wiese rutschte.

Kollnitz, dreckbeschmiert von oben bis unten, das rauchende Gewehr in der Hand, lud erneut durch. Aber der Botanikus war schon zu weit weg. Kollnitz lief hinterher.

»Gib mir das Kreuz«, brüllte er und streckte die freie Hand aus. »Sofort.«

Der Bruder Botanikus schüttelte den Kopf wie ein trotziges Kind. Seine Fersen bohrten sich in den weichen Boden. Er sprintete los. Eberhard Kollnitz warf das Gewehr weg und folgte ihm. Sie liefen in rasender Hast auf das Wäldchen zu. Der Botanikus drehte den Kopf und merkte, dass Kollnitz aufholte. Also lief er schneller. Kollnitz beschleunigte seinen Schritt, und als der Botanikus noch einmal über die Schulter sah, bemerkte er etwas viel Bedrohlicheres als Kollnitz, der ihm schnaubend und einer Ohnmacht nahe hinterher lief.

Die Erde wölbte sich in einer ungeheuren Mure. Sie bäumte sich auf, und ein Schwall aus Dreck, Steinen, Holzbalken und Eisen kam auf den Botanikus und Kollnitz zu. Das Grollen wuchs, und selbst Kollnitz wandte den Kopf, lief schneller, versuchte auszuweichen, aber die Mure war zu breit.

Grollend und donnernd erhob sich die Mure über die flüchtenden Männer. Der Botanikus riss die Augen auf und lief so schnell er konnte. Kollnitz nahm seine Kräfte zusammen und holte auf, hatte den Botanikus fast erreicht.

Das Wäldchen war ganz nahe. Dort wären sie vor der Mure sicher. Mit letzter Kraft beschleunigte der Botanikus seinen Lauf. Gleichzeitig holte Kollnitz auf. Nur noch fünfzig Meter, vierzig. Der Regen hüllte sie ein, klatschte auf die Wiese, auf die Mure. Es gab nichts außer Erde und Regen und Dreck.

Jetzt hatte Kollnitz den Botanikus eingeholt. Der Botanikus versuchte, sich zu befreien. Er lief weiter und Kollnitz lief neben ihm, zerrte am Querarm des Kreuzes. Der Botanikus wehrte ihn ab, wollte flüchten und verlor das Gleichgewicht. Er stolperte. Kollnitz klammerte sich an ihn, klammerte sich an das Adelheidkreuz. Im nächsten Moment waren er und der Botanikus wie vom Erdboden verschluckt. Die Mure donnerte über die Stelle, an der sie eben noch gestanden hatten.

21. Kapitel

1

Massaker um das Adelheidkreuz
Ein Toter, mehrere Verletzte, Sachschaden in unbekannter Höhe. Das ist das Ergebnis einer wilden Verfolgungsjagd vorgestern in den frühen Abendstunden in der Nähe von St. Paul. Das Adelheidkreuz, ein mittelalterliches Kunstwerk, stand im Zentrum dieser wahnwitzigen Aktion.
von Ernesto Valenti

Das berühmte Adelheidkreuz ist wieder aufgetaucht. Das ist umso bemerkenswerter, als bis vorgestern kaum jemand wusste, dass das Adelheidkreuz aus der Kunstsammlung des Stiftes St. Paul gestohlen worden war. Das über achtzig Zentimeter hohe Kunstwerk von unschätzbarem Wert wurde vorgestern aus einer Schlammlawine in der Nähe des Gutshofes Kollnitz bei St. Paul geborgen.
Aber der Reihe nach. Wie erst jetzt bekannt wurde, kam es in der Nacht vom Karfreitag auf Ostersamstag dieses Jahres zu einem Diebstahl im Benediktinerstift St. Paul. Entwendet wurde das ebenso legendäre wie wertvolle Adelheidkreuz. Der oder die Täter stahlen das mit zahlreichen Edelsteinen verzierte Kunstwerk aus einem Raum im Keller der Abtei. Vonseiten des Stiftes wurde Stillschweigen gewahrt. Weder wurden die Behörden eingeschaltet, noch wurde die Öffentlichkeit informiert. Die Gründe dieses Verhaltens sind derzeit Gegenstand von Ermittlungen. Als erste Konsequenz ist der Rücktritt Abt Maximilian Fürstbergs zu vermelden.
Die Umstände des Diebstahls sind noch nicht geklärt. Was der Öffentlichkeit bis jetzt bekannt ist, ist aber sensationell genug. Der Geschäftsmann und Industrielle Eberhard Kollnitz raste vorgestern in den späten Nachmittagsstunden mit seinem Geländewagen auf

ein Getreidefeld hinter dem Gut Kollnitz und eröffnete das Feuer aus einer Jagdwaffe. Zuerst erschoss Kollnitz einen etwa vierzigjährigen Mann, mutmaßlich russischer Nationalität, der vorher schon schwer verletzt worden war. Sein zweites Opfer ist ein hochrangiger Geistlicher der katholischen Kirche, und zwar José Maria Espinosa, der Generalvikar des Opus Dei und Vertrauter des Papstes. Espinosa erlitt einen Bauchschuss und befindet sich derzeit auf der Intensivstation des Klinikums Klagenfurt.
Daraufhin verfolgte Kollnitz den als Bruder Botanikus bekannten Franz Pototschnig. Pototschnig hatte das Adelheidkreuz aus einer Mure geborgen und flüchtete mit dem Kunstwerk. Beide wurden leicht verletzt.

2

Das Adelheidkreuz schwebte. Durch die Fenster der Stiftskirche flutete das Septemberlicht, brach sich an den Edelsteinen und schimmerte auf dem gehämmerten Goldblech. Ein Kamerablitz funkelte auf. Jakobus zuckte ein wenig zusammen und drehte sich in die Richtung, aus der der Blitz kam. Dort stand Ernesto Valenti und neben ihm ein Fotograf in einer ärmellosen Weste.

Gleich hinter dem Kreuz schritt der neue Abt Pater Nemec einher. Er trug den Festhabit, in der Hand hielt er den Stab des Abtes. Am Finger steckte der Ring, den nur der Abt tragen durfte. Der Vatikan hatte seine Wahl vor ein paar Tagen bestätigt.

Die Orgel spielte, der Stiftschor sang das Introitus, das Adelheidkreuz leuchtete, und die Mönche sangen mit, die Hände vor den Bäuchen verschränkt. Jakobus war beunruhigt. In der ersten Reihe, er konnte es kaum fassen, saß Maximilian Fürstberg, und neben ihm hatte Eberhard Kollnitz Platz genommen.

3

»Sie müssen mich verstehen«, sagte der ehemalige Abt Maximilian Fürstberg, fasste Ernesto am Ellbogen und zog ihn mit sich. »Sehen Sie? Ich lasse alles zurück. Und dabei, was habe ich schon getan? Ungerechtigkeit ist der Welten Lohn. Das sage ich Ihnen.«

Die Versammlung vor der Kirche hatte sich aufgelöst, und Fürstberg war direkt auf Ernesto zugesteuert, führte ihn nun durch den Arkadengang zum Innenhof. Einige Novizen waren vorausgelaufen, hatten die Wohnungstür geöffnet, und zerrten Rollkoffer zu Kollnitz' Geländewagen.

»Mein lieber Freund Eberhard hat sich bereit erklärt, mir bei der Übersiedlung zu helfen«, sagte Fürstberg.

»Ins Gefängnis?«, fragte Ernesto.

»Sie sind ein Scherzbold«, antwortete Fürstberg und klopfte Ernesto auf den Unterarm. »Es ist schlimm genug. Ich sage es Ihnen.« Er seufzte.

»Also treten Sie in den Laienstand?«, probierte es Ernesto noch einmal und merkte, dass Jakobus zu ihnen aufgeschlossen hatte.

»Der Fall ist tief«, antwortete Fürstberg. »Pfarrer von Pustritz. Stellen Sie sich das vor. Pustritz. In dieser Einöde. Wie viele Häuser gibt es dort? Zehn? Das ist eine Verbannung.«

»Mir scheint, Sie fallen ziemlich weich«, sagte Ernesto. »Sie haben das Stift ausgeplündert, um sich selbst und Ihre Familie zu bereichern.«

»Ich will, dass es meinen Kindern gut geht. Das ist doch ganz normal für einen Vater. Es war nie meine Absicht, dem Stift zu schaden.«

»Also haben Sie alles richtig gemacht?«

»Persönlich habe ich mir nichts vorzuwerfen, wirklich nicht. Ich mache mir nur Sorgen um meine Kinder. Was soll aus denen werden?«

»Sie haben doch sicher vorgesorgt«, sagte Ernesto.

»Die Älteste ist schon fertig mit ihrem Studium, und der jüngste Sohn, der Marcel …« Er brach ab und sah Ernesto an. »Was interessiert Sie das eigentlich?«

»Sie wollten das Adelheidkreuz an russische Oligarchen verkaufen.«

»Das können Sie nicht beweisen.«

»Wir haben Sie auf Video.«

Fürstberg fuhr herum und starrte Ernesto an. »Nein«, rief er aus.

»Doch«, sagte Ernesto schlicht und wandte seinen Kopf zu Jakobus. »Und alle kennen dieses Video.«

»Das dürfen Sie nicht«, sagte Fürstberg. »Hören Sie, Valenti … Ich meine«, setzte Fürstberg fort. »Ich habe bei der ganzen Sache wenig zu befürchten. Wer wird schon einen Altabt einsperren?« Er lachte. »Wobei natürlich Pustritz auch eine Art Gefängnis ist. Aber wenigstes habe ich niemanden erschossen.«

»Das ist ein ausgezeichnetes Stichwort«, fiel ihm Ernesto in die Rede.

Kollnitz ging auf den Geländewagen zu, nahm eine auf dem Boden stehende Tasche und wuchtete sie in den Kofferraum.

»Kollnitz«, sagte Ernesto und ging ihm nach. »Sie haben einen Mann erschossen, und ein anderer schwebt wegen Ihnen in Lebensgefahr, und Sie laufen hier frei herum?«

Kollnitz reagierte nicht, suchte sich das nächste Gepäckstück und verfrachtete es in den Geländewagen.

»Außerdem. Was ist mit Pater Bernhard? Dem haben Sie eine Schlinge um den Hals gelegt und so lange am Seil gezogen, bis dem armen Mann die Zunge aus dem Mund gequollen ist.«

»Das war ich nicht«, sagte Kollnitz scharf.

»Aber den Russen haben Sie erschossen, und dieser Espinosa …«

Kollnitz fuhr in die Höhe und kam ganz nahe an Ernesto heran. Ernesto wich nicht zurück. »Verschwinden Sie von hier, Valenti«, sagte Kollnitz. »Wenn Sie irgendetwas davon schreiben, vernichte ich Sie. Haben Sie mich verstanden?«

4

Mutmaßlicher Mörder auf freiem Fuß
Eberhard Kollnitz wird als Beschuldigter in einem Mord und einem Fall von schwerer Körperverletzung geführt. Über den Industriellen wurde dennoch keine Untersuchungshaft verhängt.
von Ernesto Valenti

»Es besteht weder Flucht- noch Verdunkelungsgefahr«, teilt Staatsanwalt Auffenstein auf Anfrage der Kärntner Tagespost zum Fall Kollnitz mit. Deshalb habe man beschlossen, den bisher unbescholtenen Geschäftsmann vorerst nur auf freiem Fuß anzuzeigen. »Die Vorwürfe wiegen schwer«, so Staatsanwalt Auffenstein in einer persönlichen Stellungnahme. »Aber bis die Erhebungen abgeschlossen sind, hat jeder und jede als unschuldig zu gelten. Das ist eines der obersten Prinzipien des Rechtsstaates.«
Die Ermittlungen im Fall Kollnitz beschränken sich laut Staatsanwaltschaft auf den mutmaßlichen Mord und die mutmaßliche Körperverletzung. Das Todesopfer wurde mittlerweile als Ioseb Dschugaschwili, ein Georgier mit russischer Staatsbürgerschaft, identifiziert. Der Mann war den österreichischen Behörden wegen mehrerer Delikte aufgefallen. Vor drei Jahren verbüßte er eine mehrmonatige Haftstrafe wegen Drogenbesitzes.
Weiters gibt Staatsanwalt Auffenstein bekannt, dass die Nachforschungen zum Diebstahl des Adelheidkreuzes (die Kärntner Tagespost hat berichtet) eingestellt werden. »Es liegen keinerlei Hinweise vor, dass es eine Straftat gegeben hat. Damit ist die Angelegenheit für uns abgeschlossen.«

5

Jakobus empfing Ernesto beim Paulusbrunnen. Der Weg durch die Arkaden war mit einer Lichtergirlande geschmückt. Im Innenhof brannten Fackeln, und das Tor zum Garten des Abtes stand weit offen.

Schon aus der Entfernung hörte Ernesto ein Lachen, und tatsächlich stand die Bürgermeisterin, Beate Ebner-Logar, im hautengen, grünen Kleid am Buffet und steckte sich ein Stück Brot in den Mund. Neben ihr hielt der neue Abt ein Glas Sekt in der Hand. Er arrangierte die Silberplatten neu und schichtete Salami, Schinken, Oliven und Käse auf einen Teller.

»Grüß Gott«, sagte der neue Abt und reichte Ernesto die linke Hand über das Buffet hinweg. »Von Herzen seien Sie gegrüßt. Schön, dass Sie dabei sind, wenn unsere kleine Gemeinschaft ihren Neubeginn feiert.«

»Ernesto«, rief die Bürgermeisterin leicht beschwipst aus. »Du auch hier. Wie fantastisch. Setz dich zu uns.«

Wenig später saß Ernesto Valenti eingezwängt zwischen Pater Jakobus und Daliborka Thonhauser im Garten des Abtes von St. Paul vor einem Glas Apfelsaft und schnitt eine Trockenwurst auf, die er mit einem Kanten Schwarzbrot schweigend aß.

»Jetzt wird alles gut«, sagte Daliborka.

»Mhmm«, machte Ernesto und steckte sich noch eine Scheibe von der Trockenwurst in den Mund.

»Findest du nicht? Ich bin endlich frei.« Sie streckte die Arme aus und legte sie Ernesto um den Hals. Er konnte sich nicht gegen den Kuss auf die Wange wehren. »Schau nicht so drein.« Sie stupste ihn mit der Hand an der Schulter an. »Du alter Grantscherben, schon in der Schule konnte es dir keiner recht machen.«

»Wir sind gar nicht zusammen in die Schule gegangen«, sagte Ernesto.

»Ah, was willst du? Trink einen Schnaps.«

»Wo ist eigentlich der Bruder Botanikus?«, fragte Ernesto, aber Daliborka hatte sich schon wieder weggedreht und hörte ihm nicht mehr zu. Dafür rückte Jakobus ein Stück zur Seite, sodass er Ernesto ins Gesicht sehen konnte.

»Nie wieder wird so jemand wie Eberhard Kollnitz dieses Stift betreten«, sagte Jakobus. »Fürstberg hat sich in Luft aufgelöst …«

»Mhmm«, machte Ernesto wieder. Er legte das Messer auf den Teller und lehnte sich zurück.

»Und überhaupt. Schau sie dir an. Der Infirmar, unser Stephanus. Frisch, wie der Frühlingswind, und wie Umberto lacht, und die Novizen sind auch irgendwie … lebendiger.«

»Ja«, machte Ernesto.

»Aber?«

»Wo ist der Bruder Botanikus?«

Jakobus zuckte mit den Schultern. »Was weiß ich? Der muss irgendwo sein.«

»Irgendwo ist er sicher, aber offensichtlich nicht hier.«

Der neue Abt klopfte mit einem Löffel gegen sein Glas, und alle Aufmerksamkeit richtete sich auf ihn.

»Meine lieben Freunde«, begann Abt Nemec. »Gottes Gnade und Weisheit hat uns heute hier zusammengeführt. Gott Vater wacht über uns, Gott Sohn leitet uns, und der Heilige Geist schenkt uns Einsicht. Denn nur mit der Hilfe des dreifaltigen Gottes konnte es gelingen, dieses Abenteuer zu meistern.«

Ernesto brummte etwas, aber niemand beachtete ihn.

»In fast tausend Jahren hat diese Abtei viele Katastrophen erlebt, aber kaum eine so schlimme und tiefgreifende wie in diesen Tagen. Ich sage es ganz offen. Wir stehen immer noch am Rand des Abgrunds. Am Abgrund, den unser Mitbruder Franz, der Bruder Botanikus, so mutig und heldenhaft hinuntergesprungen ist.«

Allgemeines Gemurmel und Gelächter.

»Der Verlust des größten Schatzes hat gleichzeitig die Rettung gebracht. Wenn wir nicht alle nach dem Adelheidkreuz gesucht hätten, hätten wir nie die Verbrechen des Abtes Maximilian Fürstberg und seiner Schergen aufgedeckt. Das Kreuz hat uns geleitet.«

»Ja, mhmm«, machte Ernesto, aber so leise, dass es niemanden störte.

»Noch sind nicht alle Schwierigkeiten überwunden«, fuhr Abt Nemec fort. »Noch lange nicht. Es wird viele Jahre dauern, bis das Stift wieder auf soliden wirtschaftlichen Beinen steht. Es fehlen viele Millionen in der Kasse. Die Betriebe des Stiftes werfen keine Gewinne ab, und wir werden lange und mühsame Prozesse führen müssen, um die vielen Grundstücke wieder zurückzufordern, die Abt Fürstberg verschleudert hat. Aber es wird uns gelingen. Mit Gottes Hilfe wird es uns gelingen.« Er hob sein Glas. »Ich bitte euch alle, die ihr heute gekommen seid. Kämpfen wir gemeinsam, schaffen wir einen neuen Geist in diesen Mauern, einen Geist der Gemeinsamkeit und Gleichberechtigung. Wir können das schaffen. Trinken wir auf das Stift St. Paul, und bitten wir um die göttliche Gnade.« Er prostete der Bürgermeisterin zu und stieß mit einem Mönch nach dem anderen an. Er erreichte auch Ernesto und nickte ihm zu. »Danke«, sagte er, als er weiterging.

6

Später saßen Ernesto und Pater Jakobus auf der Bank im Barockgarten. Ernesto hatte es sich auf der Lehne bequem gemacht und den Reiseaschenbecher zwischen seinen Füßen abgestellt. Er klemmte sich die brennende Zigarette zwischen die Lippen und kniff die Augen wegen des Rauchs zusammen, während er nach der Umhängetasche fischte, die an der Rückseite der Bank lehnte.

»Ich habe dir etwas mitgebracht«, sagte Ernesto, kramte in der Tasche herum und reichte Jakobus ein Päckchen.

»Was ist das?«

»Mach es auf.«

Jakobus riss das Zellophan von der Verpackung und klappte den Karton auf. Ernesto grinste und blies den Rauch in Ringen aus. Das Zellophan fiel zu Boden, und Jakobus drehte die Schachtel in den Händen, weil er im späten Licht der Nacht nicht bis auf ihren Grund sehen konnte.

»Greif einfach zu«, forderte ihn Ernesto auf.

»Das ist …« Jakobus hielt die runde Schokoladefigur gegen das Mondlicht.

»Ich dachte, das passt zu dir. Chocolate Jesus. Direkt aus den USA.«

»Ein Schokoladejesus«, sagte Jakobus und lachte. »Ich weiß nicht, ob das cool oder blasphemisch ist.«

»Iss ihn einfach, dann merkt es keiner.«

»Nein, niemals. Ich stelle ihn auf meinen Altar.«

Sie schwiegen, und die Geräusche der Nacht näherten sich ihnen. Der Schrei eines Waldkauzes erklang. Einmal und noch einmal und ein drittes Mal weiter entfernt. Die Grillen säbelten vor sich hin. Auf der Hauptstraße fuhren Autos vorbei, und vom Innenhof wehte ein leises Lachen durch die Luft.

»Fürstberg ist also verbannt. Nach Pustritz. Aber er wird den Orden nicht verlassen?«

»Niemals.« Jakobus schüttelte den Kopf.

»Weil er seine Immunität verlieren würde. Das Konkordat schützt ihn. Solange die Kirche behauptet, es handle sich um eine innere Angelegenheit, wird die Staatsmacht die Finger davon lassen.« Ernesto betrachtete die Spitze seiner Zigarette.

»Aber bei Mord werden sie nicht wegschauen«, sagte Jakobus.

»Fürstberg hat keinen Mord begangen.«

»Er ist in einen verwickelt.«

»Möglich«, gab Ernesto zu. »Doch das wird die Kriminalpolizei niemals untersuchen. Auf dem Totenschein von Pater Bernhard steht Herzversagen. Punkt. Was die schwere Körperverletzung anbelangt, sagt Fürstberg, er habe sich selbst in die Hoden geschossen. Ich glaube ihm das nicht. Nur ist es völlig nebensächlich, was ich glaube, solange ich die Staatsanwaltschaft nicht davon überzeugen kann, und schlimmer noch. Staatsanwalt Auffenstein wird die Sache unter den Teppich kehren. So schnell können wir gar nicht Fürstberg sagen.«

»Ich verstehe nur nicht, warum?«

»Du bist nicht aus Kärnten. Sonst würdest du nicht fragen. Selbstverständlich werden sie die Angelegenheit vertuschen. Der tote Georgier? Dieser Ioseb Dschugaschwili? Wen interessiert das? Kollnitz ist ein wichtiges und angesehenes Mitglied der Gesellschaft. Großer Arbeitgeber in der Region, bekannt für seine innovativen Ideen. Ein Aushängeschild für die Kärntner Wirtschaft mit Verbindungen in die ganze Welt.«

»Trotzdem war es Mord.«

»Na ja. Der Mann hatte eine Axt in der Hand. Sie werden es auf Notwehr herunterhandeln, falls es überhaupt zu einer Anklage kommt. Was ich schwer bezweifle.«

»Du lieber Gott.«

»Ob der seine Finger im Spiel hat, weiß ich nicht.«

»Sei nicht so zynisch«, wies ihn Jakobus zurecht.

»Bleibt noch Espinosa. Der allerdings hängt selbst ganz tief in der Geschichte drinnen. Er hat den Bruder Botanikus mit einer Pistole bedroht. Er hat auf den Georgier geschossen, auch wenn er nicht getroffen hat. Und er hat auf mich geschossen. Mich hat er aber auch nicht getroffen. Ein lausiger Schütze, zum Glück. Also Espinosa wird sich aller Voraussicht nach ebenfalls hüten, Kollnitz anzuzeigen.«

»Mit anderen Worten: Er wird davonkommen.«

»Außer vielleicht«, sagte Ernesto. »Außer wir finden den Bruder Botanikus.«

»Franz? Ich habe ihn ehrlich gesagt schon seit Stunden nicht gesehen. Er war nicht bei der Feier.«

»Wir suchen ihn.« Ernesto packte den Reiseaschenbecher ein und warf sich die Tasche über die Schulter.

7

Die Musik war aus.

Ernesto und Jakobus hörten ihre eigenen Schritte, als sie über den Kiesplatz gingen. Dort zur linken Hand lagen die Zellen der Novizen, und ein paar Türen weiter befand sich die Wohnung des Botanikus. Doch so weit kamen sie nicht. Mitten auf dem Kiesplatz blieben sie stehen, weil ein Grummeln zu ihnen drang. Im Dickicht der Hecke bewegte sich jemand. Ein Schuh erschien im Gebüsch, ein roter Stöckelschuh. Zuerst dachte Ernesto an die Bürgermeisterin, aber das war ein plumper Fuß, ein großer Fuß.

Dem Fuß folgte ein Bein in Netzstrümpfen und Strumpfhaltern, die sich über eine breite Hüfte zu einem Stringtanga zogen, der in seiner Knappheit kaum etwas von dem Gemächt verbarg, das sich unter dem kleinen Stofffetzen wölbte.

Altabt Severin befreite sich elegant von dem Gestrüpp, in dem er geschlafen hatte, und bemerkte die beiden Beobachter. Neckisch zog er sich die Federboa von den Schultern und tänzelte auf Jakobus zu. Während er ihm die Boa um den Hals legte, sang er: »I'm just a sweet transvestite from Transsexual, Transylvania.« Das letzte »a« in Transylvania zog er in die Länge, schüttelte dabei seinen Körper und verschwand lachend Richtung Wohntrakt.

»Wir sollten nach dem Botanikus suchen«, sagte Ernesto und stupste Jakobus an, der dem Altabt hinterherstarrte.

»Hast du das gewusst?«, fragte Jakobus.

»Wenn es ihm Spaß macht«, sagte Ernesto.

»Ich glaube, ich will hier weg.«

»Wegen eines Altabtes, der sich Strapse anzieht?«

»Nein, natürlich nicht. Es ist nur … Du glaubst nicht an Gott. Deshalb kannst du das nicht verstehen.«

»Müssen wir diese Diskussion tatsächlich jetzt und hier führen? Lass uns den Botanikus suchen.«

»Warum hast du es so eilig? Der wird schon wieder auftauchen.«

»Es ist nur so ein Gefühl«, sagte Ernesto.

Die Wohnung des Bruder Botanikus lag verlassen. Sie stiegen durch das Schlafzimmerfenster ein und durchsuchten die Räume. Sie fanden nichts. Alles war verschwunden. Im Wäscheschrank im Schlafzimmer lag nicht einmal eine löchrige Unterhose.

»Vielleicht ist er zum Gutshof zurück«, sagte Jakobus. »Besieht sich den Schaden.«

»Das kann ich mir nur schwer vorstellen«, sagte Ernesto.

»Wer weiß? Mönche sind seltsame Leute.«

»Wir überprüfen das. Komm.«

Murrend stieg Jakobus zu Ernesto in den Wagen, und sie fuhren durch den Ort Richtung Norden auf die Bundesstraße.

»Du glaubst an nichts«, begann Jakobus.

»Hör bloß auf«, meinte Ernesto.

»Nein, wirklich. Es interessiert mich. Ich glaube zum Beispiel an Jesus und dass wir seinem Beispiel folgen sollen.«

»Sich gegen die Römer auflehnen und sich dafür ans Kreuz schlagen lassen?«

»Mach dich nur lustig über mich.«

»Nein, gar nicht. Ich mag Jesus auch«, sagte Ernesto.

»Wirklich?« Jakobus klang verwundert.

»Jesus, der den Händlern im Tempel in den Arsch tritt. Jesus, der sich für eine Frau einsetzt, die man steinigen will. Da bin ich dabei. Auch wenn die Auflehnung am Ende im eigenen Tod endet. Das ist eben so. Das Absurde, oder das Böse, wie du sagen würdest, siegt halt sehr oft. Und der lustige Jesus.«

»Der lustige?«, fragte Jakobus.

»Die Geschichte ist sicher apokryph. Irgendwo in einem Tontopf in einem aufgelassenen syrischen Bordell wurde ein Text gefunden, der davon erzählt, wie der Thunfisch zu seinem Namen kam.«

»Der Thunfisch?«, fragte Jakobus. »Eine geheime Erzählung über einen Thunfisch. Davon habe ich noch nie gehört.«

»Na, es ist ja auch geheim. So wie Geheimnisse der Templer. Aber ich verrate dir, warum der Thunfisch Thunfisch heißt. Die Geschichte geht ungefähr so. Jesus und Petrus und ein paar andere Jünger fahren zum Fischen aufs Meer hinaus. Sie fangen nichts, trinken aber recht viel. Irgendwann verspürt Petrus ein dringendes Bedürfnis und pisst über die Bordwand. Ein riesiger Fisch sprang aus den Wellen und beißt Petrus in den Penis. Jesus hebt drohend den Zeigefinger und sagt: Das darfst du nicht tun, Fisch.«

Weder Jakobus noch Ernesto lachte.

Sie bogen von der Hauptstraße nach links ab und folgten der Gemeindestraße durch ein kleines Waldstück bergauf. Schon wurde die Hügelkuppe sichtbar, hinter der sich die Mauern des Gutes Kollnitz erhoben.

»Aber wie begründest du deine Haltung, wenn du sie nicht auf Gott oder wenigstens auf ein moralisches Gesetz stellst?«

»Gar nicht«, sagte Ernesto schlicht. »Man muss sich immer auf die Seite der Verlierer stellen, auf die Seite der Schwachen und Geschlagenen. Das hat Jesus doch auch gemacht.«

»Das steht theologisch und philosophisch auf sehr schwachen Beinen«, sagte Jakobus und hielt sich am Türrahmen fest, weil

Ernesto scharf nach links lenkte. Über seinen Ausführungen hätte er beinahe die Einfahrt zum Gut Kollnitz übersehen.

»Ja«, gab Ernesto zu. »Du hast vollkommen recht. Das ist ziemlich dünn. Aber zu mehr hat es in dreißig Jahren Nachdenken nicht gereicht.«

22. Kapitel

1

Schon vor mehr als einer halben Stunde war Betty mit dem Kopf auf Ernestos Oberschenkel eingeschlafen. Die Hündin schnarchte, und ihre Lefzen blähten sich unter ihren Atemzügen. Gemächlich streichelte Ernesto ihre Stirn. Lola hatte sich neben ihm eingeringelt und döste.

»Ich werde nach Kroatien fahren«, sagte er leise und sah Sonja dabei an.

»Du wirst was?«, erwiderte sie laut.

»Schrei nicht, du weckst die Hunde auf.«

»Das wirst du ganz sicher nicht. Was willst du überhaupt in Kroatien? Willst du dich den Behörden stellen? Das ist doch …«

»Ich fange einen Mörder«, sagte Ernesto und gab Betty einen Kuss auf die Schnauze.

»Einen Mörder?« Sonja stand auf. Betty merkte die Bewegung und hob den Kopf.

»Jetzt hast du sie aufgeweckt.«

»Es ist mir ganz gleichgültig, ob ich den Hund aufwecke. Du fährst ganz sicher nicht nach Kroatien.«

»Das wird sich nicht vermeiden lassen.«

»Hör auf damit, Ernesto. Bitte. Allein, wenn ich mir vorstelle …« Sie hob die Hände. »Nein, im Ernst«, fuhr Sonja fort. »Das ist dir nur so eingefallen, um mich zu ärgern.«

»Er ist ein Mörder.«

»Dann ruf Borislav an. Er soll ihn verhaften, einpacken und nach Österreich zurückschicken.«

»Meinen Lieblingspolizisten? Habe ich schon getan.«

»Und?«, fragte Sonja.

»Borislav ist jetzt bei der Kriminalpolizei in Osijek.«

»Warum verhaftet er den Botanikus dann nicht einfach?«

»Weil es keinen Haftbefehl gibt«, sagte Ernesto und streichelte den Hund.

»Bei dir hatte die kroatische Polizei damals nach dem Jugoslawienkrieg auch keine Skrupel.«

»Das war etwas anderes. Der Botanikus hat sich in einem Benediktinerkloster in Ilok verschanzt. Direkt an der serbischen Grenze. Ich hol ihn dort raus.«

»Und dabei werden sie dich verhaften und wieder in ein kroatisches Gefängnis stecken.«

»Das ist lange her«, sagte Ernesto.

»Mord verjährt nicht. Auch nicht in Kroatien.«

»Ich habe keinen Mord begangen.«

»Das sehen einige Leute in Kroatien anders.«

»Außerdem habe ich noch Borislav. Der hat mich damals auch befreit.«

»Ich habe dich befreit«, sagte Sonja. »Und noch einmal mache ich das nicht.«

Sonja wischte sich die Hände ab, obwohl sie gar nicht dreckig waren, rückte die Tassen und Teller auf der Anrichte zurecht, obwohl sie in einer perfekten Linie standen.

»Ich hole dich nicht noch einmal aus dem Gefängnis.« Sie drehte sich zu ihm um. »Das kannst du vergessen. Ich fahre da nicht noch einmal hinunter und knie vor dem Haftrichter nieder. Weißt du überhaupt, dass du immer noch in diesem Drecksloch sitzen würdest, wenn ich dich nicht herausgeholt hätte? Lebenslänglich in einem kroatischen Gefängnis?«

»Ja«, sagte Ernesto. »Wir fahren hin und holen ihn.« Er ging auf sie zu und streckte seinen Arm aus.

»Fass mich nicht an«, sagte Sonja und zog sich in eine Ecke der Küche zurück. »Wir sind geschiedene Leute, sobald du die kroatische Grenze überquerst. Das sage ich dir.«

»Sonja.«

»Nein.«

Sie wehrte ihn mit den Armen ab.

»Was soll ich denn machen?«

Sonja schüttelte sich und sah die Hunde an. »Es ist mir nicht recht.«

»Zwei Tage«, sagte Ernesto. »Höchstens.«

»Nein.« Sonja hatte Tränen in den Augen. »Sie werden dich verhaften. An der Grenze oder bei einer Verkehrskontrolle, und dann … dann geht das alles von vorne los.«

»Ein Mensch ist gestorben. Zwei.«

»Die werden aber nicht mehr lebendig, indem du dein eigenes Leben riskierst. Irgendwann ist es auch genug. Wie stehen die Chancen, dass dieser verdammte Mönch verurteilt wird?«

Ernesto zuckte mit den Schultern.

»Dass er jemals eine Gefängniszelle von innen sieht?«

Ernesto zuckte noch einmal mit den Schultern.

»Ach Scheiße, Ernesto«, rief sie aus. »Warum musst du so ein Sturschädel sein?« Sie schnaubte, schloss für einen Moment die Augen und ging aus dem Haus.

Ernesto folgte ihr, Betty folgte ihm und hintendrein trottete Lola. Sie fanden Sonja in ihrer Werkstatt, wie sie unschlüssig und wütend vor einem Klumpen Ton stand.

»Ich werde Borislav anrufen«, sagte Ernesto. »Jetzt gleich.«

»Vielleicht nimmt er dich ja bei sich auf. Soweit ich mich erinnere, züchtet er Schweine. Da hat er sicher noch einen Platz für dich im Stall.«

»Sonja.«

»Weil es doch wahr ist.« Sie drehte sich zu ihm um. Kam ganz nahe an ihn heran. »Du wirfst unser Leben weg. Ist dir das klar?«

2

In der Bibliothek roch es immer noch nach Rauch. Die Rußfahnen an der Decke und an den Wänden sahen aus wie die Finger eines Gespenstes. Aber auf dem Schreibtisch stand ein neuer Computer.

»Umberto«, sagte Jakobus leise und nahm sich einen Schokoladenkeks aus der Schachtel.

Der alte Mann blinzelte in seinem Ledersessel und drehte den Kopf in Jakobus' Richtung.

»Möchtest du nicht Feierabend machen?«, fragte Jakobus und bot ihm einen Schokoladenkeks an.

»Mein Kopf ist alt.« Umberto klopfte sich mit dem gekrümmten Zeigefinger gegen die Stirn.

»Als du diese blöde Geschichte von der Kreuzreliquie erfunden hast, war dein Kopf noch ganz jung. Nicht wahr?«, sagte Jakobus. »Ich habe deine Aufzeichnungen gefunden. Ich habe sie gelesen. Du hast sie extra in dem Umschlag dieses Buches versteckt. Ein verborgenes Manuskript. Natürlich, eine alte Handschrift.«

»Es war ein Scherz«, sagte Umberto und stemmte sich hoch. »Wer konnte sich damals denken, dass jemand das ernst nimmt?«

»Du hast die ganze Geschichte erfunden?«

»Na. Ich habe sie ein wenig ausgeschmückt«, Umberto lächelte. »Niemand beachtete das Adelheidkreuz. Das war doch schade.«

»Und dann hast du darauflosfantasiert.«

»Erfunden habe ich gar nichts«, widersprach Umberto. »Kompiliert habe ich die Geschichte. Und, na ja. Ein bisschen ausgeschmückt möglicherweise auch. Hier und da.« Er lächelte. »Dass das Holz im Adelheidkreuz das einzig echte Überbleibsel des wahren Heiligen Kreuzes ist. Wer soll denn das bitte glauben?«

»Espinosa?«

Umberto hob entschuldigend die Arme. »Von allein wäre er nicht daraufgekommen, dieser spanische Angeber. Das gebe ich zu. Er hatte von dieser Kreuzreliquie gehört und tauchte hier auf. Aber es gab zuerst keinen Hinweis, dass dieses riesige Holzstück echt sein könnte. Er hat Pater Bernhard mit seinem Fanatismus angesteckt, und ich war plötzlich in einer absurden Lage.«

»Und zwar?«

»Ich hatte die Geschichte von der Echtheit der Kreuzreliquie erfunden. Ich wusste also ganz bestimmt, dass dieses Holzstück nicht vom wahren Kreuz Christi stammte. Aber alle glaubten meine Geschichte, nur mir glaubten sie nicht.«

»Und?«

Umberto wuchtete sich aus dem Sessel und machte ein paar tapsige Schritte. »Bernhard, dieser Idiot. Er hat alle meine Hinweise in der Bibliothek Hinweise gefunden.«

»Die Hinweise?«

»Na ja. Eine Art Schnitzeljagd.« Pater Umberto machte ein verschmitztes Gesicht. »Für meinen Nachfolger. Für dich. Für irgendjemanden, der Spaß an einem komplizierten Rätsel haben würde. Die gefälschten Handschriften. Ugaritische Textfragmente und aramäische Erzählungen aus dem 2. Jahrhundert. Jeder einigermaßen intelligente Menschen müsste doch … Das war nur ein Witz, eine Verschwörungsgeschichte. Wer soll diesen Unsinn denn glauben?«

»Espinosa«, wiederholte Jakobus.

»Espinosa ist ein Vollidiot«, kam es von Pater Umberto. »Er hat nie verstanden, worum es mir geht. Natürlich war es ein intellektuelles Spiel. Das ist doch vergnüglich. Siehst du auch so?«

Jakobus nickte.

»Als ich das Adelheidkreuz zum ersten Mal sah, wusste ich sofort, das ist es. Ich will alles darüber wissen. Jeden Edelstein, jeden Quadratzentimeter des Goldblechs will ich untersuchen.

Jede Reliquie beschreiben. Ich dachte, das ist eine Meditation, eine geistliche Übung, die mich Demut lehren und meine Seele öffnen wird für den Heiligen Geist.«

»Aber dann ist dir diese Geschichte eingefallen. Die Geschichte vom Heiligen Holz?«

»Na, eingefallen. Die Geschichte gab es ja schon. Das weißt du. Jacobus de Voragine, die Goldene Legende?«

»Nur steht dort nichts vom Adelheidkreuz.«

Pater Umberto lächelte. »Ich hab einfach so drauflosschwadroniert. Aber Heiligenlegenden sind eben oft sehr fantasievoll.« Er hob die Stimme. »Ich habe immer betont, dass ich es erfunden habe.«

»Und?«

»Espinosa dachte, ich wolle die wichtigste Entdeckung der Christenheit seit Jesus unter den Teppich kehren.«

»Bitte?«

»Er war der Meinung, dass die Geschichte von Adelheid und ihrem Schwager Géza und dem blöden Holz aus Byzanz stimmen musste. So versessen war er darauf, dass er mich verbannen ließ. Die Idee, dass hier das eine, wahre Stück vom Heiligen Holz liegt, war mein Verbannungsurteil.«

»Deine kleine Geschichte vom Heiligen Holz hat dieses Schlamassel erst ausgelöst.«

Pater Umberto lachte. »Ins Unglück hat mich dieses Kreuz gestürzt. Mich und alle anderen, die jemals damit zu tun hatten.« Sie streunten den Gang hinunter. »Einmal will ich es noch sehen, das Adelheidkreuz«, sagte er. »Ich will es noch einmal anfassen.«

Jakobus hielt ihm die Tür zur Kunstkammer auf. Die Neonröhren klickten, flammten auf, und gleichzeitig ging die neue LED-Beleuchtung in den Vitrinen an.

»Wo ist es?«, fragte Pater Umberto und stützte sich mit beiden Händen an der Vitrine ab. »Es muss doch da sein. Genau da.«

»Vielleicht hat es jemand weggepackt, in das Futteral.« Jakobus öffnete den Schrank, in dem das Futteral des Adelheidkreuzes aufbewahrt wurde. Der Schrank war leer. Die Vitrine war leer. Das Adelheidkreuz war verschwunden.

3

Keine Anklage gegen Mordverdächtigen
Eberhard Kollnitz geht frei. Die Ermittlungen wegen Mordes und schwerer Körperverletzung gegen den Geschäftsmann und Industriellen wurden eingestellt.
von Ernesto Valenti

Im August dieses Jahres kam es auf einem Gutshof in der Nähe von St. Paul im Lavanttal zu einer tätlichen Auseinandersetzung, in deren Folge ein russischer Staatsangehöriger den Tod fand und ein spanischer Geistlicher schwer verletzt wurde. Als Täter konnte in beiden Fällen Eberhard Kollnitz ausgeforscht werden. Kollnitz räumte gegenüber den Behörden ein, für die beiden Attacken verantwortlich zu sein, und wurde auf freiem Fuß angezeigt.
Nun steht fest, dass Kollnitz für diese Taten keinen einzigen Tag vor Gericht, geschweige denn im Gefängnis verbringen wird. Die Anwälte des Beklagten und die Staatsanwaltschaft haben sich außergerichtlich geeinigt. Die Anklagen wurden zurückgezogen.
»Die Ermittlungen haben ergeben, dass in beiden Fällen von Notwehr auszugehen ist. Es gab keine Tötungsabsicht. Von einer Überschreitung der Notwehr kann nicht die Rede sein«, heißt es in einer schriftlichen Aussendung der Staatsanwaltschaft.
Die russische Botschaft in Wien will auf Anfrage keine weiteren Schritte setzen. Man vertraue auf die Effektivität und Integrität der österreichischen Behörden, hieß es von der dortigen Pressestelle.
Der spanische Geistliche befindet sich nach einer wochenlangen

Behandlung im Klinikum Klagenfurt auf dem Weg der Besserung. Die Kärntner Tagespost erreichte ihn in seinem Domizil in Barcelona. José Maria Espinosa, Generalvikar des Opus Dei, will die Sache ebenfalls nicht weiterverfolgen. Es handle sich um ein »unglückliches und schmerzhaftes Missverständnis« zwischen ihm und seinem Freund Eberhard Kollnitz.
Eberhard Kollnitz war für eine Stellungnahme nicht erreichbar.

4

Mit erhobener Faust schlug Jakobus gegen die Tür des Abtes. Dreimal. Er wartete, und als sich nichts tat, schlug er wieder zu und drückte gleichzeitig die Schnalle hinunter. Die Tür schwang auf, und aus dem Inneren der Wohnung hörte Jakobus Pater Nemec' Stimme.

»Das Adelheidkreuz ist weg«, schrie Jakobus und stürmte in den Salon, wo der Abt ihm in T-Shirt und Unterhose entgegenkam. Sein Haar stand wirr, und er rieb sich die Augen.

»Hast du mich gehört?«, fragte Jakobus.

»Setz dich«, sagte Abt Nemec im Befehlston, und Jakobus ließ sich auf die Couch fallen.

»Es ist in guten Händen«, sagte der Abt.

»Was?«

»Schau, Jakobus, es ging nicht anders. Die Russen waren schon hier, und, was soll ich sagen?« Er hob die Schultern. »Wer um alles in der Welt braucht dieses Kreuz? Es ist doch nur ein Haufen Gold und Edelsteine. Das hat mit dem wahren Glauben an Jesus Christus nichts zu tun. Da genügt ein einfaches Kreuz aus Holz.«

»Die Reliquien.«

»Die waren doch nicht echt. Irgendein Holzstück aus dem Obstgarten eines Lavanttaler Bauern.«

»Du hast das Adelheidkreuz, das größte Vortragekreuz des Mittelalters, russischen Oligarchen verkauft?« Jakobus bemühte sich, nicht zu schreien.

»Na, Oligarchen. Eigentlich bekommt es die Russisch-Orthodoxe Kirche. Die bilden sich ein, sie könnten die Weltherrschaft erringen, wenn sie nur die wahren Insignien des christlichen Glaubens … Aber das muss ich dir nicht erzählen.«

»Du hast das Adelheidkreuz also quasi direkt an Vladimir Putin verkauft?«

»So drastisch würde ich das …«

»Schatz«, kam es gedehnt aus der Tiefe der Wohnung. Es war unverkennbar die Stimme der Bürgermeisterin, und schon erschien Beate Ebner-Logar im feuerroten Negligé mit nackten Füßen.

»Das ist aber eine Überraschung«, sagte sie, und als sie sich hinsetzte, verrutschte der Stoff über ihren Brüsten. »Upps«, machte sie und lachte. »Das verwirrt unseren lieben Jakobus jetzt. Du wirst ja ganz rot.«

23. Kapitel

1

Hinter Zagreb schaltete Ernesto die Klimaanlage aus und ließ die Scheiben herunter und sah Jakobus dabei zu, wie er noch einen Schokoriegel aß. Der Geruch des brennenden Maisstrohs flutete den Wagen. Links und rechts dehnte sich die Ebene. Die Autobahn ergoss sich in einer langgestreckten Kurve über die Landschaft und verschwand hinter dem Horizont, dort, wo Slavonski Brod auf sie wartete.

Sie hatten sich noch lange nicht alles erzählt. Über das Adelheidkreuz und die Jagd im strömenden Regen waren sie schon hinaus. Was danach geschehen war, wussten sie nur aus der Erzählung von Eberhard Kollnitz und den Angaben der Rettungssanitäter.

Zuerst war der Botanikus vor Kollnitz geflüchtet. Als er die Mure hinter sich sah, aufgetürmt so hoch wie ein Haus, rannte er vor der Mure davon, und er und Kollnitz und die Mure rasten die Wiese hinunter auf einen Abhang zu.

In seinem Schrecken hatte der Botanikus vermutlich vergessen, dass die Wiese nicht bis hinüber zu dem Wäldchen reichte, sondern abbrach und einem Abgrund Platz machte, einem Loch, dreißig Meter tief, an dessen Grund sich ein ebenso tiefer Teich befand.

Der Botanikus, das Adelheidkreuz im Arm, stürzte durch die Luft hinunter in dieses Loch, und auch Kollnitz stürzte. Der Botanikus schwamm ans Ufer, einen Arm um das Kreuz geschlungen, und kümmerte sich nicht darum, ob Kollnitz den Sturz überlebt hatte. Er lief davon, lief, bis er auf einen Rettungswagen stieß. Die Sanitäter versorgten den Botanikus und zogen Kollnitz aus dem Wasser.

»Er sagte, es sei ihm gleichgültig gewesen, ob Kollnitz ertrinkt. Das wäre sein zweites Todesopfer gewesen«, meinte Ernesto und warf den Zigarettenstummel aus dem Fenster.

»Weißt du, wie lange so ein Zigarettenfilter braucht, bis er verrottet?«, fragte Jakobus vorwurfsvoll.

»Zehn bis fünfzehn Jahre«, antwortete Ernesto. »Der Botanikus hat Pater Bernhard erwürgt.«

»Aber warum? Die beiden waren doch befreundet. Ich meine, …«

»Weil«, Ernesto zündete sich die nächste Zigarette an. »Der Botanikus wollte das Adelheidkreuz beschützen.«

»Das wollte Pater Bernhard doch auch.«

»Nicht doch. Nicht so, wie du denkst. Bernhard wollte, dass das Adelheidkreuz zum Mittelpunkt eines neuen Kultes wird. Der Kult um das Heilige Holz.«

»Also genauso wie Espinosa.«

»Exakt. Die steckten unter einer Decke. Espinosa und Pater Bernhard und der Abt und Kollnitz und was weiß ich wer noch. Lass uns noch einmal darüber nachdenken. Wie war das? Wollte Pater Bernhard mit dir reden?«

»Er durfte nicht.«

»Und als er durfte?«

»Hatte er Besseres zu tun.«

»Siehst du? Der wollte nicht mit dir reden, und mit dem Botanikus wollte er auch nicht reden. Nur, dass der Botanikus etwas hartnäckiger war als du.«

Es gab keine Untersuchung des Mordes an Pater Bernhard. Es gab keine Befragungen, keine Obduktion und keine Beweissicherung. Was auch immer an Spuren vorhanden gewesen sein mochte, war verloren. Niemand hatte den Strick gesichert. Niemand hatte Pater Bernhards Hals untersucht, oder seine Hände, seinen Brustkorb, seine Beine oder seinen Kopf. Niemand wusste, ob es noch weitere Verletzungen gegeben hatte. Haut unter den Fingernägeln, Stofffasern, Fingerabdrücke, DNA-Spuren auf dem Laken, auf dem Bettgestell, Fußabdrücke.

Nichts davon. Zeugen? Hatte zum Beispiel ein Mönch jemanden gesehen, der die Wohnung Pater Bernhards betreten hatte? Hatte jemand einen Streit beobachtet, ein konspiratives Treffen, irgendein Treffen? Möglich. Man wusste es nur nicht, weil niemand eine systematische Befragung durchgeführt hatte.

»Wie kommst du darauf, dass der Botanikus etwas damit zu tun hat?«, fragte Jakobus. »Du rätst doch nur.«

»Ein bisschen besser als Raten ist es schon«, entgegnete Ernesto. »Überlegen wir.«

Der Botanikus war auf irgendeine Weise in den Diebstahl und den Verkauf von Kunstgegenständen der Abtei verwickelt. Das konnte man aus dem Streit zwischen Pater Nemec und dem Bruder Botanikus bei der Schnapsverkostung schließen. Dabei ging es nicht um das Adelheidkreuz, sondern um das goldbeschlagene Kästchen, das Pater Nemec ins Kunstdepot zurückgestellt hatte.

»Der Botanikus hielt es für eine blöde Idee, sich dem Risiko der Entdeckung auszusetzen. Hätte man das Kästchen im Gutshof aufbewahrt, niemand hätte es vermisst, und du hättest Pater Nemec nicht auf frischer Tat ertappen können. Aber so?«

Pater Nemec war nervös, der Bruder Botanikus war nervös und Pater Bernhard erst recht. Aber aus völlig unterschiedlichen Gründen. Pater Bernhard war der Erste, dem die Nerven durchgingen.

»Wenn du mich fragst, ist Folgendes passiert«, sagte Ernesto. »Aus irgendeinem Grund ahnte Pater Bernhard, dass das Adelheidkreuz in Gefahr ist. Sein Adelheidkreuz, sein Heiliges Holz. Um es zu schützen, nutzt er die Gelegenheit und entwendet es aus dem Keller.«

»Warum zu diesem Zeitpunkt? Er hätte es jederzeit nehmen können.«

»Um den Verdacht von sich abzulenken. Er hat irgendwie diesen Plan mit den Russen entdeckt, und er und Espinosa haben dafür gesorgt, dass die Russen das Kreuz nicht bekommen.«

»Deshalb war Espinosa auch vergleichsweise entspannt«, sagte Jakobus.

»Genau«, gab ihm Ernesto recht. »Vor allem, weil Espinosa ein doppeltes Spiel spielte. Egal, wie die Sache ausgeht, er gewinnt. Bekommen die Russen das Adelheidkreuz? Fein. Mit der Orthodoxen Kirche kann man sich arrangieren. Man wird sich die Weltherrschaft mit einem Diktator teilen müssen. Warum nicht mit einem russischen? Bekommen die Russen das Adelheidkreuz nicht, umso besser.«

»Der Botanikus wollte das verhindern.«

»Um jeden Preis«, sagte Ernesto. »Aber mit einer Pistole am Kopf überlegt man sich das vielleicht noch einmal anders.«

»Aber das Hakenkreuz. Das Hakenkreuz am Stiftskonvikt hat doch mit der ganzen Sache nichts zu tun«, wandte Jakobus ein. Er griff nach hinten auf die Rückbank und holte die Plastiktüte mit den Süßigkeiten, die sie auf der Strecke in Slowenien gekauft hatten, nach vorne und bot Ernesto einen Marshmallow an.

»Sollte man die nicht grillen, bevor man sie isst?«

»Lenk nicht ab. Was ist mit dem Hakenkreuz?«

»Das war der Türöffner«, sagte Ernesto und beugte sich zu den Zigaretten hinunter. »Warum schlägt man das verdammte Hakenkreuz nicht von der Wand? Entweder man ist total verblödet, oder … Ja, was? Ich konnte es nicht begreifen, und so etwas macht mich wahnsinnig.«

»Wenn diese Geschichte mit dem Hakenkreuz nicht wäre, hättest du gar nicht weiter gebohrt?«

»Wo hätte ich denn bohren sollen?«

»Dabei hast du herausgefunden, dass der Fürstberg aus einer alten Nazifamilie stammt und der Kollnitz auch.«

»Der Fürstberg schon«, gab ihm Ernesto recht. »Die Fürstbergs oder Jankovic, wie sie eigentlich hießen, waren seit den 30er-Jahren Nazis. Aber die Kollnitz nicht.«

Ernesto erzählte, wie er zu graben begonnen hatte. Zuerst in den öffentlich einsehbaren Unterlagen des Stiftes und bald auch in den Berichten, die er über die Firma von Eberhard Kollnitz finden konnte. Dabei stellte sich heraus, dass das Stift und Kollnitz' Firma auf seltsame Weise miteinander verflochten waren. Kollnitz trat immer wieder als Bevollmächtigter des Stiftes auf, und er saß im Stiftungsrat der Fürstberg Stiftung, die ihrerseits wiederum rege Geschäfte mit der Abtei machte.

»Solch große Vermögen beruhen so gut wie nie auf ehrlicher Arbeit«, sagte Ernesto. »Ab einer gewissen Summe ist Besitz Diebstahl.«

»Du bist ein Kommunist.«

»Ach du liebe Güte.« Ernesto lachte. »Wie kam das Stift in den vielen Jahrhunderten seines Bestehens zu seinem Vermögen? Indem es Menschen ausgebeutet hat. Indem es ihnen ihre Arbeitskraft gestohlen und sie im Elend hat vegetieren lassen. Man hätte es auch anders machen und die Gewinne gerecht verteilen können. Hat man aber nicht. Kollnitz und Abt Fürstberg waren keinen Deut besser als ihre Vorgänger. Davon bin ich ausgegangen.«

»Du hältst diese Leute alle für Arschlöcher?«

Ernesto zuckte mit den Schultern. »Kollnitz wird nichts passieren. Er kann Menschen einfach so erschießen. Niemanden interessiert es, und ich? Ich kann gar nichts dagegen tun. So ist das. Ich glaube, auch unsere Reise nach Kroatien ist im Grunde sinnlos.«

»Du magst die Menschen nicht besonders«, sagte Jakobus.

»Weißt du, vor einigen Jahren hatten wir da so eine Geschichte«, sagte Ernesto. »Ein Labrador biss einem sechsjährigen Mädchen in den Kopf. Sie waren zusammen aufgewachsen, und niemand konnte sich das erklären. Selbstverständlich tötete man den Hund und obduzierte ihn. Man fand einen Gehirntumor.

Jetzt stell dir vor, der Vater hätte dem kleinen Mädchen etwas angetan. Niemand wäre auf die Idee gekommen, nach einem Gehirntumor zu suchen.«

Sie fuhren lange, und sie fuhren weit. Südlich von Osijek, als sie einer zerschossenen Fabrik ansichtig wurden, verstummte Jakobus. Die roten Fähnchen im Straßengraben, die nach mehr als dreißig Jahren immer noch anzeigten, wo die Minen lagen, verschlugen ihm die Sprache. Er hielt sich an der Türlehne fest, verkrampfte sich.

»Iss einen Schokoriegel«, sagte Ernesto, der schon wieder bei offenem Fenster rauchte.

»Ist es noch weit nach Ilok?«

»Höchstens noch ein Massengrab«, sagte Ernesto.

Vor ihnen tauchte Vukovar aus dem nachmittäglichen Sonnenglast.

2

Auf einem Hügel mit Blick auf die Donau gleich neben dem ausladenden Schloss, das Prinz Eugen von Savoyen hatte bauen lassen, erstreckte sich ein weit weniger prunkvoller Bau aus Ziegeln und Flusssteinen. Das hölzerne Flügeltor war geschlossen. Daneben hing eine Bronzetafel, auf der zu lesen stand, dass es sich um ein Einkehrhaus der Benediktiner handelte.

Sie hatten sich nicht angekündigt. Als sie klopften, wurde eine kleine Tür in dem großen Tor geöffnet. Das bärtige Gesicht eines vielleicht fünfzigjährigen Mannes erschien. Ernesto sprach ihn auf Englisch an.

Nein, er werde sie nicht hereinlassen, sagte der Mönch. Bruder Franz sei nicht zu sprechen.

»Wir sind einen weiten Weg gekommen«, sagte Ernesto und drängte sich zwischen Türblatt und Türstock.

»Zovem policiju«, schrie der Mönch.

»Ja, mach das. Ruf die Polizei«, antwortete Ernesto und zog das Mobiltelefon aus der Hosentasche.

»Die Polizei, um Gottes willen.« Jakobus bekreuzigte sich. »Wir sollten wieder gehen.«

»Kommt nicht infrage.« Ernesto packte Jakobus am Kragen und schob ihn vor sich her hinein ins Einkehrhaus der Benediktiner. Als er ihn losließ, hörte er schon das Freizeichen und sah, wie der Mönch ebenfalls sein Mobiltelefon ans Ohr hielt.

»Boris?«, fragte Ernesto. »Wir sind jetzt … genau, wir sind im Kloster … Na, reg dich nicht auf. Ich weiß, was du mir gesagt hast … Es ist nicht zu ändern … Vermutlich … Vermutlich wird die Polizei gleich hier sein. Es wäre also … also gut.« Er legte auf.

»Wo ist der Botanikus?«, brüllte Ernesto den Mönch an.

Der Mönch riss die Augen auf, riss den Mund auf, aber es kam kein Ton heraus.

»Ich habe keine Zeit«, sagte Ernesto.

Der Mönch sah Ernesto unentwegt an, hob vorsichtig den linken Arm und deutete auf eine Treppe.

3

Die Glastür öffnete sich zu einer Terrasse, von der man einen weiten Blick über die Donau hinein in die serbische Ebene hatte. Doch der Ausblick interessierte Ernesto nicht. Der Botanikus saß an einem Tisch und drehte den Kopf, rückte mit dem Stuhl ganz nach hinten, bis an den Rand der Terrasse.

»Gib es einfach zu«, sagte Ernesto und stützte sich mit beiden Händen auf die Lehne des Stuhls, sodass sein Gesicht nur Zentimeter von dem des Botanikus entfernt war. »Du hast Pater Bernhard erwürgt.«

Der Bruder Botanikus schwieg.

»Du hast herausgefunden, wer das Kreuz aus dem Keller entfernt hat«, setzte Ernesto nach.

Der Bruder Botanikus schwieg noch immer.

»In einer halben Stunde ist die Polizei hier. Du willst nicht von der kroatischen Polizei verhaftet werden. Glaub mir. Du willst nicht in ein kroatisches Gefängnis. Dort ist es extrem ungemütlich. Ich weiß, wovon ich rede.«

»Alle wollen dieses verdammte Kreuz«, sagte der Botanikus.

»Komm mit, und wir fahren zurück nach Österreich. Du kannst dich dort den Behörden stellen«, forderte ihn Jakobus auf.

»Nein«, sagte der Botanikus.

»Jetzt rede schon«, sagte Jakobus. »Ich befehle es dir als dein Mitbruder.«

»Du kannst mich am Arsch lecken. Mitbruder«, sagte der Botanikus und drängte Ernesto zur Seite, als er aufstand. »Ich gehe hier nicht weg.«

»Das ist eine unkluge Entscheidung«, sagte Ernesto. »Aber bitte …«

»Ihr könnt mir nichts. Wollt ihr mich an der Kutte zum Auto schleifen, fesseln und knebeln?«

»Nicht die blödeste Idee«, erwiderte Jakobus.

»Rede«, sagte Ernesto.

»Es gibt keine Anklage gegen mich«, sagte der Botanikus. »Und es wird auch keine geben. Weil es keine Beweise gibt.«

»Keine Beweise wofür?«, fragte Jakobus.

»Für nichts. Ich habe nichts falsch gemacht«, sagte der Botanikus.

»Behauptet ein katholischer Mönch. Den Witz muss ich mir merken«, erwiderte Ernesto. »Du bist nach Kroatien geflüchtet, weil dich dieser Staat nicht einmal ausliefern würde, wenn du ein Geständnis unterschrieben hättest. Die sind so katholisch, da ist der Vatikan ein Hort des Heidentums dagegen. Deine Flucht hier her ist quasi ein Schuldeingeständnis. Ist es nicht so? In diesem Kloster in Ilok haben sich immer alle Verbrecher aus eurem Orden versteckt. Ich will nur eines. Gib zu, dass du Pater Bernhard erwürgt hast.«

»Ich?«, rief der Botanikus empört. »Haben sie dir ins Hirn geschissen?«

»Wer sonst?«, konterte Ernesto.

Vom Fluss herauf drang das Tuten eines Schiffes. Autoreifen quietschten. Eine Tür wurde zugeschlagen. Über die Treppe kamen Schritte. Polizisten in dunkelblauen Uniformen stellten sich rund um die drei Männer auf, die auf dem Boden der Terrasse saßen. Jakobus wollte aufstehen, als der Polizist auf ihn zukam, aber Ernesto bedeutete ihm, dass er sitzen bleiben sollte.

»Wer sind Sie? Weisen Sie sich aus«, sagte einer der Polizisten.

»Ne razumijem«, sagte Ernesto.

»Passport«, bekam er zur Antwort.

Das nun wollte Ernesto vermeiden und schüttelte den Kopf. Wenn der Beamte seinen Namen überprüfte, wäre das – suboptimal.

»Ne razumijem«, wiederholte Ernesto.

»Ustani! Sada!« Der Beamte deutete mit der Hand an, was er von Ernesto wollte.

Ernesto ignorierte die Geste.

Der bärtige Mönch mischte sich ein. Dies sei ein Haus der Kontemplation und der Einkehr. Es befinde sich im Besitz der Katholischen Kirche, und die sei unter allen Umständen vor den Angriffen der Kommunisten und der Heiden zu schützen.

Red nur weiter, dachte Ernesto. Jeden Moment musste Borislav Demirović auftauchen.

Es dauerte noch drei Minuten. Eine Schirmkappe erschien. Sie trug das Logo einer kroatischen Baufirma. Darunter sträubte sich lockiges Haar, und Ernesto erkannte die schweißbedeckte Stirn seines Freundes.

»Ihr könnt gehen«, sagte Boris und hielt seinen Ausweis in die Höhe. Er trug Straßenkleidung, löchrige Jeans, Ledersandalen, aber es bestand kein Zweifel, dass er der ranghöchste Beamte vor Ort war.

Der Polizist, der mit Ernesto gesprochen hatte, zögerte. »Jebati«, fluchte er.

4

Die Polizisten gingen. Boris blieb, und der kroatische Mönch begann, auf ihn einzureden. Das meiste verstand Ernesto, und es war nicht sehr freundlich. Er würde sich über ihn beschweren, sagte der Mönch zu Boris, und er würde das Militär verständigen, wenn sie nicht augenblicklich das Haus verließen.

Zuerst lachte Boris, aber als der Mönch weitersprach, lachte er nicht mehr. Der Landstrich um Ilok, direkt an der serbischen Grenze, war immer noch militärisch überwachtes Gebiet, und die Militärpolizei hatte hier Sonderbefugnisse, die jene der normalen Polizei überstiegen, selbst die der Kriminalpolizei.

Also brachen sie auf, fuhren die lange Straße nach Osijek. Ernesto wollte nicht im Kloster bleiben. Das war ihm zu gefährlich.

Die Polizisten hatten ihn gesehen, hatten seinen Ausweis aber nicht kontrolliert. Jetzt nahmen sie ein Protokoll auf, und wer wusste schon, was ihnen einfallen würde. Ein Blick in Ernestos Reisepass, ein Abgleich mit der Datenbank und die Handschellen würden klicken. Nein, der Botanikus musste mit, um seine Geschichte zu erzählen, und widerwillig stimmte er zu. Er hatte Angst, Boris könnte ihn verhaften, oder Ernesto könnte ihn überwältigen und in den Kofferraum verfrachten, aber er hatte auch Angst vor der Militärpolizei. Der Bruder Botanikus war noch nicht in Kroatien gemeldet. Also hielt er sich illegal hier auf, und obwohl man das Problem sicher aus der Welt schaffen konnte, würde ihn die Militärpolizei zunächst einmal verhaften, und da konnte man nie sagen, was sich aus so einer Verhaftung ergab.

Sie fuhren schweigend durch die wachsende Hitze des Mittags, und gut eine Stunde später hockte Ernesto mit dem Rücken zur Wand auf einem wackeligen Sessel und beobachtete die fahlen Sonnenstreifen, die zwischen den Markisen ihren Weg auf die Tische fanden. Vor ihm stand ein Schnapsglas, das bis zum Überlaufen gefüllt war.

Die Kappe verkehrt auf dem Kopf, grinste Boris und schnorrte eine Zigarette.

Der Bruder Botanikus rührte seinen Maulbeerschnaps nicht an. Es schien, als sei er sich nun nicht mehr sicher, ob er seine Geschichte erzählen sollte, hier im Slavonska kuća, die duftende Fischschuppe vor der Nase.

»Jetzt fang an«, forderte ihn Ernesto auf. »Erzähl uns, wie du Pater Bernhard umgebracht hast.«

»Da bist du völlig auf dem Holzweg.« Der Bruder Botanikus lachte empört. »Du glaubst wirklich, ich hätte Pater Bernhard eine Schlinge um den Hals gelegt und zugezogen?«

»Das scheint mir eine naheliegende Geschichte.«

Der Bruder Botanikus rührte unschlüssig in seiner Suppe.

»Iss«, sagte Ernesto. »Eine bessere kriegst du nicht. Nicht im Diesseits.«

Der Bruder Botanikus aß einen Löffel voll, und noch einen und noch einen. »Espinosa hat gewonnen«, sagte er zwischen den Bissen, tunkte Weißbrot in die Fischsuppe und aß weiter.

»Er hat einen Bauchschuss, und das Adelheidkreuz ist weg«, sagte Jakobus.

»Ach, der Bauchschuss.« Der Botanikus seufzte. »Das war sicher schmerzhaft, aber ich wette, er sieht es als eine Art Martyrium, das ihn Gott näher bringt.«

5

»Er kann sehr überzeugend sein«, sagte der Bruder Botanikus. »Am Anfang haben ihm alle geglaubt, sind ihm zu Füßen gelegen.« Der Botanikus naschte vom Baklava, das als Nachtisch serviert wurde, und schnappte Jakobus ein großes Stück vor der Nase weg. »Eine Zeitlang war Fürstberg für Espinosa nützlich, und Kollnitz auch«, fuhr der Botanikus fort. »Eine lange Zeit. Aber du kannst in einer derart moralisch verrotteten Abtei kein Zentrum der christlichen Spiritualität gründen. Das glaubt dir keiner, und irgendwann kommt heraus, wie viele Kinder der Abt hat.« Er grinste. »Das geht einfach nicht, und du brauchst, wie hat er das genannt? Eine Erneuerung.«

»Es muss eine spirituelle Erneuerung geben wie im Barock unter Abt Hieronymus Marchstaller. Glänzender Geschäftsmann, Visionär und verbohrter Gegenreformator. Ein Protestant? Rübe ab.« Der Bruder Botanikus zuckte mit den Schultern. »Solche Leute findet Espinosa gut. Deshalb hat er sich mit Pater Nemec verbündet. Er sollte der neue Marchstaller sein. Ein Vorbild, ein strenger Meister und aufrechter Christ.«

»Nemec?«, fragte Ernesto. »Der ist doch …«

»Der steckt mit Espinosa unter einer Decke«, unterbrach ihn der Botanikus. »Vielleicht nicht von Anfang an, aber jetzt schon. Das lief alles hinter dem Rücken von Fürstberg und Kollnitz ab. Die hat Espinosa immer nur benutzt.«

»Nemec steckt vor allem mit der Bürgermeisterin unter einer Decke«, sagte Jakobus.

»Na ja«, machte der Botanikus und stopfte sich noch ein Stück Baklava in den Mund. Er kaute. »Nemec wollte die Kontrolle«, sagte er mit vollem Mund. »Und jetzt hat er die Kontrolle.«

»Aber das Adelheidkreuz hat er nicht mehr«, sagte Jakobus und bediente sich ebenfalls an den Süßigkeiten. »Das haben die Russen.«

Der Botanikus sah ihn eine Weile an und schwieg. »Pater Bernhard hatte eine besondere Eigenschaft«, erklärte der Botanikus völlig ansatzlos. »Er war schlau, richtig schlau. Nicht so wie ich. Ich kenn mich nur damit aus.« Er klopfte sich auf die Brusttasche, in der er das Marihuana aufbewahrte. »Aber Bernhard, der konnte nicht nur eins und eins zusammenzählen und dann auf 367 kommen, der durchschaute die Leute. Er traute Pater Nemec nicht über den Weg.«

»Aber Espinosa schon?«, fragte Ernesto.

»Sie waren sich zumindest über das Adelheidkreuz einig, und die Kreuzreliquie. Aber Bernhard traute Nemec nicht, und das ist der springende Punkt«, antwortete der Bruder Botanikus.

»Pater Bernhard hat das Kreuz aus dem Keller geholt und beim Gutshof versteckt«, sagte Jakobus.

»Er ahnte, dass sich an diesem Osterfest etwas tun würde. Ich weiß es nicht genau, ich denke nur, er hatte den Abt oder Pater Nemec im Verdacht, oder beide«, sagte der Botanikus. »Deshalb hat er niemandem davon erzählt.«

»Nur dir hat er es verraten?«, fragte Ernesto. »Ausgerechnet dir, dem unzuverlässigen Kiffer. Als du ihm den Strick um den Hals gelegt hast?«, fuhr ihn Ernesto an.

»Nein, verdammt noch einmal. Scheiße verfluchte. Nemec war's«, brüllte der Botanikus.

6

Der Bruder Botanikus erzählte, dass er sich Sorgen um Pater Bernhard gemacht hatte. Das Schweigegebot hatte ihm zugesetzt. Er ließ sich nicht beim Gebet blicken. So sehr zog er sich zurück, dass sich Daliborka beim Botanikus über Bernhards Zurückweisung beklagte.

»Also hab ich nachgesehen«, sagte der Botanikus. »Es war reiner Zufall. Die Tür zu seiner Wohnung war verschlossen. Ich habe geklopft. Drinnen hat etwas rumort. Also habe ich noch einmal geklopft. Die Tür ging nicht auf, und die Geräusche wurden immer lauter. Ein … Ich weiß nicht … Röcheln, nein lauter, kein Schrei, aber so etwas Ähnliches.«

An der Rückseite des Gebäudes liegt ein Innenhof mit einem Garten, und über diesen Garten schlich sich der Bruder Botanikus an das Schlafzimmerfenster von Pater Bernhard an. Von dort kamen das Stöhnen und diese Klopfgeräusche, die der Bruder Botanikus nicht zuordnen konnte.

»Es war das Bettgestell, das gegen die Wand donnerte«, sagte der Botanikus. »Immer wieder. Ich war so geschockt, ich konnte gar nichts machen. Dieser Anblick. Ich meine … das ist doch Irrsinn. Wer soll so etwas glauben? Er hat ihm das Seil um den Hals gelegt, und der Körper … grauslich. Ich hätte dazwischengehen sollen, aber in diesem Moment … Es gibt keine Entschuldigung dafür. Spuck es aus, sagte er, und Pater Bernhard hat es ausgespuckt, aber …«

»Wer? Was?«, fuhr ihn Jakobus an.

»Es war heroisch«, sagte der Bruder Botanikus. »Und furchtbar. Die Zunge hing ihm aus dem Mund, und er konnte kaum sprechen. Nur ein Flüstern. Wahrscheinlich, weil die Schlinge so fest zugezogen war. Pater Nemec hat Pater Bernhard erwürgt, und ausgezogen hat er ihn auch.«

»In dieser Reihenfolge?«, wollte Ernesto wissen. »Aber, wenn er ihn erwürgt hat, wusste er, wo das Adelheidkreuz war. Warum hat er es nicht einfach geholt?«

»Er wusste einen Scheißdreck«, sagte der Botanikus. »Buchstäblich mit seinem letzten Atemzug hat Pater Bernhard das Kreuz beschützt.«

»Nemec dachte, dass Pater Bernhard tot ist. Er hat noch das Zimmer durchsucht. Nicht sehr gründlich, und dann ist er gegangen. Ich war am Fenster. Ich habe gewartet. Ich weiß nicht. Pater Nemec hätte zurückkommen können.«

»Du bist hineingeklettert«, sagte Jakobus.

»Ja.«

»Du hast nachgesehen, ob er noch lebt.«

»Ja.«

»Und?«

»Er hat es mir gesagt.«

»Was hat er gesagt?«, ließ Jakobus nicht locker.

»Er wollte nicht mit diesem Geheimnis sterben. Das Adelheidkreuz wäre verloren, das Heilige Holz.«

»Mit eingedrücktem Kehlkopf?«, fragte Ernesto.

»So ist es gewesen«, beharrte der Bruder Botanikus.

»Komm mit nach Österreich und erzähl deine Geschichte. Du musst das tun«, setzte Jakobus nach.

Der Bruder Botanikus sagte immer noch nichts. Nach einer Weile stand er auf, legte die Serviette weg und machte zwei Schritte auf die Gasse hinaus. »Ich gehe jetzt zurück nach Ilok«, sagte er.

Bei diesen Worten zuckte Borislav und griff nach seinen Autoschlüsseln. »Also fahren wir?«, fragte er Ernesto auf Kroatisch.

»Du willst fahren? Wie viel Schnaps hattest du?«

»Ich bin Polizist«, sagte Boris verächtlich. »Fahren wir«, meinte er zum Botanikus. »Und das solltet ihr auch«, sagte er zu Ernesto. »Die Polizei wird bald merken, dass du im Land bist, und dann kann ich dir auch nicht mehr helfen.« Er winkte Ernesto und Jakobus und hakte sich beim Bruder Botanikus ein. Sie wankten auf das Polizeiauto zu. Der Botanikus drehte sich noch einmal zu ihnen um. Er spreizte Zeigefinger und Mittelfinger zum Gruß der Vulkanier. »Machts gut und danke für das Gras«, sagte er und zog einen Joint aus der Brusttasche seines Hemdes.

»Glaubst du dem Botanikus?«, fragte Jakobus, während er den Rest des Baklavas aß.

7

Ernestos Stirnlampe warf einen kreisrunden Lichtfleck auf die Wand des Konvikts, genau an jene Stelle, wo sich das Plexiglas befand. In der linken Hosentasche trug Ernesto ein paar Schraubbits. Er nestelte einen hervor und drückte ihn gegen eine Schraube, die die Plexiglasplatte hielt. Er passte nicht, also nahm Ernesto den nächsten, und der klackte genau in die Schlitze der Schraube. Surrend drehte der Akkubohrschrauber die Schrauben aus den Löchern. Ernesto steckte sie in die rechte Hosentasche. Die Plexiglasplatte war leicht. Ernesto lehnte sie gegen die Hecke, die direkt am Konvikt vorbeiführte.

Jakobus setzte den Meißel an. Vorsichtig schlug er mit dem Fausthammer zu. Man hörte kaum etwas. Der Putz rieselte die Mauer entlang nach unten, sammelte sich am Boden, während Ernesto und Jakobus im Licht der Stirnlampe das Hakenkreuz von der Mauer schlugen.

Sie brauchten dafür höchstens eine halbe Stunde. Niemand hatte sie bei ihrer nächtlichen Arbeit gesehen, und als sie fertig waren, hielt Jakobus die Plexiglasplatte in die Höhe. Ernesto nahm die Schrauben aus seiner rechten Hosentasche und schraubte sie wieder fest.

Nachwort

Alles ist erfunden – oder, fast alles. Die Geschichte vom Hakenkreuz, das bis heute auf einem Schulgebäude prangt, ist wahr. Die Verantwortlichen, nämlich die Benediktiner des Stiftes St. Paul, haben dieses Hakenkreuz nicht entfernt. Sie haben es mit einer durchsichtigen Plexiglasplatte bedeckt.

Als ich diese Geschichte zum ersten Mal hörte, konnte ich sie nicht so recht glauben. Wer macht so etwas? Hatte sich die Lokalzeitung, die darüber berichtete, einen verspäteten und geschmacklosen Faschingsscherz erlaubt? Es war immerhin schon Mai. In diesem Artikel wird der Administrator des Stiftes zitiert. »Das Symbol (also das Hakenkreuz) soll nicht verdeckt werden, um als Mahnmal sichtbar zu bleiben.« Der Bürgermeister der Marktgemeinde St. Paul äußerte sich ähnlich.

Mir ging es wie Ernesto am Anfang des Buches. Ich konnte es nicht glauben. Vor allem konnte ich es nicht verstehen – und ich verstehe es immer noch nicht. Ein Hakenkreuz als Mahnmal gegen den Faschismus? Muss man das nicht als Verhöhnung der Opfer des Nationalsozialismus auffassen?

Was macht man, wenn man an seiner Hauswand ein Hakenkreuz entdeckt?

Man entfernt es.

Gegebenenfalls zeigt man den Sachverhalt bei der Polizei an. Aber auf jeden Fall entfernt man das Hakenkreuz. Nicht nur, weil das moralisch geboten ist, sondern auch, weil man sich sonst strafbar macht.

Eigentlich.

Aber in Kärnten ist das ein bisschen anders. Von 1934 bis zum Sommer 2019 verunzierte ein riesiges, weithin sichtbares

Hakenkreuz einen Turm der Burgruine Hochkraig bei Frauenstein. Der Besitzer wehrte sich ob der hohen Kosten jahrzehntelang gegen eine Entfernung, und sonst wollte das auch niemand zahlen. Es dauerte sehr lange, dann einigten sich der Bund und das Land Kärnten, die beinahe 100 000 Euro zu übernehmen, die ein fachgerechtes Abtragen des Hakenkreuzes kostete.

Geld kann in St. Paul nicht der Grund sein. Das Hakenkreuz misst etwa fünfzig Zentimeter im Durchmesser, und die Fassade des Stiftskonvikts hätte eine Renovierung dringend nötig. Selbst wenn man nicht die ganze Mauer sanieren will, könnte man das Kreuz in kaum einer Stunde abschlagen und in einer weiteren Stunde wäre die kahle Stelle an der Wand neu verputzt. Die Kosten könnte man mit dem Klingelbeutel bei der nächsten Festmesse einsammeln. Die beschriftete Plexiglasplatte hat vermutlich mehr gekostet. Doch man will es nicht entfernen. Es ist ja ein Mahnmal.

Diese Geschichte machte mich nur im ersten Moment sprachlos. Im nächsten Moment stand schon die Idee zu diesem Roman vor mir. Über das Adelheidkreuz und die Legende des wahren Kreuzes Christi wollte ich immer schon einmal etwas schreiben. Jedenfalls seit dem Tag, als ich die Kreuzreliquie im Stift St. Paul aus der Nähe betrachten durfte. Anfassen, geschweige denn näher untersuchen durfte ich das Holzstück nicht.

Die Legende vom Heiligen Holz begegnete mir auf seltsame Weise. Als ich als Lektor an der Universität Osijek in Kroatien tätig war, beschloss die Freie Universität Berlin, ihre alten und ausgemusterten Bücher nicht einfach wegzuwerfen, sondern als Geste humanitärer Hilfe an Universitäten am Balkan zu liefern.

Auch wir waren Empfänger einer solchen Bücherladung. Das meiste war für Studenten unbrauchbar, sonst hätte es die Freie Universität Berlin nicht weggeworfen. Viele Bücher waren in Fraktur gesetzt, darunter auch zwei Bände der Legenda Aurea des Jacobus de Voragine, entstanden in der zweiten Hälfte des 13. Jahrhunderts, hier in einer Druckfassung von 1913.

Ich nahm die Bücher mit nach Hause. Es waren die einzigen, die mir zu schade für den Altpapiercontainer waren. In diesen knapp siebenhundert Seiten sammelte Jacobus die wichtigsten Heiligenlegenden und biblischen Geschichten aufgeteilt im Jahreskreis. Die Legenda Aurea ist die einflussreichste Legenden- und Sagensammlung des Mittelalters und sie enthält eben auch die Geschichte des Heiligen Holzes, von Adams Tod bis zu Helena.

Das Stift St. Paul ist aus naheliegenden Gründen Handlungsort dieses Romans. Zunächst beherbergt das Stift das Adelheidkreuz, und ohne Adelheidkreuz bzw. die Kreuzreliquie funktioniert die Geschichte nicht. Außerdem ist das Stift St. Paul das bekannteste Kloster weit und breit. Es ist ein bisschen so wie bei meinem Faschingskrimi. Den Villacher Fasching kennt einfach jeder.

Mit den real existierenden Mönchen des Stiftes St. Paul hat dieser Roman nichts zu schaffen. Ich konnte sie schon deshalb nicht zum Vorbild meiner Mönche nehmen, weil ich sie nicht kenne, keinen von ihnen je getroffen oder gesprochen habe.

Was Sie gerade gelesen haben, ist ein Roman. Es ist kein Sachbuch, kein Bericht, kein Enthüllungsreport. Es ist Fiktion.

Wie immer hat mich meine Frau Ingrid durch die Monate des Schreibens begleitet, und sie hat ebenfalls wie immer mit großem Können und Einfühlungsvermögen diesen Text inspiziert und lektoriert und die besten Ideen sind ihre, den Rest nehme ich auf meine Kappe.

Ich bedanke mich beim Bundesministerium für Kunst, Kultur, öffentlicher Dienst und Sport für das Arbeitsstipendium, beim Land Kärnten für das Finalisierungsstipendium und bei der Marktgemeinde St. Paul für das Sponsoring.

LAND KÄRNTEN

Kultur

Marktgemeinde
St. Paul im Lav.